CASA DE MUÑECAS

BIBLIOTECA EDAF
37

HENRIK IBSEN

CASA DE MUÑECAS
LOS ESPECTROS
EL PATO SALVAJE

Prólogo y cronología de
ÁNGEL GARCÍA PINTADO

www.edaf.net
MADRID - MÉXICO - BUENOS AIRES - SANTIAGO
2025

Diseño de cubierta: GERARDO DOMÍNGUEZ

© Del prólogo: Ángel García Pintado.
© De la traducción: Isidro Maltrana.
© 1985. De esta edición, Editorial EDAF, S. L. U.

Editorial EDAF, S. L.
Jorge Juan, 68. 28009 Madrid
http://www.edaf.net
edaf@edaf.net

Algaba Ediciones, S.A. de C.V.
Calle 21, Poniente 3323, Colonia Belisario Domínguez Puebla
72180, México
jaime.breton@edaf.com.mx

Ediciones y Distribuciones Edaf, SRL
Chile, 2222. PB
1227 - BuenosAires, Argentina
fernando@edafarg.net
+54 11 4308 5222 / +54 11 6784 9516

Edaf Chile, S.A.
Huérfanos, 1178, Oficina 501
Santiago - Chile
comercialedafchile@edafchile.cl
+56 9 4468 0539 / +56 9 4468 0537

Queda prohibida, salvo excepción prevista en la ley, cualquier forma de reproducción, distribución, comunicación pública y transformación de esta obra sin contar con la autorización de los titulares de propiedad intelectual. La infracción de los derechos mencionados puede ser constitutiva de delito contra la propiedad intelectual (art. 270 y siguientes del Código Penal). El Centro Español de Derechos Reprográficos (CEDRO) vela por el respeto de los citados derechos.

36.ª reimpresión, septiembre 2025

Depósito legal: M-48.229-2010
ISBN: 978-84-7166-379-5

Papel 100% procedente de bosques gestionados de acuerdo con criterios de sostenibilidad.

PRINTED IN SPAIN   IMPRESO EN ESPAÑA
Service Point

Índice

	Pags.
Prólogo, por Ángel García Pintado	9
Casa de muñecas	25
Los espectros	121
El pato salvaje	209

Prólogo

Henrik Ibsen no se adelantó a su tiempo: los demás iban retrasados.

Cuando adjudicamos el atributo de *anticipadores* a aquellos individuos que intuyeron con clarividencia en qué consistía su presente, estamos propalando una verdad relativa. Así, la revolución estética de Ibsen consiste, no en haberse anticipado al realismo de su tiempo, sino en haber sabido ser lealmente contemporáneo, fiel a su época y, por lo tanto, moderno.

Este hombre de ceño fruncido en enérgico semblante, enmarcado por una barba cana y cuadrangular que era como la prolongación de sus patillas, de lentes pequeños y redondos de boticario distinguido, acaparó para sí tres títulos justos: fundador del teatro de ideas, del teatro realista contemporáneo y del teatro simbólico. La triple extravagancia le valió no pocos sinsabores, mucha incomprensión y una espesa indiferencia entre los suyos, solo remediada a la mitad de su existencia. Un escritor coetáneo lo define como «Malhumorado de ordinario»; «era terrible el viejo en sus cóleras, y complacíase en la rumia amarga de su destierro, de su pobreza, de la ruindad de la crítica y de la incomprensión popular». Leyendo este retrato se puede pensar que se está describiendo a un escritor español de cualquier época. Y, sin embargo, así parece que era, con toda razón, el noruego, quien desde su más tierna rabia no dejó de escandalizar a su sociedad, entontecida por brumas y creencias espectrales.

También en este retrato, que lo presenta como el masoquista de rumia amarga, se dice una verdad relativa y a medias, que, aunque no oculta los motivos, los deja solo sugeridos. Destierro, pobreza, ruindad de la crítica, e incomprensión popular, acompañan su juventud biológica. Cuando cumple los treinta y seis años, el vaso de la amargura le rebosa; no soporta más la hostilidad mezquina y abandona Noruega. Berlín, Roma, Dresde, Munich... le servirán para hacerse otra idea de Europa; la Europa convulsa y vibrante de mitad del XIX que despedía a la libertad metafísica del Romanticismo con la llegada de la libertad científica de Marx y Engels en la propuesta del *Manifiesto;* con varias revoluciones nacionales naufragadas, y luego, ese ensayo para la liberación que fue *La comuna* de París.

El simbolismo poético le da durante su estancia en Roma dos hijos fogosos: *Brand y Peer Gynt,* dramas espléndidos y desbordantes como su amargura, que parecen culminar un ciclo de aprendizaje generoso en dramas históricos de corte romántico inspirados en las tradiciones legendarias de su tierra, transposiciones a su época de antiguos mitos. En Roma, también, toma notas para «una tragedia moderna»; con los años se convertiría en *Casa de muñecas,* primer título inscrito en lo que se ha dado en llamar su etapa de madurez, y que inaugura esa modernidad escénica consistente en sustituir las acciones artificiosas, externas y excesivas de los dramones postrrománticos, en los que aparentemente —solo aparentemente— ocurrían un sinfín de acontecimientos, por una acción ahorrativa, apenas sugerida, en que prevalece el mundo interior de los personajes; discurso sometido a una lógica implacable que aspira a una nueva configuración, más profunda, de *lo real;* lo real enriquecido por lo poético, más lo simbólico.

Los años más prolíficos de Ibsen se desarrollan entre Roma y Munich, o haciendo escapadas a Escandinavia, donde ya se le recibe como a un triunfador. En este nuevo ambiente nacen, como de un solo impulso, las cuatro obras más ibsenianas en el sentido moderno del epíteto. De 1879 al 84, da a la escena *Casa de muñecas, Espectros, Un enemigo del pueblo* y *El pato salvaje.* Ya Europa se divide por entonces en ibsenianos y antiibsenianos, y se ha dicho que con él entró el aire fresco en los salones de la comedia burguesa. Con mayor propiedad habría que decir que lo que entró fue un vendaval. Ibsen es el dramaturgo decimonónico que osa reclamar de sus espectadores una colaboración comprometida. Los colegas anteriores a él habían tenido buen cuidado en dejar todo atado y bien atado en el desenlace de la trama. Ibsen deja cabos sueltos, invitando a la participación mental de los mirones sentados en las butacas, para que, al final de la representación, cuando se pongan los abrigos y se marchen a sus hogares, sigan pensando en el enigma que el dramaturgo les ha propuesto. Valgan dos ejemplos para explicarlo: los finales de *Espectros* y de *El pato salvaje.* Nos quedamos sin saber si la señora Alving *(Espectros)* terminará suministrando a su hijo la sobredosis de morfina, mortal de sospecha, que este le reclama. Y tampoco estamos seguros de que Gregorio *(El pato salvaje),* que tantos desastres ha provocado con su afán de verdad, esté decidido a llevar a cabo su resolución de suicidio, encubierta en la expresión figurada de «no hacer el número 13 a la mesa». Ese dejar suspendida en el aire la solución del pasatiempo es el elemento más inquietante que Ibsen introduce en la dramaturgia de su siglo.

En cierta ocasión, alguien le preguntó si era su intención que la señora Alving envenenase a su hijo, o no.

Dicen que Ibsen sonrió y respondió: «No lo sé. Cada cual debe resolver eso por sí mismo. Nunca soñaría decidir tan delicada cuestión. Pero ¿cuál es su opinión?»... Es significativa la semejanza entre esa respuesta y la que dio el dramaturgo del absurdo, Samuel Beckett, cuando alguien le preguntó quién era el Godot a que se hace referencia constante en su célebre obra *(Esperando a Godot),* ese Godot al que se espera y nunca llega. Beckett respondió solamente: «No lo sé.»

El otro elemento de inquietud permanente en la dramaturgia ibseniana es ese conjunto de símbolos y claves, disueltos en los personajes y las situaciones, que no hace sino continuar la tradición de los mejores dramaturgos —pensamos en Calderón y en Shakespeare sobre todo—; y es lo que consigue que consideremos, en cierto modo, a Ibsen como un contemporáneo nuestro todavía. Este aspecto críptico fue, por supuesto, razón suficiente para que los críticos académicos de su tiempo se irritaran con él, pues no hay nada que moleste más a un tonto que se cree sabio que no entender algo. Se ha escrito que estas críticas las obtuvo el autor sobre todo en aquellos países meridionales de Europa —Italia preferentemente— en los que el teatro clásico, modelo de «claridad y verosimilitud», tiene más hondas raíces. Uno de esos críticos acababa la reseña de un estreno de Ibsen con la siguiente descarga de adrenalina: «El público va al teatro a conmoverse o a reír; no a descifrar acertijos.»

Sin embargo, eso que el crítico llamaba acertijos es lo que otorga tridimensionalidad a la psicología de los personajes y al conjunto del drama. Un simbolismo que a veces puede parecernos primitivo, pueril incluso. «Mira, padre, cómo juegan a la gallina ciega los chambelanes con la señora Soerby», observa Gregorio *(El pato salvaje),* refiriéndose no solo a la situación real del juego, sino a la ceguera social, que —a fuerza de hipocresía— es incapaz de ver dónde están las verdades sencillas. Y el poderoso Werle, que ha hecho de Ekdal el ex militar y ex cazador de osos, su víctima, su *pato* hundido, filosofa de este modo: «... Hay personas que después de hundirse no vuelven a la superficie jamás a causa de la perdigonada que llevan consigo...»; pues el simbolismo de *El pato salvaje* se explicita en ocasiones hasta extremos de elemental obviedad.

Afortunadamente, el acertijo no siempre está tan a la superficie. Como dice uno de los personajes de esta obra: «No está de más sondear, de cuando en cuando, el lado tenebroso de la existencia». Este quehacer espeleológico lo fomentó Ibsen hasta saciarse.

* * *

No se complace viciosamente con la penumbra, y todas las excursiones que realiza al interior de sus personajes llevan una finalidad social. Tomemos por un momento como muestra esa obra en la que más se percibe el claroscuro de luces y sombras: *Espectros*. Oswaldo, el personaje con el que parece identificarse el autor, es un ser en rebelión que a su vuelta al hogar materno, desde su bohemia de París, se resiste a aceptar que la vida sea «una cosa miserable de la cual conviene librarse cuanto antes», allí donde se enseña a ver el trabajo como «un azote de Dios, como un castigo de nuestros pecados».

El inquieto Oswald —incapaz de seguir soportando su enfermedad cerebral y los males espectrales—, clama en la última escena: «¡Madre, dame el sol!»; y, mientras permanece gravemente desvanecido en el sillón, repite: «¡El sol..., el sol...!» De nuevo, el simbolismo de lo ambiguo, una ambigüedad de triple significado, en la que está claro que más que el sol real (empieza a entrar por las ventanas mezclado con las brumas del fiordo noruego), y más que la morfina letal, lo que solicita a gritos el joven Oswaldo es *otro* tipo de luz. Esa luz que Ibsen buscaba afanoso hurgando en las tinieblas.

El mal interior de los personajes, la fuerza que gravita sobre ellos, no les viene exclusivamente de su condición de seres humanos venidos a sufrir a esta tierra de lágrimas. Y es que, si observamos a la luz de nuestros días los personajes ibsenianos, vemos que no les ocurren cosas objetivamente terribles, y que más bien son las víctimas de un material psíquico hecho de tabúes sociales y de leyes represivas interiorizadas. El hecho de que el chambelán Alving —padre de Oswaldo— hubiera sido un calavera libertino —Ibsen no nos llega a concretar hasta qué grados— no parece material suficiente para urdir un drama, por más que su presunta sífilis haya podido condicionar para siempre con el legado de su tara la vida del heredero. Lo es, sin embargo, todas las verdades que este hecho ha obligado a disimular, a ocultar y a interiorizar en los seres cercanos al libertino esposo; hasta tal punto los escarceos de un rijosillo burgués, en una aburrida sociedad noruega provinciana del XIX pueden hipotecar la existencia de otros seres. No es su *libertinaje* —claro— lo que crea la hipoteca, sino el conjunto de leyes morales y sociales, externa e internamente instaladas; «ese viejo prejuicio... Una de esas ideas corrientes que el mundo admite sin comprobación» (Oswaldo). «¡Espectros!», le replica su madre. Ese inconsciente colectivo que almacena a través de los tiempos materiales de deshecho, entorpeciendo la liberación personal de los hombres; esa especie de «idea destruida, de ciencia muerta», como magníficamente lo define la señora Alving... Porque en nosotros «no solo corre la sangre de nuestro padre y de nuestra madre»; hay, en efecto, otras herencias... La represión posee memoria genética. «Todos somos espectros.»

Los que deciden por nosotros, los que se sienten delegados de Dios con derecho a intervenir en nuestros destinos, los que dogmatizan por boca de gentes como el pastor Manders, son objeto de la sátira implacable de Ibsen, en cuya dramaturgia convive una buena colección de clérigos-caricarura, especímenes que dicen cosas tan hilarantes y, por desgracia, vigentes aún, como: «¿Qué derecho tenemos a la felicidad? Ninguno.» Tutores del alma, que predican que el deber de las esposas arrinconadas consiste en «soportar con resignación la cruz que la voluntad de las alturas ha estimado oportuno imponerles». Reverendos que claman porque «el espíritu del orden y de la regularidad» se restablezca pronto en las moradas donde los moradores han empezado a ver claro.

* * *

Viajando por el túnel de los espectros toparemos siempre con la galería de mujeres ibsenianas, un victimario compuesto de *muñecas* sojuzgadas por leyes que elaboran los machos. El carácter anticipador de las tesis de Ibsen lo ejemplifica como nada su preocupación por la condición femenina. Cuando toma notas para lo que sería *Casa de muñecas*, más que el argumento, a Ibsen le interesa definir el propósito: «Una mujer no puede ser ella misma en la sociedad actual, que es una sociedad exclusivamente masculina, con leyes forjadas por el hombre...» La señora Alving *(Espectros)* se lamenta en una ocasión: «Me habían inculcado algunas enseñanzas en las cuales no existían más que obligaciones.»

Ya en *La comedia del amor* (1862) aborda el tema de las relaciones sexuales vigentes en su tiempo, tomando partido contra la convención social que hace del matrimonio la tumba del amor y el congelador de nobles aspiraciones personales. Hay en esa pieza-ensayo un canto a la vida en libertad y a la aventura. La radicalidad de Ibsen en este punto no admite manipulación. «Si quieres casarte —nos dice—, no estés enamorado; si amas, vete.»

No obstante, la «rumia amarga» de Ibsen no apuesta por la tristeza. Nora, la heroína doméstica de *Casa de muñecas,* es, ante todo, la alegría de vivir. Pero no puede haber alegría sin libertad. «Libertad plena de una parte y de otra. Toma, ahí tienes tu anillo; devuélveme el mío...», dice Nora a su marido en la escena final de la obra. Esa escena antológica es acaso el trozo más moderno de todo el teatro de Ibsen, un espejo sobre el que se miraría buena parte del mejor realismo contemporáneo, ya en el siglo XX, y sobre todo ese tronco norteamericano que se inicia con Eugene O'Neill y se continúa con Tennesse Williams, Arthur Miller e incluso Edward Albee.

Es preciso que Nora haya sido víctima de un chantaje por parte de su prestamista insidioso, para que vea clara la realidad de su convivencia matrimonial y el carácter ínfimo de mujer-muñeca (hoy diríamos mujer-objeto) que tanto Helmer, su marido, como antes su padre, estuvieron dispuestos a concederle. El egoísmo de Helmer, revelador de su mezquindad, es el catalizador de la clarividencia final de Nora, insobornablemente dispuesta a ser «ella misma». Una Nora que había sido amenazada por el marido con la creencia social inaceptable de que los hijos depravados prematuramente lo son por tener madres embusteras.

Ese secreto de Nora, que constituye «su alegría y su orgullo», no puede ser nunca una mentira; las mujeres protagonistas de Ibsen suelen guardar secretos enaltecedores, secretos que las magnifican; mientras las mujeres que ocupan el peldaño social más bajo son obligadas a conservar secretos que acaban fatalmente enturbiándolas; doncellas con un solo tropiezo (haber cedido al acoso del señorito), que marca sus vidas y decide su destino patéticamente; sin posibilidad de elección, como la doncella de los Alving que desposa con el carpintero Engstrand *(Espectros),* o como Gina Ekdal *(El pato salvaje).*

Al fondo, o en primer término, presidiendo el cuadro de las costumbres psicológicas, siempre está el placer como imposible, el fantasma del gozo insatisfecho; un cuerpo social en el que prevalece la idea de resignación y de sufrimiento como sinónimo de vida, con heroínas y héroes que se rebelan contra ese anti-gozo; un gozo castigador a veces: así lo entiende el doctor Rank *(Casa de muñecas):* «Mi espina dorsal, pobre inocente, debe sufrir a causa de la *gozosa vida* que, cuando era teniente, llevó mi padre». En la dramaturgia ibseniana se detectan constantes temáticas obsesivas, personajes y situaciones paralelos. La tara heredada por el doctor Rank es de idéntica naturaleza que la del joven Oswaldo, de *Espectros*. Hay que situarse, sin embargo, en la época en que el mal inconfesable, la gran enfermedad venérea, esa sífilis nunca citada explícitamente, hacía estragos en la población, para comprender la hipoteca física y psicológica que gravita sobre unos personajes cuya desesperación les conduce directamente al suicidio. («¡Ah, no existen palabras para expresar lo que sufro»!; Oswaldo: *Espectros).*

El discurso moral de Ibsen no es, sin embargo, unidimensional y maniqueo. La maldad y la verdad siempre son relativas. Que su teatro dé albergue a las tesis no quiere decir que fomente el sermón dogmático, ni que caiga en el error —aunque de signo contrario—, que él ridiculiza en sus pastores y reverendos. Lo que hace Ibsen con sus tesis, como en la resolución de sus desenlaces, es reclamar la participación del espectador y, además de introducir un elemento de inquietud, invitarle a un debate y a una reflexión siempre dialécticos. Y es que, como todo auténtico teatro de tesis, lo es también de antítesis y de síntesis.

Partiendo de esta evidencia, podemos asistir a la cadena de desgracias que el *puro* Gregorio lleva al hogar de los Ekdal *(El pato salvaje)*. Gregorio pide a su amigo algo ideal: el sacrificio supremo que conduce a la purificación total. Personaje quijotesco, al fin y al cabo, que como Alonso Quijano provoca desbarajustes queriendo restablecer la justicia a toda costa. De algún modo, el existencialista Sartre, en su drama *El Diablo y Dios,* retomaba, tres cuartos de siglo más tarde, esta audaz y comprometida idea de Ibsen. «Siempre suceden calamidades cuando se empeña un loco en emprender por cuenta propia la reparación de desgracias ajenas», exclama Gina en el momento climático de *El pato salvaje*. Y el doctor Relling, más adelante, le replica a Gregorio: «Si quita usted a un hombre vulgar la mentira, le quitará la felicidad a la vez.»

La catarsis parece que solo llegará con la muerte de la criatura más inocente: el suicidio por amor de la pequeña Eduvigis. Pero ¿para qué servirá en definitiva esa muerte?... Ibsen nos avisa de la inutilidad de acciones voluntariosas que no cuenten con el respaldo del colectivo que se desea *redimir,* como las que inspira, instiga o lleva a cabo el tenaz Gregorio. Es, una vez más, el desenmascaramiento del idealismo burgués, idea obsesiva en toda la dramaturgia ibseniana. Y es ese doctor Relling, tan escéptico como real y filosóficamente moderno, el encargado por Ibsen de suministrarnos, al postre, su contramoraleja: «La vida podría ser muy agradable si nos dejaran en paz esos malditos acreedores que llaman de puerta en puerta reclamando una contribución en nombre del ideal a pobres hombres como nosotros.»

Una especie de corte de mangas final a la réplica del *acreedor de ideal:* «¡Váyase usted a paseo!», desdramatiza, distancia —en el sentido brechtiano del término— y coloca al espectador en el estado emocional más apropiado para la reflexion.

* * *

Cuando se dice que el teatro de Ibsen sustituyó la acción por el pensamiento, no se está dando una idea precisa de lo que entrañó su revolución formal y temática. En su técnica se atuvo hasta cierto punto a la tradición griega de los cinco actos, pero no siempre. Es característico que el interés de la trama se renueve por acumulación de verdades que permanecían ocultas, en una sucesión de revelaciones inéditas que van conformando la acción. Una acción más interior que exterior, que avanza en la medida en que la psicología de los personajes cambia de formas y tonalidades. Esa acción se alimenta a veces de un concentrado de hechos —como los restos del naufragio romántico—, de los que no está ausente ni lo inverosímil ni lo ingenuo. Y roza Ibsen el melodrama, como no podía por menos de acontecer, por pagar tributo a su época, que lo es de folletones y dramones; pero, cual pato salvaje no abatido, se libra del pantano melodramático con vuelo tan majestuoso como simple, por una sabia dosificación de acontecimientos extremados y diálogos rigurosos. Sus personajes, además, cultivan el psicoanálisis: la confesión, la confidencia, en un intento por desembarazarse de angustias y de espectros. Son algo más que fantasmas moviéndose entre las brumas; son figuras con perspectiva, y —hay que repetirlo— tridimensionales, porque son poéticas, son simbólicas y son reales.

Dio muchas ramas ese árbol de savia amarga: los Shaw, los Strindberg, los Chejov, los Gorki, los Pirandello, los Sartre, los Camus..., y, por supuesto, los O'Neill, con sus hijos ya citados.

Críticos académicos han reprochado a Ibsen el ardor juvenil y la pluma demasiado airada que se manifiesta en algunas de sus obras; dos aspectos que precisamente hacen más vigente e imperecedero su teatro. Hay datos suficientes acerca de la juventud prolongada e inextinguible del noruego, quien muestra su mayor vitalidad creadora conforme se acerca a lo que en aquella época era ya *tercera edad*. *Casa de muñecas* la acaba cuando cuenta cincuenta y un años. Desde entonces, hasta que muere a la edad de setenta y ocho, produce once dramas; entre ellos, los más representativos, los más montados y remontados, aun hoy.

Un espectador burgués que asistía a una representación de *El arquitecto Solness,* en 1892 (Ibsen contaba sesenta y cuatro años), comentó al final con un crítico: «Una pieza tosca, por supuesto, pero prometedora para un joven. El autor es muy joven, ¿no?»

Dicha tontería debería figurar como epitafio; al fin y al cabo, es el mejor de los elogios.

Angel GARCÍA PINTADO

Cronología

1828. Nacimiento en Skien (Noruega). Primogénito de un acomodado comerciante de origen danés. Al arruinarse su padre tuvo que abandonar los estudios; educación escolar deficiente.

1843. Empieza a trabajar como mancebo de botica en una farmacia de Grimstad. Allí compone sus primeros ensayos poéticos, versos burlescos y epigramas que escandalizaban a los ciudadanos de esta localidad provinciana. Otros versos, de tonos románticos, eran leídos por las damas con avidez, y coleccionados.

1847. «Ley Disraeli», en Inglaterra, protegiendo a las madres trabajadoras: se limita a diez horas la jornada laboral de la mujer. El jovencito Ibsen sigue escandalizando y seduciendo en Grimstad.

1848. Marx y Engels publican el «Manifiesto Comunista».

1850. Escribe su primer drama: *Catilina,* publicado con el seudónimo Brynjulf Bjarne. Pieza fogosa y apasionada, que es rechazada por el teatro de Cristianía. En esta ciudad, adonde se acaba de trasladar, colabora en la prensa, se examina para el preparatorio de Medicina y escribe un drama corro: *El lecho del gigante.* También, con Botten-

Hansen y Vinje, publica una revista semanal de sátira política —*Manden*—, que deja de publicarse a los nueve meses.

1851. Le llama Ole Bull al Teatro Nacional de Bergen, donde trabaja como director de escena hasta 1857. Paga su tributo al romanticismo nacional todos los años al conmemorarse la fundación del teatro: produce un drama cada año...

1853. *La noche de San Juan.*

1854. *La señora de Ostraat.*

1855. *La fiesta en Solhaug.*

1856. *Olaf Liliekrans.*

1857. Nombrado director artístico del teatro de Cristianía.

1858. Contrae matrimonio con Susana Daae Thoresen, de Bergen. Poco feliz en su vida privada; se acentúa su carácter avinagrado. Publica el drama *Los héroes de Heliogoland,* de técnica maestra.

1862. *La comedia del amor:* amarga sátira contra el concepto del amor y del matrimonio que tienen las gentes del campo noruego. Indignación pública tempestuosa contra Ibsen.

1863. *Los pretendientes de la corona.*

1864. Amargado aún más por la incomprensión deque era objeto su obra por parte de su país, y airado por la posición de Noruega en el conflicto prusiano-danés, abandona Cristianía y se va a Berlín y Roma.

1866. Roma. *Brand*.

1867. *Peer Gynt*. Ambos dramas, en verso, simbólico-filosóficos, fustigadores de la sociedad noruega y contra la idealización de las figuras de los campesinos, al modo de su compatriota Björnson.

1868. Garibaldi con sus «camisas rojas» intenta, sin conseguirlo, la conquista de Roma. Ibsen abandona la capital romana y parte a Dresde. Aquí escribe y estrena *La unión de los jóvenes*.

1871. La Comuna de París. Ibsen pública poemas. Garibaldi ya ha conquistado Roma y culmina la unidad italiana.

1873. Primera República en España. *El emperador y los galileos,* drama histórico nacido del ambiente, por aquellos años, de la formación del Imperio germánico; en él se describe la lucha de la antigüedad con el cristianismo y la ruina de Juliano el Apóstata.

1875. Trabaja alternativamente en Munich y Roma, con algunos viajes a Escandinavia, donde ya se le recibe como a un triunfador.

1877. *Los puntales de la sociedad*.

1879. *Casa de muñecas*.

1881. *Espectros*.

1882 *Un enemigo del pueblo*. La primera mujer es admitida en una Universidad como estudiante. El acontecimiento se produce precisamente en la universidad de Cristianía. en Noruega. Las sufragistas de todo el mundo lo celebran arreciando en sus manifestaciones.

1884. *El pato salvaje.*

1886. *Rosmersholm.*

1888. *La señora del mar.*

1890. *Hedda Gabler.*

1892. Ibsen retorna definitivamente a Cristianía. *El arquitecto Solness.*

1894. *El pequeño Eyolf*

1896. *Juan Gabriel Borkmann.*

1899. Asiste a la inauguración oficial de su estatua ante el Teatro Nacional. *Cuando despertemos a la muerte* (epílogo dramático).

1899-1903. *Obras completas de Ibsen*, edición crítica alemana; prólogos de Brandes y Schlenther (nueve volúmenes), más una selección de cartas).

1905. Obtiene el premio Nobel de Literatura, compartido con Björnson.

1906. Muere en Cristianía. Igualdad electoral para las mujeres en Finlandia; es el primer país europeo que la conquista.

Casa de muñecas

DRAMA EN TRES ACTOS

PERSONAJES

Helmer, abogado.
Nora, su esposa.
El doctor Rank.
Señora Linde.
Krogstad, procurador.
Los tres niños de Helmer.
Ana María, su niñera.
Elena, doncella de los Helmer.
Un recadero.

La acción, en casa de los Helmer. Época actual.

ACTO PRIMERO

Una estancia amueblada cómodamente y con buen gusto, aunque sin lujo. A la derecha del foro, puerta del vestíbulo. A la izquierda, la del despacho de Helmer. Entre ambas puertas, un piano. En el lateral izquierdo del escenario, otra puerta, y más en primer término, una ventana. Cerca de la ventana, una mesa redonda grande junto a un sofá y varias sillas. En el lateral derecho, hacia el segundo término, una mecedora y dos sillones ante una chimenea de cerámica. Entre la chimenea y la puerta, una mesita. Grabados en las paredes. Repisa con figuras de porcelana y demás cachivaches. Un estantito repleto de libros muy bien encuadernados. El entarimado, cubierto por una alfombra. Lumbre en la chimenea. Día de invierno.

Se oye sonar una campanilla en el vestíbulo, y un instante después se abre la puerta. Entra Nora tarareando alegremente. Viste abrigo y sombrero, y trae varios paquetes que deposita sobre la mesa de la derecha. Deja abierta la puerta del vestíbulo, por la cual se ve un recadero que trae un árbol de Navidad y un cesto, entregándoselos a la doncella que ha abierto la puerta.

NORA.—Oculta bien el árbol de Navidad, Elena. No conviene que lo vean los niños antes de que esté montado esta noche. (*Al recadero, sacando el portamonedas.*) ¿Cuánto?

RECADERO.—Cincuenta céntimos.

NORA.—Tenga una corona. No me dé nada y quédese con la vuelta. (*El recadero saluda y sale. Nora cierra la puerta y continúa sonriendo alegremente mientras se quita el sombrero y el abrigo. Extrae luego de su bolsillo un cucurucho de almendras, comiéndose algunas; después, avanza de puntillas hacia la puerta del despacho de su marido y escucha.*) Sí, está en su cuarto. (*Empieza a tararear de nuevo, dirigiéndose a la mesita de la derecha.*)

HELMER (*desde adentro*).—¿Es mi alondra la que gorjea por ahí?

NORA (*mientras desenvuelve unos paquetes*).—Sí.

HELMER.—¿Es mi ardilla la que bulle?

NORA.—¡Sí!

HELMER.—¿Cuándo ha vuelto la ardilla?

NORA.—Ahora mismo. (*Guarda el cucurucho de almendras en el bolsillo y se limpia la boca.*) Ven aquí, Torvaldo, para que veas lo que he comprado.

HELMER.—No me distraigas. (*En seguida abre la puerta y aparece con la pluma en la mano, echando una ojeada a la habitación.*) ¿Comprado, dices? ¿Y todo eso? ¿Otra vez ha encontrado el pajarito ocasión de gastar dinero?

NORA.—Pues, sí, Torvaldo; este año bien podemos permitirnos más dispendios. Es la primera Navidad en que no nos vemos obligados a andar con escaseces.

HELMER.—Sí...; pero no debemos pecar de pródigos.

NORA.—¡Vaya!, un poco, Torvaldo, un poquitín, ¿no te parece? Ahora cobrarás un buen sueldo y ganarás mucho dinero, mucho.

HELMER.—Sí, desde el año próximo, aunque todavía ha de transcurrir un trimestre antes de que perciba nada.

NORA.—¿Y eso qué importa? Entretanto, podremos vivir a crédito.

HELMER.—¡Nora! (*Se acerca a ella y le tira de una oreja bromeando.*) ¡Siempre la misma ligereza! Supón que hoy pido prestadas mil coronas, que te las gastas en estas Pascuas de Navidad, que la víspera de Año Nuevo me cae una teja. en la cabeza, y que...

NORA (*poniéndole la mano en la boca*).—Cállate; no hables así.

HELMER.—Figúrate, sin embargo, que ocurriera eso. Y entonces, ¿qué?

NORA.—Si ocurriera semejante cosa, lo mismo me daría tener deudas que no.

HELMER.—¿Y las personas que me hubieran prestado el dinero?

NORA.—¡Bah! ¿Quién piensa en esas personas? Son extrañas.

HELMER.—¡Nora, Nora, eres una auténtica mujer! Hablando en serio, ya conoces mis ideas sobre ese particular. Nada de deudas y ningún préstamo. En toda casa fundada sobre la base de préstamos y deudas, reina una especie de esclavitud, algo de mal augurio. Nosotros dos nos hemos defendido hasta ahora, y continuaremos haciéndolo durante la breve época de prueba que nos queda aún.

NORA (*acercándose a la chimenea*).—Está bien; como quieras, Torvaldo.

HELMER (*siguiéndola*).—¡Vamos, vamos!, no debe andar alicaída la alondra. ¿Conque ya tuerce el gesto la ardilla? (*Saca su cartera.*) ¿Adivinas, Nora, lo que tengo aquí?

NORA (*volviéndose con viveza*).—Dinero.

HELMER.—Toma. ¡Dios mío, demasiado sé los muchos gastos que se originan en un hogar por Navidad!

NORA (*contando*).—Diez, veinte, treinta, cuarenta. Gracias, Torvaldo. Con esto me arreglaré por algún tiempo.

HELMER.—¡Mejor! Buena falta hace.

NORA.—Así será, no lo dudes. Pero ven aquí, que voy a enseñarte lo que he comprado, ¡y muy barato! Mira: este es un traje nuevo para Ivar, y un sable. También hay un caballo y una trompeta para Bob. Una muñeca y una camita para Emmy; de lo más ordinario, porque lo estropea todo en seguida. Además, unos delantales y unos cortes de vestidos para las criadas. La vieja Ana María se merece bastante más, por cierto.

HELMER.—¿Y qué contiene ese paquete?

NORA (*que prorrumpe en un leve grito*).—No, Torvaldo; esto no debes verlo hasta la noche.

HELMER.—Bien, bien. Pero dime, gastosilla, ¿qué preferirías para ti?

NORA.—¿Para mí? Pues nada. Lo mismo da.

HELMER.—Estoy seguro de tu desinterés. No obstante, pide algo razonable que te apetezca.

NORA.—En verdad, no sé qué pedir. Y el caso es que... Escucha, Torvaldo...

HELMER.—Veamos.

NORA (*jugueteando con los botones de la chaqueta de su marido, sin mirarlo*).—Si realmente quieres regalarme algo, podrías..., podrías...

HELMER.—Acaba de una vez.

NORA (*de un tirón*).—Podrías darme el dinero, Torvaldo. ¡Oh!, poca cosa, lo que esté en tus disponibilidades, y con ello me compraré algo cualquiera de estos días.

HELMER.—Pero, Nora...

NORA.—Claro que harás eso, querido Torvaldo; te lo suplico. Colgaré del árbol el dinero envuelto en un bonito papel dorado. ¿No será divertido?

HELMER.—¿Cómo se llama el pájaro que despilfarra sin cesar?

NORA.—Sí, sí, el estornino, ya lo sé. Pero haz lo que te

pido, Torvaldo, y así tendré ocasión de escoger algo útil. ¿No es razonable mi idea?

HELMER.—Lo sería si atinaras a emplear bien el dinero que te doy, y a comprar algo que valga la pena; pero se dilapida en mil naderías domésticas, y después tengo que volver a aflojar la bolsa.

NORA.—¡Qué cosas dices, Torvaldo!

HELMER.—Es evidente, querida Nora. (*La abraza por el talle.*) Resulta delicioso el estornino; pero ¡necesita tanto dinero! Parece mentira lo que le cuesta a un hombre poseer un estornino.

NORA.—¿Por qué hablas en este tono? Yo ahorro cuanto puedo.

HELMER.—¡Oh!, eso no tiene vuelta de hoja. Cuanto puedes, en efecto, aunque no puedes nada en absoluto.

NORA (*tarareando y sonriendo alegremente*).—¡Si supieras, Torvaldo, el cúmulo de gastos que nos sobrevienen a las alondras y a las ardillas!

HELMER.—Eres una criatura singular. Lo mismo que tu padre. Te ingenias a maravilla para proporcionarte dinero; pero, apenas lo consigues, se te escurre entre los dedos y no averiguas jamás en qué lo has invertido. En fin, hay que tomarte conforme eres. Lo llevas en la sangre. Sí, Nora, esos rasgos son hereditarios, indudablemente.

NORA.—¡Bien quisiera yo haber heredado algunas cualidades de papá!

HELMER.—Y yo te quiero tal cual eres, alondra mía adorada. Pero escucha: hoy tienes un aire distinto, un aire desconcertante...

NORA.—¿Yo?

HELMER.—Sí, tú. Mírame con fijeza a los ojos. (*Nora lo mira.*) ¿No habrá hecho la golosilla alguna escapatoria en la ciudad?

NORA.—No. ¿Por qué me lo preguntas?

HELMER.—¿De veras no habrá metido la golosilla su nariz en la confitería?

NORA.—No, Torvaldo; te lo aseguro.

HELMER.—¿Ni siquiera habrá husmeado algún dulce?

NORA.—Ni por asomo.

HELMER.—¿Ni ronchado una o dos almendras?

NORA.—Y tanto que no; te lo confirmo.

HELMER.—Bueno, bueno; estaba de broma.

NORA (*acercándose a la mesita de la derecha*).—No me asaltaría la menor intención de hacer algo que te disgustara. Puedes estar bien persuadido de ello.

HELMER.—De sobra me consta. ¿No me has dado tu palabra? (*Se acerca a Nora.*) ¡Ea!, resérvate para ti tus secretitos de Navidad, que ya los descubriremos esta noche cuando se encienda el árbol.

NORA.—¿Te has acordado de invitar al doctor Rank a cenar?

HELMER.—No, ni es necesario, puesto que está al corriente. Por lo demás, lo invitaré dentro de un rato, cuando venga. He encargado un buen vino. No puedes imaginarte, Nora, con qué ilusión aguardo a que llegue la noche.

NORA.—Yo también. ¡Y cuánta alegría van a sentir los niños, Torvaldo!

HELMER.—Reconforta pensar que ha logrado uno gozar de una situación estable, garantizada, para vivir con holgura. ¡Cómo tranquiliza pensarlo!

NORA.—Por supuesto, es maravilloso, igual que un sueño.

HELMER.—¿Recuerdas la Navidad pasada? Desde tres semanas antes te encerrabas hasta la medianoche larga, a fin de confeccionar flores para el árbol de Navidad y darnos numerosas sorpresas. ¡Uf!, ha sido la época más aburrida desde que tengo memoria.

NORA.—Pues yo no me aburría en modo alguno.

HELMER.—Y bastante deplorable fue el resultado, Nora.

NORA.—¿A cuento de qué viene el indignarme evocando ese contratiempo? Yo no tengo la culpa de que entrara el gato y lo destrozara todo.

HELMER.—Claro que no, querida Nora. ¿Cómo ibas a tener la culpa tú? Lo esencial es que con la mejor voluntad pretendías complacernos a todos. Al fin y al cabo, más vale que se hayan terminado los momentos difíciles.

NORA.—Sí, y todavía no vuelvo de mi asombro

HELMER.—Ahora no me aburriré ya solo y tú no necesitarás ya estropearte esos ojos queridos y esas manitas tan lindas.

NORA (*palmoteando*).—¿Verdad que no, Torvaldo? (*Se coge del brazo de su marido.*) Voy a contarte cómo he pensado arreglarnos en cuanto transcurran las Navidades. (*Suena la campanilla en el vestíbulo.*) Llaman. (*Ordena las butacas de la estancia.*) Llega alguien. ¡Qué fastidio!

HELMER.—Si es una visita, ten en cuenta que no estoy para nadie.

ELENA (*desde la puerta del vestíbulo*).—Señora, pregunta por usted otra señora...

NORA.—Que pase

ELENA (*a Helmer*).—Se ha presentado a la vez el señor doctor.

HELMER.—¿Ha pasado a mi despacho?

ELENA.—Sí, señor. (*Helmer penetra en su cuarto. La doncella introduce a la señora Linde, que viene vestida de viaje, y cierra la puerta luego.*)

SEÑORA LINDE (*tímidamente, con algún titubeo*).— Buenos días, Nora.

NORA (*indecisa*).—Buenos días...

SEÑORA LINDE.—¿No me reconoces?

NORA.—En efecto, no caigo..., aunque me parece que... (*Con una exclamación.*) ¡Cristina! ¿Eres tú?

SEÑORA LINDE.—Sí, la misma.

NORA.—¡Y yo que no te reconocía, Cristina! Pero ¿cómo iba a reconocerte? (*Más bajo.*) ¡Cuánto has cambiado!

SEÑORA LINDE.—Ciertamente. En nueve o diez años cumplidos...

NORA.—¿Hace tanto tiempo que no nos hemos visto, en realidad? Eso es, sí. ¡Oh, si supieras qué época tan feliz la de estos últimos ocho años! ¡Y de súbito vienes a la ciudad, atreviéndote a hacer un viaje largo en pleno invierno! ¡Qué valiente eres!

SEÑORA LINDE.—He llegado en el vapor esta mañana.

NORA.—Para pasar aquí las fiestas pascuales, naturalmente. ¡Qué alegría! Vamos a divertirnos en grande. Pero quítate el abrigo. No tendrás frío, ¿eh? (*La ayuda.*) ¡Ajajá! Ahora nos sentaremos con comodidad a la chimenea; yo tomo la mecedora, que es mi sitio. (*Le oprime las manos.*) Ya has recobrado tu antigua fisonomía, y solo en el primer instante hube de desconocerte... Sin embargo, estás un poco más palida, Cristina..., y un poco más delgada también.

SEÑORA LINDE.—Y muchísimo más vieja también, Nora.

NORA.—Sí, un poquitín, un poquitín quizá..., pero no demasiado. (*Se interrumpe de repente y luego prosigue con acento más serio.*) ¡Oh, que loca soy parloteando así! Simpática y bondadosa Cristina, ¿me perdonas?

SEÑORA LINDE.—¿A qué te refieres, Nora?

NORA.—¡Pobre Cristina! Enviudaste.

SEÑORA LINDE.—Sí; hace tres años.

NORA.—Lo sabía por haberlo leído en los periódicos. ¡Oh, Cristina, puedes creerme que con frecuencia proyectaba escribirte por aquel entonces..., aunque aplazaba la carta de un día para otro, y, por añadidura, surgía siempre algún impedimento.

SEÑORA LINDE.— Me hago cargo por completo..

NORA.—No, Cristina; eso está muy mal hecho por mi parte. ¡Pobre amiga mía! ¡Por qué trances has debido de pasar! ¿Y no te ha quedado nada con que vivir?

SEÑORA LINDE.—No.

NORA.—¿Ni hijos?

SEÑORA LINDE.—Tampoco.

NORA.—¿Nada, pues?

SEÑORA LINDE.—Ni siquiera una pena en el corazón, una de esas nostalgias que absorben.

NORA (*mirándola con incredulidad*).—Vamos a ver, Cristina, ¿cómo es posible?

SEÑORA LINDE (*sonriendo amargamente y pasándose la mano por los cabellos*).—Así ocurre a veces, Nora.

NORA.—¡Sola en el mundo! ¡Cuánto debe de pesar eso! Yo tengo tres niños hermosos. Por el momento no podrás verlos, porque han salido con su niñera. Anda, cuéntamelo todo,

SEÑORA LINDE.—Más tarde. Comienza tú.

NORA.—No; es a tí a quien le toca hablar. Hoy no quiero mostrarme egoísta..., no quiero pensar más que en ti. Solo voy a decirte una cosa sin tardanza. ¿Sabes la suerte que estos días hemos tenido?

SEÑORA LINDE.—No. ¿De qué se trata?

NORA.—¡Figúrate! A mi marido le han nombrado director del banco.

SEÑORA LINDE.—¿A tu marido? ¡Qué suerte!

NORA.—¿Verdad que sí? Resulta una situación tan precaria la de un abogado, sobre todo cuando no quiere encargarse más que de causas lícitas y justas! Tal es, por descontado, el caso de Torvaldo, con el que estoy de completo acuerdo. Imagínate nuestro contento actual. Para Año Nuevo tomará posesión del cargo y percibirá un sueldo considerable, con grandes emolumentos. Entonces viviremos de una manera muy distinta y más a nuestro gusto. ¡Oh, Cristina, qué feliz y desahogada me siento! Es una verdadera delicia tener mucho dinero y hallarse libre de preocupaciones. ¿No lo crees?

SEÑORA LINDE.—¿Qué duda cabe? Por lo menos, debe de ser estupendo disponer de lo necesario.

NORA.—No únicamente de lo necesario, sino de mucho, de muchísimo dinero.

SEÑORA LINDE.—¡Nora, Nora! ¿Aún no eres razonable a estas fechas? En la escuela eras ya una gran despilfarradora.

NORA (*sonriendo dulcemente*).—Torvaldo pretende que lo soy todavía. Pero «Nora, Nora» no es tan loca como suponéis. ¡Ah, si bien se mira, no tuve un caudal que derrochar hasta hoy día! Nos hemos visto obligados a trabajar ambos.

SEÑORA LINDE.—¿También tú?

NORA.—Sí; menudencias, labores de mano, ganchillo, bordados, etcétera. (*Cambia de tono.*) Y para colmo, otra cosa. Ya sabes que cuando nos casamos dejó Torvaldo el ministerio. No esperaba ascensos en su empleo, y se requería ganar más dinero. Pero el primer año estuvo muy sobrecargado de trabajo. Según comprenderás, necesitaba buscar toda clase de ocupaciones suplementarias y se afanaba de la mañana a la noche. Como había abusado de sus fuerzas, cayó gravemente enfermo. A la sazón decretaron los médicos que debía trasladarse al Sur.

SEÑORA LINDE.—Cierto, residisteis un año en Italia.

NORA.—Sí. Como puedes suponer, no se nos hizo fácil ponernos en camino... Acababa de nacer Ivar. Con todo, no había más remedio, claro está. ¡Oh, qué viaje tan maravilloso! Y salvó a Torvaldo la vida. Pero ¡cuánto dinero ha costado Cristina!

SEÑORA LINDE.—Me lo figuro.

NORA.—Mil doscientos escudos, o sea, cuatro mil ochocientas coronas. ¡Muchísimo dinero!

SEÑORA LINDE.—Sí, y en semejante trance implica una gran ventaja tenerlo.

NORA.—Te advierto que fue papá quien nos lo dio.

SEÑORA LINDE.—Menos mal. Si no me equivoco, por aquellas época murió tu padre.

NORA.—Por aquella época, efectivamente, Cristina. Y ya supondrás que no pude ir a cuidarlo. De un día a otro aguardaba el nacimiento del pequeño Ivar, y mi pobre Torvaldo, moribundo, tenía necesidad de que yo lo atendiera. No volví a ver al bueno de mi papá querido. ¡Ay!, es el episodio más cruel que hube de soportar desde mi matrimonio.

SEÑORA LINDE.—Le querías mucho, lo sé. ¿Conque salisteis para Italia?

NORA.—Sí. Teníamos dinero, y los médicos nos apremiaban. Nos pusimos en marcha al cabo de un mes.

SEÑORA LINDE.—¿Y regresó enteramente repuesto tu marido?

NORA.—De un modo radical.

SEÑORA LINDE.—¿Y... ese médico?

NORA.—¿A quién te refieres?

SEÑORA LINDE.—Creo que la doncella ha anunciado a un doctor e introducía un caballero al mismo tiempo que a mí.

NORA.—El doctor Rank, sí. No viene como médico. Es nuestro mejor amigo; nos visita una vez al día cuando menos. Pues no, desde entonces, no ha tenido Torvaldo la menor indisposición. Igualmente están sanos y robustos los niños, y lo mismo yo. (*Se levanta de un brinco y palmotea.*) ¡Dios mío, Dios mío, Cristina, qué bueno y agradable es vivir y sentirse feliz!... ¡Ah!, pero me abochorna no hablar más que de mis propios asuntos. (*Se sienta en un taburete al lado de Cristina y se recuesta en sus rodillas.*) ¿No me guardas rencor? Oye, ¿de veras no querías a tu marido? En tal caso, ¿por qué te casaste con él?

SEÑORA LINDE.—Aún vivía mi madre, enferma y sin apoyo alguno. Por añadidura, tenía yo a mis dos hermanitos a mi cargo. No me creí con derecho a rehusar la oportunidad.

NORA.—Por mi parte, estoy segura de que llevabas razón. ¿De modo que en aquella época era rico?

SEÑORA LINDE.—Creo que gozaba de buena posición. Pero era la suya una fortuna sin base sólida, y a su muerte se desbarató, quedando todo en nada.

NORA—De manera que...

SEÑORA LINDE.—Tuve que salir del apuro con ayuda de un pequeño recurso, una escuela que hube de regentar, y... ¡qué sé yo! Los tres años últimos han sido para mí una larga jornada de trabajo sin descanso. Pero se ha terminado, Nora. Ya no me necesita mi pobre madre, a quien perdí, ni tampoco los muchachos, quienes están en edad de bastarse a sí mismos.

NORA.—¡Qué aliviada debes de sentirte!

SEÑORA LINDE.—No, Nora; me debato en un vacío insoportable. Hoy no me queda nadie a quien consagrarme. (*Se levanta, inquieta.*) Así es que no he podido resistir más allí, en aquel rincón perdido. Estimo preferible entregarme a una ocupación, desechar mis pensamientos. Si al menos me acompañara la suerte de encontrar una colocación en cualquier oficina...

NORA.—¿Te conformas con eso? ¡Es tan fatigoso y te hace tanta falta reposar! Te convendría ir a un balneario.

SEÑORA LINDE (*aproximándose a la ventana*).—Yo no tengo un papá que me pague el viaje.

NORA.—Vamos, no te enfades.

SEÑORA LINDE.—Tú eres la que no debe tomármelo a mal, querida Nora. Lo peor en una situación como la mía es que nos agria el carácter. No tenemos nadie para quien trabajar, y, sin embargo, hemos de buscarnos la subsistencia, porque se impone vivir. Acaba una por volverse egoísta. Te diré más. Cuando me has comunicado vuestro cambio de situación, me he alegrado más por mí misma que por ti.

NORA.—¿Cómo dices...? ¡Ah!, sí, comprendo!... Has pensado que de algo podrá Torvaldo servirte.

SEÑORA LINDE.—Sí que lo he pensado.

NORA.—Te servirá, Cristina. Voy a preparar el terreno con tino, engatusando a Torvaldo para predisponerlo en favor tuyo. ¡Oh, ardo en deseos de serte útil!

SEÑORA LINDE.—¡Cuán amable eres, Nora, al demostrar tanto interés.., y doblemente tratándose de ti, que conoces tan poco las miserias y los sinsabores de la vida!

NORA.—¿Yo?... ¿Lo crees así?

SEÑORA LINDE.—¡Dios mío! ¡Laborcitas de mano y chucherías análogas! Eres una niña, Nora.

NORA (*meneando la cabeza y cruzando la escena*).— No hables de ello tan ligeramente.

SEÑORA LINDE.—¿Por qué?

NORA.—Eres como los demás. Todos creéis que no valgo para nada serio.

SEÑORA LINDE.—Bueno, bueno...

NORA.—Que no tengo la menor idea de los contratiempos de la vida.

SEÑORA LINDE.—Pero, querida Nora, acabas de contarme todas tus dificultades.

NORA.—¡Bah..., unas bagatelas!... (*En voz baja.*) No te he contado lo principal.

SEÑORA LINDE.—¿Qué quieres decir?

NORA.—Me juzgas desde la altura de tu grandeza, Cristina; pero no deberías hacerlo. Estás orgullosa de haber trabajado tanto y con tanto ahínco por tu madre.

SEÑORA LINDE.—No juzgo desde la altura de mi grandeza a nadie. Pero sí me pongo contenta y orgullosa cuando pienso que, gracia a mí, han transcurrido tranquilos los últimos días de mi madre.

NORA.—Y también te enorgulleces al pensar lo que has hecho por tus hermanos.

SEÑORA LINDE.—Entiendo que me asiste derecho.

NORA.—Opino lo mismo. Ahora voy a contarte algo, también tengo un motivo de alegría y de orgullo.

SEÑORA LINDE.—No lo dudo. Pero ¿en qué consiste?

NORA.—Habla más bajo, a fin de que no nos oiga Torvaldo. Por nada el mundo quisiera yo que él... Nadie debe saberlo, nadie en absoluto, excepto tú, Cristina.

SEÑORA LINDE.—Pero ¿a qué aludes?

NORA.—Acércate (*atrayéndola a su lado en el sofá*) Sí..., escucha: también puedo estar orgullosa y contenta. Fui yo la que salvé la vida a Torvaldo.

SEÑORA LINDE.—¿La salvaste? ¿Cómo la salvaste?

NORA.—¿No te he hablado del viaje a Italia? Torvaldo no viviría hoy si no hubiera emprendido el viaje al Sur.

SEÑORA LINDE.—Y tu padre os dio el dinero necesario.

NORA.—Sí eso creen Torvaldo y todo el mundo; pero...

SEÑORA LINDE.—Pero ¿qué?

NORA.—Papá no nos dio ni un céntimo. Quien proporcionó el dinero fui yo.

SEÑORA LINDE.—¿Tú? ¿Una cantidad tan crecida?

NORA.—Mil doscientos escudos, o sea cuatro mil doscientas coronas. ¿Qué dices a eso?

SEÑORA LINDE.—Pero ¿cómo te ingeniaste, Nora?... ¿Te había tocado la lotería?

NORA (*en tono despectivo*).—¡La lotería! (*Con ademán más desdeñoso.*) ¿Qué mérito habría tenido semejante cosa?

SEÑORA LINDE.—Pero ¿de dónde la sacaste en tal caso?

NORA (*sonriendo misteriosamente y tarareando*). ¡Ejem! ¡Ta-ra-la-lá!

SEÑORA LINDE.—Prestada, de ninguna manera.

NORA.—¿Y por qué no?

SEÑORA LINDE.—Porque una mujer casada no puede pedir dinero prestado sin consentimiento de su marido.

NORA (*meneando de nuevo la cabeza*).—¡Oh!, cuando se trata de una mujer un poco práctica..., de una mujer que sabe desenvolverse con habilidad...

SEÑORA LINDE.—No sé adónde vas a parar, Nora.

NORA.—Ni es menester que lo comprendas. Nadie ha dicho que se me haya prestado ese dinero. Pude proporcionármelo de otro modo. (*Se echa sobre el asiento.*) ¿No podría recibirlo de un admirador? Con mis hechizos naturales...

SEÑORA LINDE.—¡Qué loca eres!

NORA.—Confiesa que te pica la curiosidad.

SEÑORA LINDE.—Dime, querida Nora, ¿no habrás obrado con aturdimiento?

NORA (*irguiéndose*).—¿Supones aturdimiento que una salve la vida de su marido?

SEÑORA LINDE.—Lo que estimo aturdimiento es que hayas obrado a escondidas.

NORA.—Conseguí que no se enterase de nada. ¡Dios mío! ¿No comprendes? Él no debía enterarse de la gravedad de su estado. Fue a mí a quien vinieron los médicos para avisarme de que corría peligro su vida y de que solo podría salvarse pasando en el Sur una temporada. ¿Crees que no he recurrido a la astucia? Le ponderaba cuánto me gustaría viajar por el extranjero, como otras recién casadas; lloraba, suplicaba y le decía que debía pensar en mi estado y plegarse a mi capricho; por fin le di a entender que bien podría tomar dinero a crédito. Pero entonces, Cristina, estuvo a punto de sublevarse. Me contestó que era una casquivana y que su deber de marido no estribaba en doblegarse a mis antojos. «Bien, bien —pensaba yo—; lo salvaré a toda costa.» Y a raíz de esto me valí de una artimaña.

SEÑORA LINDE.—¿Y tu marido no se enteró por tu padre de que el dinero no provenía de él?

NORA.—Nunca. Papá murió días más tarde. Yo había pensado revelárselo todo, pidiéndole que no me descubriera; pero estaba tan mal... ¡Ay!, no tuve que dar ese paso.

SEÑORA LINDE.—¿Y después no se lo has declarado a tu marido?

NORA.—¡No, santo Dios, qué idea! ¡A él, tan severo a ese respecto! Además, ¡cuán penoso le resultaría para su amor propio de hombre! ¡Menuda humillación la de comprobar que me debía algo! Eso habría trastornado todas nuestras relaciones, y ya no sería lo que es nuestro hogar, tan dichoso.

SEÑORA LINDE.—¿No le hablarás de ello jamás?

NORA (*reflexionando y sonriendo a medias*).—Acaso... más adelante, tras de haber transcurrido años y años, cuando ya no sea yo tan guapa como en la actualidad. ¡No te rías! Quiero decir cuando Torvaldo no me ame tanto, cuando ya no le agrade verme bailar, disfrazarme y declamar para su recreo. Entonces quizá convenga a qué aferrarse. (*Interrupiéndose.*) ¡Bah, no llegará nunca ese día!.. Bueno, Cristina, ¿qué te parece mi gran secreto? Verás que yo también sirvo para algo. Puedes creer que me ha causado muchas preocupaciones esa cuestión. En verdad, no se me ha hecho fácil cumplir a plazo fijo. Porque sabrás que en estos asuntos existe una cosa que se llama vencimiento, con otra que se llama amortización, y todo ello es terriblemente difícil de solucionar. He tenido que economizar un poco en cada detalle. De las necesidades domésticas no he podido rebañar apenas, pues se imponía que viviera con decoro Torvaldo. Tampoco podían los niños ir mal vestidos. Cuanto recibía para ellos se me antojaba que les correspondía. ¡Angelitos míos!

SEÑORA LINDE.—Por consiguiente, ¿has tenido que ahorrar todo eso de tus gastos personales, pobre Nora?

NORA.—Naturalmente. Por lo demás, era muy justo. Cada vez que Torvaldo me daba dinero destinado a mi atavío, solo gastaba la mitad. Siempre compraba lo más barato. Es una suerte, por cierto, que me siente bien cualquier cosa, pues así no ha notado nada Torvaldo. Sin embargo, a ratos se me hacía duro, Cristina, en vista de lo que le halaga a una ir elegante, ¿no?

SEÑORA LINDE.—¡Ya lo creo!

NORA.—Todavía dispuse de otros ingresos. El invierno pasado se me deparó la coyuntura de encontrar un encargo de numerosas copias. Entonces me encerraba y escribía hasta muy entrada la noche. ¡Oh, a menudo me sentía fatigada hasta más no poder! No obstante, daba gusto trabajar para ganar dinero. Casi se me figuraba ser un hombre.

SEÑORA LINDE.—¿Hasta cuánto has pagado por este medio?

NORA.—No podría decírtelo con exactitud. Ya supondrás lo difícil que resulta desenvolverse en asuntos de esta clase. Únicamente sé que he pagado lo más que he podido. Con frecuencia ignoraba adónde volver los ojos. Entonces me imaginaba que se había enamorado de mí un señor viejo muy rico.

SEÑORA LINDE.—¡Cómo! ¿Qué señor?

NORA.—¡Majaderías!... ... Soñaba que se moría, y que, al abrir su testamento, leíase en letras muy grandes: «Todo mi dinero se lo lego a la encantadora señora Helmer, a la que le será entregado en el acto.»

SEÑORA LINDE.—Pero, querida Nora, ¿quién es ese señor?

NORA.—¡Dios mío!, ¿no lo comprendes? El señor viejo no existe y solo es una idea que me asaltaba sin cesar cuando no veía ningún medio para proporcionarme dinero. Por lo demás, hoy me da lo mismo. Ya puede estar donde le plazca el viejo ese, pues me tienen sin cuidado él y su testamento ahora que estoy tranquila. (*Se levanta vivamente.*) ¡Oh, Dios mío, qué felicidad pensarlo! ¡Tranquila, poder estar tranquila, tranquila por completo, jugando con los niños, amueblando bien la casa, con gusto, como desea tenerla Torvaldo! Después vendrán la primera y el hermoso cielo azul. Acaso podamos viajar un tanto entonces, tornando a ver (*Llaman a la puerta.*) el mar. ¡Ah, qué adorable es vivir y estar contenta!

SEÑORA LINDE.—Han llamado. ¿Deberé retirarme?

NORA.—No, quédate; no vendrá nadie. Probablemente, será para preguntar por Torvaldo...

ELENA.—Dispense la señora... Hay un caballero que desea hablar con el señor abogado...

NORA.—Con el señor director, querrás decir.

ELENA.—Con el señor director, sí, señora; pero, como está el doctor ahí dentro, yo no sabía...

KROGSTAD (*presentándose*).—Soy yo, señora. (*Sale Elena. La señora Linde se turba y se vuelve hacia la ventana.*)

NORA (*estremecida, da un paso en dirección a él y pregunta a media voz*).—¡Usted! ¿Qué pasa? ¿Qué quiere hablar con mi marido?

KROGSTAD.—Es a propósito del banco. Desempeño allí un pequeño empleo, y he oído decir que su esposo va a convertirse en jefe nuestro....

NORA.—Cierto...

KROGSTAD.—Asuntos enojosos, señora, y nada más.

NORA.—Pues tómese la molestia de pasar al despacho. (*Lo saluda negligentemente, cerrando la puerta del vestíbulo, y luego se encamina a la chimenea.*)
SEÑORA LINDE.—Nora, ¿quién es ese hombre?
NORA.—Un tal Krogstad, abogado.
SEÑORA LINDE.—Claro que es él.
NORA.—¿Lo conoces?
SEÑORA LINDE.—Lo conocí hace muchos años. Estuvo en casa del procurador durante algún tiempo.
NORA.—Sí, efectivamente.
SEÑORA LINDE.—¡Cómo ha cambiado!
NORA.—Creo que le ha ido muy mal en el matrimonio.
SEÑORA LINDE.—¿No está viudo ahora?
NORA.—Con un montón de hijos. ¡Ah!, voy a achicharrarme. (*Baja algo la trampilla de la chimenea y aparta la mecedora.*)
SEÑORA LINDE.—Dicen que acepta toda clase de asuntos.
NORA.—¿De veras? Es posible, aunque no lo sé... Pero no hablemos de negocios, que es muy fastidioso. (*Aparece el doctor Rank, que viene del cuarto de Helmer.*)
DOCTOR RANK (*manteniendo entreabierta la puerta*).—No, no, no quiero estorbarte; prefiero hablar un instante con tu esposa. (*Cierra la puerta y nota la presencia de la señora Linde.*) ¡Oh, perdón! También estorbo aquí.
NORA.—De ninguna manera. (*Presentaciones.*) El doctor Rank; la señora Linde.
DOCTOR RANK.—Un apellido que oigo pronunciar a menudo en esta casa. Creo haberme adelantado en la escalera a usted al venir.
SEÑORA LINDE.—Sí, subo con dificultad los peldaños.
DOCTOR RANK.—Por lo visto, está usted algo delicada.
SEÑORA LINDE.—Más bien, fatigada.

DOCTOR RANK.—Si no pasa de eso... Al parecer, viene usted a la ciudad para reponerse con motivo de las fiestas.

SEÑORA LINDE—Vengo a la ciudad en busca de colocación.

DOCTOR RANK.—¿Será ese un remedio eficaz contra la fatiga?

SEÑORA LINDE.—Hay que vivir, doctor.

DOCTOR RANK.—Se trata de una opinión general ciertamente. La mayoría estima necesario vivir.

NORA.—¡Oh, doctor!, segura estoy de que usted mismo tiene mucho apego a la vida.

DOCTOR RANK.—Por supuesto que lo tengo. Tan enclenque como estoy, quiero a todo trance seguir sufriendo el mayor tiempo posible. A todos mis pacientes los anima idéntico deseo. E igualmente lo afirman quienes padecen una afección moral. Sin ir más lejos, acabo de dejar en compañía de Helmer a uno de ellos, un hombre en tratamiento, porque hay hospitales para enfermos de esa clase.

SEÑORA LINDE (*con voz sorda*).—¡Ah!

NORA.—¿Qué pretendía usted decir?

DOCTOR RANK.—¡Oh!, me refiero al abogado Krogstad, un hombre a quien no conoce usted. Está podrido hasta los huesos. Pues bien: a su vez asegura, como algo de suma importancia, que es necesario vivir.

NORA.—¿Verdaderamente? ¿Y de qué hablaba con Helmer?

DOCTOR RANK.—No lo sé a punto fijo. Solo me ha parecido que la cosa se refería al banco.

NORA.—Yo ignoraba que Krog..., que ese señor Krogstad tuviera que ver con el banco.

DOCTOR RANK.—Pues, sí; le han dado una especie de empleo. (*Encarándose con la señora Linde.*) No estoy enterado de si entre ustedes existe asimismo una especie de hombre que se afana por desenterrar podredumbres morales. Luego, no bien tropiezan con un individuo enfermo, le ponen a observación, procurándole todo género de cargos buenos. Para los sanos no hay más remedio que el de quedarse fuera.

SEÑORA LINDE.—Hemos de confesar que los enfermos sobre todo necesitan que se los atienda.

DOCTOR RANK (*encogiéndose de hombros*).—Ya sé. Eso es un modo de entender que trueca la sociedad en sanatorio. (*Nora, quien ha permanecido absorta en sus propios pensamientos, se echa a reír y palmotea.*) ¿Por qué se ríe usted? ¿Sabe siquiera lo que es la sociedad?

NORA.—¿Para qué preocuparse de su abrumadora sociedad? Me reía de algo..., de algo muy divertido. Dígame, doctor: ¿dependerán de Torvaldo en lo sucesivo todos los que estén empleados en el banco?

DOCTOR RANK.—¿Tanto le divierte a usted ese detalle?

NORA (*sonriendo y tarareando*).—No me haga caso. (*Da vueltas por la estancia.*) ¡Es tan divertido, tan divertido, tan increíble que nosotros..., vamos, que Torvaldo tenga ahora tal influencia sobre tanta gente! (*Saca de su bolsillo el cucurucho de almendras.*) ¿Quiere usted almendras, doctor?

DOCTOR RANK.—¿Conque esas tenemos? Yo creía que las almendras eran artículo de contrabando aquí.

NORA.—Sí; pero estas me las ha dado Cristina.

SEÑORA LINDE.—¿Yo?

NORA.—¡Vamos, vamos, no te alarmes! Tú no podrías saber que me las ha prohibido Torvaldo por temor a que se me estropee la dentadura... Pero, en fin, por una vez, no importa, ¿verdad, doctor?... Tome. (*Le pone una almendra en la boca.*) Y tú también, Cristina. Por mi parte, tomaré una muy pequeñita..., o dos a lo más. (*Torna a dar vueltas por la estancia.*) Soy atrozmente feliz. Solo tengo unas ganas tremendas de algo.

DOCTOR RANK.—¿Se puede saber de qué?

NORA.—De algo que a toda costa me gustaría decir delante de Torvaldo.

DOCTOR RANK.—¿Y por qué no lo dice?

NORA.—No me atrevo; está muy feo.

SEÑORA LINDE.—¿Muy feo?

DOCTOR RANK.—De ser así, más vale abstenerse; pero delante de nosotros bien podría... ¿Y qué es lo que tantas ganas tiene de decir delante de Helmer?

NORA.—Tengo unas ganas tremendas de decir: ¡Por vida de todos los demonios!

DOCTOR RANK.—¡Qué loca es usted!

SEÑORA LINDE.—¡Vamos, Nora!...

DOCTOR RANK.—Pues ya puede usted decírselo; aquí lo tiene.

NORA (*escondiendo las almendras*).—¡Silencio, por favor! (*Sale Helmer de su cuarto con un abrigo al brazo y el sombrero en la mano. Avanza Nora hacia él.*) ¡Qué!, ¿has logrado sacudírtelo, Torvaldo querido?

HELMER.—Sí; acaba de marcharse.

NORA.—¿Puedo presentaros?... Esta es Cristina, que ha venido a la ciudad.

HELMER.—Perdone, pero no recuerdo...

NORA.—La señora Linde, hombre, Cristina Linde.

HELMER.—¡Ah, muy bien! Por lo visto, ¿una amiga de la infancia de mi esposa?

SEÑORA LINDE.—Sí; nos conocimos en otro tiempo.

NORA.—Y, figúrate, ha hecho este viaje tan largo para hablar conmigo.

HELMER.—¡Cómo!

SEÑORA LINDE.—No para eso únicamente.

NORA.—Oye: Cristina es muy diestra en los trabajos burocráticos y, además,, tiene muchos deseos de estar a las órdenes de un hombre superior y de adquirir más experiencia aún.

HELMER.—Es muy loable para usted, señora.

NORA.—De modo que al enterarse, por un telegrama de prensa, de que te habían nombrado director del banco, se ha puesto en camino sin demora. ¿Verdad, Torvaldo, que por complacerme harás algo en favor de Cristina?

HELMER—No lo creo imposible del todo. Verosímilmente, ¿será viuda, señora?

SEÑORA LINDE.—Sí.

HELMER.—¿Y está usted acostumbrada a trabajar en oficinas?

SEÑORA LINDE.—Sí, bastante.

HELMER.—Entonces, es muy probable que pueda proporcionarle un empleo.

NORA. (*palmoteando*).—Ya ves que tenía razón.

HELMER.—Ha llegado usted en buena ocasión, señora.

SEÑORA LINDE.—Se lo agradezco de todo corazón.

HELMER.—¡Bah!, no hablemos más de ello. (*Poniéndose el abrigo.*) Habrá de excusarme...

DOCTOR RANK.—Aguárdame; te acompaño. (*Va a recoger del vestíbulo su gabán de pieles con el cual vuelve para calentarlo en la chimenea.*)

NORA.—No te retrases mucho, Torvaldo.

HELMER.—Una hora nada más.

NORA.—¿También te marchas tú, Cristina?

SEÑORA LINDE (*poniéndose el abrigo a su vez*).—Tengo que buscar hospedaje.

HELMER.—Podremos ir parte del trayecto juntos.

NORA (*ayudando a Cristina*).—¡Qué lástima estar tan apretados!... Realmente, nos es de todo punto imposible alojarte.

SEÑORA LINDE.—¡No faltaba más! Hasta la vista, querida Nora, y gracias.

NORA.—Hasta la vista. Vendrás por la noche, por supuesto. Y usted también, doctor. ¿Cómo que si se encuentra en condiciones?... ¡A quién se le ocurre! Bastará con que se arrope. (*Se dirigen charlando hacia la puerta de entrada. En la escalera se oyen voces de niños.*) ¡Ya están aquí, ya están aquí! (*Corre a abrir. Aparece Ana María con los niños.*) ¡Entrad, entrad! (*Se agacha y los besa.*) ¡Queridos soles míos! Míralos, Cristina. ¿No son unos encantos?

DOCTOR RANK.—No os quedéis en plena corriente de aire. (*El doctor Rank, Helmer y la señora Linde bajan la escalera. Entra en escena Ana María con los niños. Asimismo vuelve Nora luego de cerrar la puerta.*)

NORA.—¡Qué buena cara traéis y qué alegres venís! ¡Vaya unas mejillas parecidas a manzanas y a rosa! (*Los niños le hablan todos a una hasta el final de la escena.*) ¿Conque os habéis divertido tanto? ¡Mejor que mejor! ¿De veras has tirado del trineo llevando a Emmy y a Bob? ¡No es posible! ¡Nada menos que a los dos! ¡Pues eres un héroe, Ivar! ¡Oh!, déjamela un instante, Ana María. ¡Mi muñequita querida! (*Coge a la niña menor y baila con ella.*) Sí, sí, mamá va a bailar con Bob luego. ¡Cómo! ¿Habéis hecho bolas de nieve? ¡Cuánto me habría gustado estar con vosotros! No; permíteme, Ana María. Voy yo misma a desnudarlos. Mujer, no me lo impidas. ¡Es tan entretenido! Mientras, pasa ahí. Tienes aspecto de estar aterida. En la cocina hay chocolate caliente para ti. (*Sale la niñera por la puerta de la izquierda. Nora quita los sombreros y los abrigos a los niños, desparramando alrededor estas prendas.*) ¡No puede ser! ¿Que os ha perseguido un perrazo? Menos mal que no mordía. Como que los perros no muerden a unos muñecos tan bonitos como vosotros. ¡Eh, Ivar, no mires los paquetes! No, no, porque hay algo muy malo dentro. ¡Qué! ¿Queréis jugar? ¿A qué? ¿Al escondite? Sí, vamos a jugar al escondite. Primero se esconderá Bob. ¿Yo? Bueno; seré yo. (*Nora y los niños empiezan a jugar por la escena y la habitación contigua. Por fin se esconde Nora debajo de la mesa. Llegan como una tromba los pequeños y la buscan sin lograr encontrarla. Al oír su risa ahogada, se precipitan a la mesa, levantan el tapete y la descubren. Gritos de alegría. Sale ella a gatas para asustarlos. Nueva explosión de júbilo. Entretanto, han llamado a la puerta de entrada, sin que se percate nadie. Se entreabre la puerta y aparece Krogstad, que aguarda un momento. El juego prosigue.*

KROGSTAD.—Dispénseme, señora Helmer...

NORA (*lanza un grito y se incorpora a medias*).—¿Qué hace usted aquí?

KROGSTAD.—Estaba entornada la puerta de la escalera. Se habrá olvidado de cerrarla alguien.

NORA (*incorporándose del todo*).—No se halla en casa mi marido, señor Krogstad.

KROGSTAD.—Ya lo sé.

NORA.—¿Qué quiere usted, entonces?

KROGSTAD.—Decirle a usted dos palabras.

NORA.—¿A mí? (*Por lo bajo, a los niños.*) Idos con Ana María. ¿Qué? No, el señor forastero no intenta hacer daño a mamá. Cuando se marche reanudaremos el juego. (*Conduce a los niños al cuarto de la izquierda y cierra la puerta tras ellos. A Krogstad, inquieta y agitada.*) ¿Desea usted hablarme?

KROGSTAD.—Lo deseo, sí.

NORA.—¿Hoy?... Pero si no estamos aún a primeros de mes...

KROGSTAD.—No; estamos en vísperas de Navidad. De usted depende que estas Pascuas le traigan regocijo o pesadumbre.

NORA.—¿Qué pretende usted? Hoy me es absolutamente imposible...

KROGSTAD.—No hablaremos de eso hasta nueva orden. Se trata de otro asunto muy distinto ¿Puede usted concederme unos minutos?

NORA.—Sí, sí..., aunque...

KROGSTAD.—Bien. Estaba yo sentado en el restaurante Olsen y desde allí he visto pasar a su esposo...

NORA.—¡Ah!

KROGSTAD.—...con una señora.

NORA.—¿Y qué?

KROGSTAD.—¿Puedo formularle una pregunta? Esa señora era la señora Linde, ¿no?

NORA.—Sí.

KROGSTAD.—¿No acaba de llegar a esta ciudad?

NORA.—Sí, hoy mismo.

KROGSTAD.—¿Es amiga de usted?

NORA.—Sí... Pero no me explico...

KROGSTAD.—También la conocí yo en otra época.

NORA.—Lo sé.

KROGSTAD.—¿De veras? Veo que está usted bien informada. Lo presumía. Permítame, pues, preguntarle si va a tener una plaza en el banco la señora Linde.

NORA.—¿Cómo se atreve a interrogarme acerca de eso, señor Krogstad? ¡Usted, que es un subordinado de mi marido! Pero, ya que me lo pregunta, voy a responderle. Sí, la señora Linde tendrá en el banco una plaza. Y la obtendrá gracias a mí, señor Krogstad. Ahora está usted al corriente de todo.

KROGSTAD.—He acertado, por tanto.

NORA (*midiendo el escenario a largos pasos*).—¡Vaya!, creo que tengo un poco de influencia. Aunque sea mujer, no quiere eso decir que... Cuando se halla uno en situación subalterna, señor Krogstad, debe andar con cuidado para no ofender a quien... ¡ejem!

KROGSTAD.—¿A quien goza de influencia?

NORA.—Precisamente.

KROGSTAD (*cambiando de tono*).—Señora Helmer, ¿tendría usted la bondad de usar de su influencia en mi favor?

NORA.—¡Cómo! ¿Qué significa...?

KROGSTAD.—¿Querría usted influir para que conserve yo mi modesta plaza en el banco?

NORA.—¿Qué intenta usted decir? ¿Quién piensa en quitársela?

KROGSTAD.—Es inútil hacerse la desentendida. De sobra comprendo que a su amiga no le agrade coincidir conmigo, y a la postre sé bien a quién debo mi cesantía.

NORA.—Le aseguro que...

KROGSTAD.—Bueno; para terminar: todavía hay tiempo, y le aconsejo que se valga de su influencia para impedirlo.

NORA.—Pero yo no gozo de ninguna influencia, señor Krogstad.

KROGSTAD.—¿Conque no? Pues me parece que hace un rato afirmaba usted...

NORA.—Evidentemente, no lo hacía en tal sentido. ¿Cómo puede creer que yo tenga sobre mi marido un poder semejante?

KROGSTAD.—¡Oh!, conozco a su esposo desde que estudiábamos juntos, y no creo que al señor director del banco más firme que otros hombres casados.

NORA.—Si habla usted de mi marido con desdén, le pondré a la puerta.

KROGSTAD.—Es animosa la señora.

NORA.—Ya no lo temo a usted. En cuanto haya pasado el Año Nuevo, quedaré liberada.

KROGSTAD (*dominándose*).—Escúcheme, señora; si se requiere pelearé por conservar mi empleito, como si se tratara de un asunto de vida o muerte.

NORA.—Todo induce a pensarlo.

KROGSTAD.—No solo a causa del sueldo, que no es lo

más importante. Porque hay otra cosa... ¡Ea!, voy a exponerlo todo. Naturalmente, usted sabrá, como los demás, que yo cometí una imprudencia hace muchos años.

NORA.—Creo haber oído hablar del caso.

KROGSTAD.—No trascendió el asunto a los tribunales de justicia; pero se me cerraron al instante todos los caminos. Entonces emprendí la clase de negocios que conoce usted; se imponía recurrir a algo, y osaré alegar que no he sido peor que otros. Al presente quiero salir de ese entredicho. Mis hijos van creciendo, y en beneficio suyo debo recobrar la mayor consideración posible. Para mí era un primer escalón ese puesto en el banco. Y resulta que el esposo de usted se propone hacerme descender y hundirme de nuevo en el lodo.

NORA.—Pero bien sabe Dios, señor Krogstad, que no está en mi mano prestarle ayuda.

KROGSTAD.—Le falta a usted voluntad; pero yo dispongo de medios para obligarla.

NORA.—No irá usted a contar a mi marido que le debo dinero.

KROGSTAD.—¡Quién sabe! ¿Y si lo hiciera?

NORA.—Sería vergonzoso por su parte. (*Con lágrimas en la voz.*) Ese secreto, que constituye mi alegría y mi orgullo, no debe él conocerlo de tan mala manera.., por usted. Me expondría a los mayores disgustos.

KROGSTAD.—¿No serían más que disgustos?

NORA.—Hágalo, si quiere. Llevará todas las de perder. Entonces averiguará mi marido la clase de hombre que es usted y, de fijo, se quedará usted sin su empleo.

KROGSTAD.—Acabo de preguntarle que si no son más que disgustillos domésticos lo que teme usted.

NORA.—Si mi marido se entera de la cuestión, querrá pagar en el acto, por de contado, y entonces nos desembarazaremos de usted.

KROGSTAD (*dando un paso hacia ella*).—Oiga, señora Helmer: o carece usted de memoria, o apenas entiende de negocios. Conviene que la ponga yo en antecedentes un poco.

NORA.—¿A qué viene eso?

KROGSTAD.—Por la época de la enfermedad de su esposo, usted se presentó en mi casa a pedirme un préstamo de mil doscientos escudos.

NORA.—No conocía a nadie más.

KROGSTAD.—Yo prometí proporcionarle esa suma.

NORA.—Y me la proporcionó.

KROGSTAD.—Prometí proporcionarle esa suma con ciertas condiciones. Pero estaba usted tan preocupada por la enfermedad de su marido, y tan apresurada por percibir el dinero del viaje, que creo no reparó en detalles. Por eso no será ocioso recordárselos. Pues bien: prometí proporcionarle esa cantidad a cambio de un recibo que extendí yo mismo.

NORA.—Sí, y que yo firmé.

KROGSTAD.—Conforme. Pero más abajo añadí unas líneas en las cuales daba su garantía el padre de usted, quien debía firmar las tales líneas.

NORA.—¿Dice usted que debía? Así lo hizo.

KROGSTAD.—Dejé la fecha en blanco, lo cual significaba que su padre debía indicar por sí la fecha de la firma. ¿Lo recuerda?

NORA.—Sí, efectivamente, creo que...

KROGSTAD.—En seguida le entregué el recibo que debía usted enviar por correo a su padre. ¿No ocurrió de ese modo?

NORA.—Sí.

KROGSTAD.—Y, claro está, lo ejecutó sin dilación usted, porque a los cinco o seis días me devolvía el pagaré con la firma de su padre. Y entonces le entregué la cantidad.

NORA.—Bueno, sí. ¿Y no le he pagado los plazos con puntualidad?

KROGSTAD.—Aproximadamente. Pero volvamos a lo que debatíamos... Aquellos eran tiempos difíciles para usted, señora.

NORA.—Sí, en verdad.

KROGSTAD.—Creo que su padre estaba muy enfermo.

NORA.—Estaba moribundo.

KROGSTAD.—¿No murió poco después?

NORA.—Sí.

KROGSTAD.—Dígame, señora Helmer: ¿se acuerda usted, por casualidad, de la fecha de la muerte de su padre?

NORA.—Papá murió el veintinueve de septiembre.

KROGSTAD.—Exacto me he informado. Y he ahí que no me explique (*saca de su bolsillo un papel*)... cierta particularidad.

NORA.—¿Qué particularidad? No comprendo...

KROGSTAD.—Lo que hay de particular, señora, es que su padre firmó el pagaré a los tres días de su muerte. (*Nora se calla.*) ¿Puede usted explicarme eso? (*Nora continúa callándose.*) Es evidente también que las palabras «dos de octubre» y el año no corresponden a la letra de su padre, sino a otra letra que creo reconocer. En fin, cabe explicarse ese pormenor. A su padre se le olvidaría fechar la firma y alguien lo haría al azar antes de haberse enterado de su muerte. No reviste mucha gravedad la cosa. Lo esencial es la firma misma. ¿Será realmente auténtica, verdad, señora Helmer? ¿Fue su propio padre quien inscribió su nombre ahí?

NORA (*tras de una breve pausa levanta la cabeza y mira a su interlocutor con aire provocativo*).—No, no fue él. Fui yo quien escribí el nombre de papá.

KROGSTAD.—¿Se percata usted bien, señora, del peligro que entraña esa declaración?

NORA.—¡Qué más da! En breve cobrará usted su dinero.

KROGSTAD.—Le ruego que me responda a una pregunta: ¿Por qué no envió usted a su padre el documento?

NORA.—Era imposible; ¡estaba tan enfermo papá! Si le hubiera yo pedido su firma, habría tenido que confesarle a lo que iba a destinarse el dinero. Pero, en vista del estado en que se encontraba, no podía decirle que corría peligro la vida de mi marido. Repito que era imposible.

KROGSTAD.—En semejante circunstancias habría valido más renunciar a ese viaje.

NORA.—¡Imposible! Ese viaje iba a salvar la vida de mi marido, y no podía renunciar a efectuarlo.

KROGSTAD.—Pero ¿no se dio usted cuenta que perpetraba una superchería en detrimento mío?

NORA.—Yo no podía tomar eso en cuenta. Me importaba muy poco usted, quien se me hacía inaguantable a causa de todas las frías razones que me exponía, no obstante saber el peligro que corría mi marido.

KROGSTAD.—Evidentemente, señora Helmer, no tiene usted una idea muy clara del delito en que ha incurrido. Solo puedo afirmar, por mi parte, que no era mucho más criminal que el suyo el acto que originó la pérdida de toda mi posición social.

NORA.—¿Usted? ¿Querrá hacerme creer que ha llevado a cabo un gesto heroico por salvar la vida de su esposa?

KROGSTAD.—Las leyes no se preocupan de los motivos.

NORA.—En ese caso, son unas leyes muy malas.

KROGSTAD.—Malas o no, si yo enseño este papel a la justicia, por ellas será usted juzgada.

NORA.—No puedo creerlo. ¿Acaso no iba a tener derecho una hija a evitar inquietudes y angustias a su padre moribundo? ¿No va a tener derecho una mujer a salvar la vida de su marido? Quizá no conozca yo a fondo las leyes; pero estoy segura de que en algún texto debe de consignarse que se permiten cosas así. Y usted, que es abogado, ¿no sabe nada sobre ese particular? Me parece poco hábil como jurisconsulto, señor Krogstad.

KROGSTAD.—Es posible; pero admitirá usted que estoy un tanto ducho en asuntos como el que acabamos de discutir. Bueno; obre ahora según le plazca, y no olvide que, si se me condena por segunda vez, usted me hará compañía. (*Saluda y sale.*)

NORA (*reflexiona un instante y luego menea la cabeza*).—¡Bah, bah!, quería asustarme. Pero no soy tonta. (*Empieza a recoger las prendas de los niños, aunque se detiene al poco rato.*) Sin embargo... No, no es posible, puesto que lo hice por amor.

LOS NIÑOS (*desde la puerta de la izquierda*).—Mamá, ya se ha ido ese señor.

NORA.—Bien, bien; lo sé. Pero no habléis de él a nadie. ¿Entendido? Ni siquiera a papá.

LOS NIÑOS.—No, mamá. ¿Quieres jugar ahora?

NORA.—No, no; de momento, no.

LOS NIÑOS.—Nos lo habías prometido.

NORA.—No puedo. Marchaos; tengo mucho que hacer. Idos, idos, queriditos míos. (*Los reconduce suavemente y cierra la puerta tras ellos. Luego se sienta en el sofá, toma una labor de bordado y da unas puntadas; pero se interrumpe sin tardanza.*) ¡No! (*Tira el bordado, se levanta, va hacia la puerta de entrada y llama.*) ¡Elena, tráeme el árbol! (*Se acerca a la mesa de la izquierda y abre el cajón.*) ¡No, es de todo punto imposible!

ELENA (*con el árbol de Navidad*).—¿Dónde lo coloco, señora?

NORA.—Ahí, en medio de la habitación.

ELENA.—¿He de traer algo más?

NORA.—No, gracias; tengo todo lo que necesito. (*Vase Elena después de colocar el árbol. Nora procede a adornarlo.*) Aquí hacen falta lámparas..., y ahí, flores... ¡Qué mal hombre! ¡Tonterías! Todo eso no significa nada. Quedará bonito el árbol de Navidad. Voy a hacer cuanto quieras, Torvaldo; bailaré para ti, cantaré... (*Vuelve Helmer con un rollo de papel bajo el brazo.*) ¡Anda!... Ya estás de vuelta.

HELMER.—Sí. ¿Ha venido alguien?

NORA.—¿Acá? No.

HELMER.—Me extraña. He visto salir de casa a Krogstad.

NORA.—¡Ah, sí! Ha estado Krogstad un momento.

HELMER.—Adivino en tu cara que ha venido a rogarte que hables en su favor.

NORA.—Sí.

HELMER.—Y tú debías hacerlo como por propia iniciativa, ocultándome que había venido. ¿No te ha pedido eso?

NORA.—Sí, Torvaldo, pero...

HELMER.—¡Nora, Nora!, ¿cómo has podido obrar así? ¡Entablar conversación con semejante hombre y hacerle una promesa! ¡Y me has dicho una mentira, para colmo!

NORA.—¿Una mentira?...

HELMER.—¿No me has dicho que no había venido nadie? (*La amenaza con el dedo.*) Es lo que no debe hacer nunca más mi pajarito cantor. Las aves cantoras han de tener el pico limpio para gorjear a tono... sin desafinar jamás. (*Le rodea la cintura.*) ¡A que sí!... Me lo figuraba. (*Se sienta a la chimenea.*) ¡Qué a gusto se está aquí! (*Hojea sus papeles mientras Nora se dedica a adornar el árbol. Pausa.*)

NORA.—¡Torvaldo!

HELMER.—¿Qué?

NORA.—Me alegra muchísimo asistir pasado mañana al baile de trajes de los Stenbord.

HELMER.—Y a mí me devora una curiosidad enorme por saber la sorpresa que nos preparas.

NORA.—Pero también me fastidia.

HELMER.—¿Por qué?

NORA.—Porque no puedo elegir un disfraz que valga la pena; todo es absurdo e insignificante.

HELMER.—¡Diantre!, ahora sales con esas. Norita.

NORA (*detrás de la silla acodada en el respaldo*).—¿Tienes mucha prisa, Torvaldo?

HELMER.—Según...

NORA.—¿Qué papeles son esos?

HELMER.—Asuntos bancarios.

NORA.—¿Ya?

HELMER.—He conseguido que los directivos salientes me otorguen plenos poderes para ejecutar los cambios necesarios en el personal y en la organización de los negociados. Voy a invertir en ese trabajo la semana de Navidad. Quiero que esté en orden todo para Año Nuevo.

NORA.—¿Conque es por eso por lo que el pobre Krogstad...?

HELMER.—¡Hum!...

NORA (*pasándole la mano por los cabellos*).—Si no estuvieras tan atareado, te habría pedido un servicio inmenso, Torvaldo.

HELMER.—Veamos. ¿De qué se trata?

NORA.—No hay quien tenga tan buen gusto como tú. ¡Y me interesa tanto lucirme en ese baile de trajes! ¿No podrías, Torvaldo, ocuparte de mí, y decidir acerca de mi disfraz?

HELMER.—¡Vaya, vaya! La testarudilla pide auxilio.

NORA.—Sí, Torvaldo; no puedo resolver nada sin ti.

HELMER.—Bien, bien; reflexionaremos, y algo se encontrará.

NORA.—¡Qué amable eres! (*Vuelve al árbol de Navidad. Pausa.*) ¡Qué efecto producen estas flores!... Pero, dime, ¿es verdaderamente tan terrible lo que ha hecho Krogstad?

HELMER.—Ha falsificado firmas. ¿Comprendes lo que quiere decir eso?

NORA.—¿No le habrá impulsado a ello la miseria?

HELMER.—Sí, habrá obrado por ligereza, como muchos otros. Yo no soy lo bastante cruel para condenar a un hombre por un hecho aislado.

NORA.—¿Verdad que no, Torvaldo?

HELMER.—Más de uno podrá rehabilitarse moralmente, a condición de confesar su crimen y de cumplir su pena.

NORA.—¡Su pena!

HELMER.—Pero Krogstad no ha elegido ese camino. Ha procurado salir del atolladero con trampas y artificios, lo cual le ha desacreditado moralmente...

NORA.—¿Tú crees que...?

HELMER.—Calcula. Un hombre de esa calaña, con la conciencia de su crimen, habrá de mentir y de disimular continuamente. Está obligado a ponerse una careta hasta en el seno de su infeliz familia; sí, delante de su mujer y de sus hijos. Y, cuando piensa uno en los hijos, es una cosa espantosa.

NORA.—¿Por qué?

HELMER.—Porque tamaña atmósfera de mentiras produce un contagio de principios malsanos durante toda una vida familiar. Cada vez que respiran los hijos absorben gérmenes maléficos.

NORA (*acercándose a él*).—¿Estás seguro?

HELMER.—Pues claro que sí. He tenido ocasión de comprobarlo como abogado. Casi todas las personas depravadas prematuramente proceden de madres embusteras.

NORA.—¿Por qué precisamente madres?

HELMER.—Eso suele provenir de las madres aunque,

como es natural, el influjo de los padres actúa en el mismo sentido. Harto lo saben todos los abogados. Por su cuenta, Krogstad ha emponzoñado durante años a sus propios hijos con un ambiente de mentira y de disimulo. Por eso lo conceptúo un hombre moralmente perdido. (*Le tiende las manos.*) Y por eso ha de prometerme mi gentil Nora no intervenir en su favor. Dame tu palabra. Bueno, ¿qué hay? ¡Venga esa mano! Así. Queda acordado. Te aseguro que me sería imposible trabajar con ese sujeto. Siento literalmente un malestar físico junto a tales individuos.

NORA (*retira su mano y va a situarse al otro lado del árbol*).—¡Qué bochorno hay aquí! ¡Y con lo que yo tengo que hacer!

HELMER (*levantándose y recogiendo sus papeles*). Es menester que repase estos papeles antes de la comida. Y luego pensaré en tu disfraz. Quizá también prepare yo algo para colgarlo del árbol dentro de un papel dorado. (*Poniéndole las manos sobre la cabeza.*) ¡Oh, mi pajarito cantor! (*Entra en su despacho y cierra la puerta.*)

NORA (*aparte, después de una pausa*).—¡Oh, no eso no! Es imposible ¡Por fuerza, ha de ser imposible!

ANA MARÍA (*desde la puerta de la izquierda*).—Los pequeños quieren a todo trance venir a ver a su, madre.

NORA.—¡No, no, no, no los dejes venir conmigo! Quédate con ellos, Ana María.

ANA MARÍA.—Bien, señora. (*Vase.*)

NORA (*pálida de terror*).—¡Pervertir yo a mis hijos!... ¡Emponzoñar la casa!... (*Levanta la cabeza.*) No es cierto. ¡Es absolutamente falso!

(*Telón.*)

Acto segundo

La misma decoración. En un rincón, junto al piano, aparece el árbol de Navidad despojado de sus adornos y con las velas consumidas. Sobre el sofá se encuentran el sombrero, el abrigo y los guantes de Nora.

NORA (*sola, va de un lado a otro con inquietud. Por fin se detiene cerca del sofá y coge su abrigo, volviendo a dejarlo luego de un breve titubeo. Ha entrando alguien. Se dirige a la puerta y presta oído atento*).—Nadie. No, no, no es para hoy, día de Navidad, ni para mañana tampoco. Pero acaso... (*Abre la puerta y mira afuera.*) El buzón está vacío. ¡Qué locura! No sería de verdad su amenaza. No puede ocurrir semejante cosa. ¡Tengo tres hijos!

ANA MARÍA (*que viene por la puerta de la izquierda con una caja grande de cartón*).—Al fin he encontrado la caja del vestido.

NORA.—Está bien; ponla sobre la mesa.

ANA MARÍA (*obedeciendo*).—Quizá no esté ese traje en condiciones.

NORA.—¡Ah!, de buena gana lo haría trizas.

ANA MARÍA.—¡Ay!, eso no. Puede arreglarse fácilmente; solo hace falta un poco de paciencia.

NORA.—Si, iré a rogar a la señora Linde que venga a ayudarme.

ANA MARÍA.—¿Salir de nuevo con este tiempo tan malo? Se enfriará usted y caerá enferma.

NORA.—No sería eso lo peor que pudiera ocurrirme. ¿Cómo están los niño?

ANA MARÍA.—Los pobrecitos juegan con sus regalos de Navidad; pero...

NORA.—¿Hablan mucho de mí?

ANA MARÍA.—Están muy habituados a jugar con su mamá.

NORA.—Sí, Ana María; pero, ya ves, en lo sucesivo no podré jugar tan a menudo con ellos.

ANA MARÍA.—A todo se acostumbran los niños.

NORA.—¿Tú crees? ¿Supones que olvidarían a su mamá si se marchara para siempre?

ANA MARÍA.—¿Para siempre? ¡Dios nos libre!

NORA.—Oye, Ana María... Muchas veces me he formulado cierta pregunta. ¿Cómo tuviste valor para confiar a tu hija a manos extrañas?

ANA MARIA.—No me quedaba otro remedio si había de ser nodriza de Norita.

NORA.—Sí; pero ¿pudiste decidirte a ello?

ANA MARÍA.—¡Se me ofrecía una colocación tan buena! ¡Menuda oportunidad para una soltera que había tenido un tropiezo! Porque en nada quería ayudarme el truhán.

NORA.—Sin duda, te habrá olvidado tu hija.

ANA MARÍA.—De ningún modo. Me escribió cuando hizo su primera comunión y al casarse.

NORA (*echándole los brazos al cuello*).—Mi vieja Ana María, has sido para mí una buena madre cuando yo era pequeña.

ANA MARÍA.—La pobre Norita no tenía otra madre que yo.

NORA.—Y si tampoco la tuvieran los pequeños bien sé que tú... ¡Cuánta palabrería! (*Abre la caja.*) Ve a reunirte con ellos. Ahora tengo que... Ya verás qué bonita estaré mañana.

ANA MARÍA.—En todo el baile no habrá otra tan bonita como mi señora Nora; estoy segura. (*Vase por la puerta de la izquierda.*)

NORA (*abriendo la caja, y rechazando al punto su contenido*).—Si me atreviese a salir; si estuviera segura de que no vendría nadie; si supiera que no ocurriría nada entre tanto... ¡Qué disparate! Nadie vendrá. ¡Se acabaron las reflexiones! ¡A cepillar el manguito y a calzarse los guantes de gala! Hay que desechar tales pensamientos. Uno, dos, tres, cuatro, cinco, seis... (*Lanza un grito.*) ¡Ah!, ya están ahí... (*Quiere encaminarse a la puerta, pero permanece indecisa. Entra la señora Linde después de dejar su abrigo y su sombrero en el vestíbulo.*) ¿Conque eres tú, Cristina? No viene nadie más, ¿eh? ¡Qué a propósito llegas!

SEÑORA LINDE.—Me he enterado de que habías ido a buscarme.

NORA.—Sí, precisamente pasaba por delante de tu casa. Quería pedirte que me ayudaras. Sentémonos en el sofá. Verás de qué se trata. Mañana va a celebrarse un baile de máscaras en el piso de encima del nuestro, en casa del cónsul Stemborg. Torvaldo quiere que me disfrace de pescadora napolitana y que dance la tarantela que aprendí en Capri.

SEÑORA LINDE.—¡Caramba!, vas a dar toda una representación.

NORA.—Sí, lo quiere Torvaldo. Mira el traje; encargó él que me lo hicieran allí. Pero está tan estropeado ahora que realmente no sé...

SEÑORA LINDE.—En seguida lo repararemos. No tiene más que descosida la guarnición por algunos sitios. Dame pronto hilo y aguja. ¡Ah!, aquí hay cuanto necesito.

NORA.—¡Qué complaciente eres!

SEÑORA LINDE.—¿De manera que vas a disfrazarte mañana, Nora? Oye, vendré un momento a verte. Por cierto, que se me había olvidado en absoluto darte las gracias por la maravillosa velada de anoche.

NORA (*levantándose y cruzando el escenario*).—Pues me parece que ayer no se estaba en nuestro hogar tan a gusto como otras veces. Debías haber venido a la ciudad un poco antes, Cristina... Claro que Torvaldo tiene un verdadero don para hacer la casa grata y amable.

SEÑORA LINDE.—Entiendo que también tú... Eres una auténtica hija de tu padre. Pero dime: ¿está siempre tan abatido como ayer el doctor Rank?

NORA.—No; ayer lo estaba más que de ordinario. Está aquejado de una enfermedad terrible el infeliz. Padece de la medula espinal. Figúrate: su padre era un individuo repulsivo. Sostenía queridas... y aún quedan por contar otras cosas. De ahí que desde la infancia haya sido enfermizo su hijo, ¿comprendes?

SEÑORA LINDE (*apartando su costura*).—Pero, querida Nora, ¿quién te informa de historias semejantes?

NORA.—¡Bah! ... Cuando ha tenido una tres hijos, recibe visitas de ciertas señoras que son casi médicos y que nos instruyen mucho.

SEÑORA LINDE (*vuelve a coser. Pausa*).—¿Viene el doctor Rank todos los días a vuestra casa?

NORA.—Todos los días. Es el mejor amigo de juventud de Helmer, y mío también. El doctor Rank es de casa, como quien dice.

SEÑORA LINDE.—Pero, en fin, ¿es totalmente sincero ese hombre? ¿No le gustará adular?

NORA.—No, al contrario. ¿Cómo se te ha ocurrido eso?

SEÑORA LINDE.—Cuando me le presentaste ayer, aseguró que había oído nombrarme aquí frecuentemente, y más tarde noté que tu marido no tenía de mí la menor referencia. ¿Cómo pudo, pues, el doctor Rank...?

NORA.—Tienes razón, Cristina. Torvaldo siente una

gran adoración por mí; pretende que yo sea suya por completo, como él dice. Al principio, el mero hecho de oír nombrar a uno de los seres queridos que me rodeaban antaño, le ponía celoso. Naturalmente, desde entonces me he abstenido de hacerlo; pero con el doctor sí que hablo mucho de esos seres, y le divierte oírme.

SEÑORA LINDE.—Escúchame bien, Nora. En algunos aspectos eres una niña; pero yo soy mayor que tú y tengo un poco más de experiencia. Voy a darte un consejo relativo al doctor Rank. Convendría cortar con él.

NORA.—¿Cortar con qué?

SEÑORA LINDE.—Con muchas cosas. Ayer aludiste a un admirador rico que iba a proporcionarte dinero.

NORA.—En efecto; pero no existe, por desgracia. ¿Y qué más?

SEÑORA LINDE.—¿No es rico el doctor Rank?

NORA.—Sí, tiene fortuna.

SEÑORA LINDE.—¿Y no tiene familia?

NORA.—Nadie; pero...

SEÑORA LINDE.—¿Y viene aquí todos los días?

NORA.—Ya sabes que sí.

SEÑORA LINDE.—¿Cómo puede ser tan indelicado un hombre correcto?

NORA.—No te comprendo en absoluto.

SEÑORA LINDE.—No disimules, Nora. ¿Crees que no adivino quién te prestó los mil doscientos escudos?

NORA.—¿Has perdido el juicio del todo? En realidad, ¿puedes creer tal cosa? ¡A un amigo que viene aquí todos los días! ¡Qué violenta seria mi situación!

SEÑORA LINDE.—¿Así que de veras no es él?

NORA.—Pues claro que no. Ni un solo instante se me ha ocurrido esa idea. Por lo demás, en aquella época no tenía dinero para prestarlo; fue después. cuando heredó.

SEÑORA LINDE.—Estimo que eso ha sido una ventaja para ti, querida Nora.

NORA.—No, jamás se me ocurriría la idea de pedir al doctor Rank... Sin embargo, estoy segurísima de que, si se lo pidiera...

SEÑORA LINDE.—Pero, como es lógico, no lo harás.

NORA.—Por supuesto que no. No creo que sea necesario. Aunque estoy segura de que, si hablara al doctor Rank...

SEÑORA LINDE.—¿A espaldas de tu marido?

NORA.—Tengo que salir de esta situación. También lo inicié a espaldas suyas. Se impone superarla.

SEÑORA LINDE.—Ya te lo dije ayer; por más que...

NORA (*yendo y viniendo*).—Un hombre puede desenvolverse en este género de asuntos mejor que una mujer...

SEÑORA LINDE.—Si te refieres al marido, sí.

NORA.—¡Tonterías! (*Se interrumpe.*) Cuando se haya pagado todo devolverán el recibo, ¿no?

SEÑORA LINDE.—Evidentemente.

NORA.—Y se podrá romper en mil pedazos y quemar ese asqueroso, ese maldito papel.

SEÑORA LINDE (*la mira fijamente, abandona la labor y se levanta despacio*).—Tú me ocultas algo, Nora.

NORA.—¿En qué lo notas?

SEÑORA LINDE.—De ayer por la mañana a hoy ha pasado algo. Dime lo que es, Nora...

NORA (*encarándose con ella*).—¡Cristina! (*Al acecho.*) ¡Chitón! Ha vuelto Torvaldo. Pasa al cuarto de los niños. A Torvaldo le molesta ver coser. Di a Ana María que te ayude.

SEÑORA LINDE (*recogiendo parte de la costura*).— Está bien, pero no me marcharé sin que me hayas hablado con franqueza. (*Vase por la puerta de la izquierda y al mismo tiempo entra Helmer por la del vestíbulo.*)

NORA (*yendo a su encuentro*).—¡Con cuánta impaciencia te aguardaba, querido Torvaldo!

HELMER.—¿Estaba ahí la costurera?

NORA.—No; era Cristina, que me ayuda a restaurar mi vestido. Ya verás qué buen efecto voy a hacer.

HELMER.—Sí, he tenido una ocurrencia estupenda.

NORA.—Una ocurrencia soberbia. Pero también a mí me cabe el mérito de complacerte.

HELMER (*acariciándole el mentón*).—¿Mérito? Por complacer a tu marido? Bueno, bueno, locuela mía; harto sé que no es eso lo que intentabas decir. Pero no quiero importunarte, porque supongo que debes ensayar.

NORA.—Y tú, ¿vas a trabajar?

HELMER.—Sí. (*Mostrando unos papeles.*) Mira. He ido al banco. (*Se dispone a entrar en su cuarto.*)

NORA.—¡Torvaldo!

HELMER (*deteniéndose*).—¿Me llamabas?

NORA.—Si la ardilla te pidiera encarecidamente una cosa...

HELMER.—¿Qué?

NORA.—Responde: ¿la harías?

HELMER.—Primero importa saber en qué consiste.

NORA.—Si accedieras a ser amable y dócil...

HELMER.—Concreta de una vez.

NORA.—La alondra gorjearía en todos los tonos.

HELMER.—Solo eso hace la alondra.

NORA.—Bailaría para ti como los elfos al claro de luna.

HELMER.—Nora..., ¿no se tratará de lo que has hablado esta mañana?

NORA (*acercándose a él*).—Sí, Torvaldo... Te lo suplico.

HELMER.—¿Y tienes verdaderamente valor para hablar de eso por segunda vez?

NORA.—Sí, sí; es necesario consentir, es necesario que Krogstad conserve su puesto en el banco.

HELMER.—Querida Nora, he destinado ese puesto a la señora Linde.

NORA.—Lo cual está muy bien de tu parte. Con todo, te bastará despedir a otro empleado en lugar de Krogstad.

HELMER.—¡Esa es una testarudez que pasa de la raya! Porque ayer prometiste con ligereza, te obstinas en que...

NORA.—No es por eso, Torvaldo; es por ti. Tú mismo has dicho que ese hombre escribe en los periódicos peores... y podrá hacerte mucho daño. Me inspira un miedo tremendo.

HELMER.—¡Oh!, ya comprendo: son las evocaciones de otro tiempo, que te asaltan y te asustan.

NORA.—¿Qué insinúas?

HELMER.—Por lo visto, piensas en tu padre.

NORA.—Sí, eso es. Recuerda todas las iniquidades que acerca de mi padre escribieron personas malvadas en los periódicos..., y todas las calumnias que lanzaron contra él. Creo que se le habría destituido si el ministerio no te hubiera designado a ti para proceder a la investigación y si no te hubieras mostrado tan benévolo con él.

HELMER.—Media gran diferencia entre tu padre y yo, Norita. Tu padre no era un funcionario inatacable. Y yo lo soy, y espero seguir siéndolo mientras desempeñe este cargo.

NORA.—¡Oh, quién sabe lo que pueden inventar las malas lenguas! ¡Podríamos estar tan bien, tan tranquilos, y ser tan dichosos en nuestro apacible nido tú, yo y los niños! Por eso te suplico con tanta insistencia.

HELMER.—Precisamente porque hablas en su favor, me es imposible acceder. Ya se sabe en el banco que voy a despedir a Krogstad. Si ahora se enteraran de que la mujer del nuevo director le ha hecho cambiar de opinión...

NORA.—¿Y qué?

HELMER.—Sí, poco importa, naturalmente, con tal de hacer tu santa voluntad. ¿Crees de veras que voy a ponerme en ridículo a la vista de todo el personal y dar a entender que dependo de cualquier género de influencias ajenas?... Puedes estar segura de que en seguida se patentizarían las consecuencias de ello. Además, hay aún una razón que hace imposible la permanencia de Krogstad en el banco mientras yo sea su director.

NORA.—¿Cuál es?

HELMER.—En rigor, podría yo tener indulgencia para su tara moral...

NORA.—¿Verdad que sí, Torvaldo?

HELMER.—Sobre todo habiéndome dicho que es un buen empleado. Pero nos conocemos de largo tiempo atrás. Se trata de una de esas relaciones de juventud entabladas a la ligera y que más tarde estorban en la existencia. Para decirlo todo, hasta nos tuteamos. Y ese individuo carece de tacto al extremo de que no se recata lo más mínimo en presencia de las demás personas. Por el contrario, cree que eso le da derecho a emplear un tono confianzudo conmigo, y a cada instante me viene con «tú, Helmer» por aquí, «tú, Helmer» por allá. Te juro que el detalle me resulta molesto a más no poder. Me crearía en el banco una situación intolerable.

NORA.—Torvaldo, no piensas ni una palabra de lo que dices.

HELMER.—Claro que sí. ¿Por qué no iba a pensarlo?

NORA.—Porque sería un motivo mezquino.

HELMER.—¿Qué estás diciendo? ¡Mezquino! ¿Me consideras mezquino?

NORA.—No, al revés, querido Torvaldo, y de ahí que...

HELMER.—Es igual: afirmas que son mezquinos mis motivos, y, en ese caso, yo mismo lo soy. ¿Mezquino? ¿Ni más ni menos? Ya es hora de terminar con esto. (*Llamando.*) ¡Elena!

NORA.—¿Qué vas a hacer?

HELMER (*buscando entre sus papeles*).—Adoptar una resolución. (*Aparece la doncella.*) Oiga, tome esta carta, y vaya a buscar un recadero para que la entregue en el acto. Pero sin tardanza. Las señas están en el sobre. Aquí tiene el dinero.

ELENA.—Bien, señor. (*Vase con la carta.*)

HELMER (*guardando sus papeles*).—Ya está, señora terca.

NORA (*con voz estrangulada*).—¿Qué contiene esa carta?

HELMER.—El despido de Krogstad.

NORA.—¡Detenla, Torvaldo! Todavía estás a tiempo. ¡Oh, Torvaldo, recógela! ¡Hazlo por mí..., por ti mismo, por tus hijos! ¡Escúchame, Torvaldo, y hazlo! No sabes lo que puede esto acarrearnos...

HELMER.—Demasiado tarde.

NORA.—Sí, demasiado tarde.

HELMER.—Querida Nora, te perdono esa angustia, aunque, en el fondo, implique una injuria para mí. ¡Sí, lo implica! ¿No supone una injuria creer que yo podría tener miedo a la venganza de un abogaducho desacreditado? Pero te lo perdono, a pesar de todo, porque demuestra el profundo amor que me profesas. (*La coge en brazos.*) Es forzoso, Nora adorada. Pase lo que pase. Ya ves que en los momentos graves tengo fuerza y coraje, y que asumo toda la responsabilidad.

NORA.—¿Qué quieres decir?

HELMER.—Digo que toda la...

NORA (*con acento decidido*).—¡Nunca, nunca harás eso!

HELMER.—Bien; entonces nos la repartiremos, Nora..., como marido y mujer, pues debe ser así. (*Acariciándola.*) ¿Estás ya contenta? ¡Vamos, vamos, nada de miraditas de carnero a medio morir! Todo eso no son más que puras fantasías. Ahora deberías tocar la tarantela y ejercitarte con la pandereta. Yo me encerraré en mi despacho, desde donde no oiré nada. Podrás armar todo el ruido que quieras y, cuando venga Rank, le dirás dónde estoy. (*Le hace un mohín con la cabeza, entra en su cuarto llevándose los papeles y cierra la puerta.*)

NORA (*abatida de angustia, se queda clavada en su sitio y dice a media* voz).—Sería capaz de hacerlo. Lo hará, a despecho de todo. ¡Oh, jamás; eso jamás! ¡Cualquier cosa antes de eso! ¡Firmeza! Un recurso... (*Llaman.*) El doctor Rank... ¡Sí; antes cualquier cosa; lo que sea! (*Se pasa la mano por la frente, procurando reponerse, y va a abrir la puerta de la escalera. Se ve al doctor Rank colgando su abrigo de pieles. Empieza a oscurecer.*) Buenas tardes, doctor. Le he conocido a usted por la manera de llamar. No conviene que entre ahora en el despacho de Torvaldo; creo que está muy ocupado.

DOCTOR RANK.—¿Y usted?

NORA (*conforme entra él y cierra ella la puerta*).— ¡Oh!, ya lo sabe; para usted siempre dispongo de un momento.

DOCTOR RANK.—Me aprovecharé el mayor tiempo que pueda. Gracias.

NORA.—¿Qué significa eso del mayor tiempo que pueda?

DOCTOR RANK.—Lo que oye. ¿La alarma?

NORA.—Tiene usted una expresión extraña. ¿Va a ocurrir algo?

DOCTOR RANK.—Lo previsto desde hace mucho tiempo. Aunque no pensaba que viniera tan pronto.

NORA (*asiéndole del brazo*).—¿Qué hay? ¿Qué le han dicho? Va usted a repetírmelo, doctor.

DOCTOR RANK (*sentándose cerca de la chimenea*).— La cosa va de mal en peor. No tiene remedio.

NORA (*aliviada*).—¿Se trata de usted?

DOCTOR RANK.—¿De quién, si no? ¿A cuento de qué mentirme a mí mismo? Soy el más mísero de todos mis pacientes, señora Helmer... Estos días he emprendido el examen general de mi estado. Es la bancarrota. Quizá me pudra en el cementerio antes de un mes.

NORA.—¡Uf, qué feo es hablar así!

DOCTOR RANK.—Como que la cosa en sí se manifiesta endiabladamente fea. Lo peor, no obstante, son todos los horrores que han de precederla. No me queda ya más que un examen. En cuanto se haga sabré, aproximadamente, cuándo empezará el desenlace. Deseo decirle algo: en vista de que la exquisita naturaleza de Helmer siente una aversión tan arraigada por todo lo feo, no lo quiero a mi cabecera.

NORA.—¡Oh!, pero, doctor...

DOCTOR RANK.—No quiero. Bajo ningún pretexto. Le cerraré la puerta. No bien tenga la certeza de la catástrofe, le enviaré a usted una tarjeta de visita marcada con una cruz negra, y entonces sabrá que ha empezado la catástrofe.

NORA.—¡Ea!, hoy está usted extravagante por demás. ¡Y yo que tenía tanta gana de que estuviera de buen humor!

DOCTOR RANK.—¿Con la muerte delante de los ojos?... ¡pagar por otro! ¿Es justicia esa? ¡Y pensar que en todas las familias hay una liquidación de ese género!

NORA (*tapándose los oídos*).—¡Chist! ¡Pongámonos alegres, pongámonos alegres!

DOCTOR RANK.—En efecto, la cuestión se presta a risa. Mi espina dorsal, pobre inocente, debe sufrir a causa de la gozosa vida que, cuando era teniente, llevó mi padre.

NORA (*a la izquierda, cerca de la mesa*).—Le gustaban con exceso los espárragos y los pasteles de *foiegras*, ¿verdad?

DOCTOR RANK.—Sí, y las truchas.

NORA.—¡Ah!, claro. Las truchas, ¿y también las ostras?

DOCTOR RANK.—Y las ostras, indudablemente.

NORA.—Y, además, buenos tragos de oporto y de

champaña... Es enfadoso que ataquen a la espina dorsal todas las cosas buenas.

DOCTOR RANK.—Sobre todo cuando atacan a una infeliz espina dorsal que nunca ha gozado de ellas.

NORA.—¡Ay, sí, eso es lo más triste del caso!

DOCTOR RANK (*mirándola atentamente*).—¡Hum!

NORA (*tras de un leve silencio*).—¿Por qué ha sonreído usted?

DOCTOR RANK.—Es usted quien ha sonreído.

NORA.—No, doctor; le juro que era usted.

DOCTOR RANK (*levantándose*).—Es usted más irónica de lo que yo me figuraba.

NORA.—¡Estoy tan predispuesta a decir locuras!

DOCTOR RANK.—Bien se ve.

NORA (*posando sus dos manos en los hombros del doctor*).—Mi querido doctor, no vaya usted a morirse, dejándonos a Torvaldo y a mí solos...

DOCTOR RANK.—¡Bah!, esa sería una pena de la cual se consolarían muy pronto ustedes. ¡Se olvida tan de prisa a los que se van!

NORA (*mirándole con inquietud*).—¿Lo cree usted así?

DOCTOR RANK.—Se contraen nuevas amistades, y entonces...

NORA.—¿Quién contrae nuevas amistades?

DOCTOR RANK.—Usted y Helmer; lo harán ambos cuando me haya marchado yo. En cuanto a usted, me parece que ha comenzado ya. ¿Qué tenía que hacer aquí anoche esa señora Linde?

NORA.—¡Ah!..., ¿va usted a sentir envidia de esa pobre Cristina?

DOCTOR RANK.—Sí que la siento. Me sucederá en la casa. Cuando llegue mi hora, esa mujer...

NORA.—¡Cuidado!, no hable tan alto, que está ahí al lado.

DOCTOR RANK.—¿También hoy? Ya lo ve usted.

NORA.—Solo para arreglar mi vestido. ¡Dios mío, cuán absurdo es usted! (*Sentándose en el sofá.*) Ahora hay que ser razonable, doctor. Mañana verá con cuánta gracia bailo, y podrá pensar que no lo hago para nadie más que para usted... y para Torvaldo; eso cae por su propio peso. (*Saca diferentes objetos de la caja.*) Doctor, venga a sentarse aquí para que le enseñe una cosa...

DOCTOR RANK.—¿Qué cosa?

NORA.—Vea y calle. ¡Mire!

DOCTOR RANK.—Unas medias de seda.

NORA.—Color de carne. ¿No son bonitas? Por el momento está muy oscuro; pero mañana... No, no, no, no debe usted ver sino las plantillas. Si pudiera ver algo más arriba...

DOCTOR RANK.—¡Hum!

NORA.—¿Por qué tiene usted ese aire de duda? ¿No cree que me sienten bien?

DOCTOR RANK.—¿En qué he de basar mi opinión?

NORA (*mirándole un instante*).—¡Uf, qué malo es usted! (*Le azota suavemente una oreja con las medias.*) Esto es lo que se merece. (*Las devuelve a la caja.*)

DOCTOR RANK.—¿Qué maravillas quedan todavía por ver?

NORA.—No verá ya nada en absoluto, porque no es usted formal. (*Busca entre los objetos, tarareando.*)

DOCTOR RANK (*después de una pausa corta*).—Cuando estoy aquí, con ustedes en familia, no puedo comprender... Nora, no comprendo qué habría sido de mí si no hubiera venido a esta casa.

NORA (*sonriendo*).—Creo asimismo que, en resumidas cuentas, se halla usted a gusto con nosotros.

DOCTOR RANK (*bajando la voz y mirando con fijeza ante él*).—¡Y tener que abandonar todo esto!...

NORA.—¡Qué niñería! No nos abandonará usted...

DOCTOR RANK (*como antes*).—¡Y no dejar tras sí la menor prueba de gratitud..., ni siquiera una pena pasajera..., solo un puesto libre que podrá ocuparlo el primero que llegue!...

NORA.—¿Y si yo le pidiera...? No.

DOCTOR RANK.—¿Si usted me pidiera qué?

NORA.—Una gran prueba de su afecto.

DOCTOR RANK.—¿Qué prueba?

NORA.—Quiero decir, un servicio enorme.

DOCTOR RANK.—¿Querría usted por una vez darme ese alegrón?

NORA.—Sí pero ni aún sabe usted de qué se trata.

DOCTOR RANK.—Vamos a ver; dígalo.

NORA.—No, no puedo, doctor; ¡es tan enorme! Un consejo, una ayuda y un favor, todo en uno.

DOCTOR RANK.—¡Mejor! No concibo qué podrá ser. Pero hable al fin. ¿No cuento con su confianza?

NORA.—Cuenta como nadie. Me consta que es usted mi mejor y mi más fiel amigo. Por eso voy a decírselo todo. Pues bien, doctor: hay algo que importa ayudarme a evitar. Ya sabe usted cuánto me ama Torvaldo y que no vacilaría ni un instante en dar su vida por mí.

DOCTOR RANK (*inclinándose hacia ella*).—Por tanto, Nora..., ¿cree usted que él sea el único?

NORA (*con un leve gesto*).—¿Cómo?...

DOCTOR RANK.—El único que de buen grado daría la vida por usted.

NORA (*tristemente*).—¿En serio?

DOCTOR RANK.—Me he jurado que lo sabría usted antes de expirar yo. Jamás se me depararía tamaña ocasión. Sí, Nora, ya lo sabe usted. Lo cual equivale a decir que puede confiarse a mí como a nadie.

NORA (*levantándose con naturalidad y tranquilamente*).—Déjeme pasar.

DOCTOR RANK (*le abre paso, aunque permanece sentado*).—¡Nora!

NORA (*desde la puerta de entrada*).—¡Elena, trae la lámpara! (*Se encamina hacia la chimenea.*) ¡Oh, querido doctor, qué mal está lo que ha hecho usted!

DOCTOR RANK.—¿Está mal haberla amado más que a nadie?

NORA.—No, sino haberlo dicho. Era ocioso.

DOCTOR RANK.—¿Qué quiere decir? ¿Que lo sabía usted?... (*Entra la doncella con una lámpara, poniéndola sobre la mesa, y vase luego.*) Nora..., señora Helmer..., le preguntaba si lo sabía usted.

NORA.—¡Qué sé yo! Realmente, no puedo responderle... ¿Por qué ha sido tan torpe, doctor? ¡Iba tan bien todo!

DOCTOR RANK.—En fin, ahora tiene usted la seguridad de que estoy a su disposición en cuerpo y alma. ¿Quiere hablar o no?

NORA (*mirándole*).—¿Después de lo que acaba de decir?

DOCTOR RANK.—Le ruego que me exponga lo que sea.

NORA.—¡Se acabó! No puedo decirle nada.

DOCTOR RANK.—¡Sí, sí! No me castigue de ese modo. Déjeme ayudarla todo lo humanamente posible.

NORA.—Ya no puede usted hacer nada en beneficio mío... Por lo demás, no tengo necesidad de nadie. Verá cómo no pasan de ser puras fantasías y no otra cosa. ¡Es evidente! (*Se sienta en la mecedora y le mira sonriendo.*) Pues sí, ¡vaya clase de caballero que es usted, doctor Rank! Diga, ¿no le da vergüenza ahora que está la luz encendida?

DOCTOR RANK.—Sinceramente, no. Pero, ¿debo marcharme?... ¿Para siempre?

NORA.—De ninguna manera. Ni que decir tiene que vendrá usted como antes. De sobra sabe que Torvaldo no puede prescindir de usted.

DOCTOR RANK.—Bueno; pero ¿y usted?

NORA.—¿Yo? Se me antoja todo tan agradable cuando le veo a usted aquí...

DOCTOR RANK.—Eso mismo me ha inducido a caer en el error. ¡Es usted un enigma! A menudo me ha parecido que le complacía tanto mi compañía como la de Helmer.

NORA.—Sí, figúrese: hay personas a quienes se ama y las hay con quienes se simpatiza.

DOCTOR RANK.—No deja eso de ser cierto.

NORA.—Cuando yo estaba en mi casa, quería a mi papá por encima de todo, como es lógico. Pero lo que más me gustaba era bajar a escondidas al cuarto de las criadas, que no me sermoneaban nunca y contaban siempre historias muy chistosas.

DOCTOR RANK.—¡Ah!, me doy perfecta cuenta. Por lo visto, ¿es a ellas a las que he sustituido?

NORA (*levantándose con viveza y corriendo a él*).—No, querido doctor, no es eso lo que pretendía decir. Pero harto puede usted comprender que con Torvaldo me ocurre lo mismo que con papá.

ELENA (*viniendo del vestíbulo*).—Señora... (*Le habla al oído y le entrega una tarjeta.*)

NORA (*mirando la tarjeta*).—¡Ah! (*Se la guarda en el bolsillo.*)

DOCTOR RANK.—¿Algo enojoso?

NORA.—Ni por asomo; es... mi vestido nuevo.

DOCTOR RANK.—¿Cómo se entiende? Si su vestido está ahí.

NORA.—Ese, sí; pero hay otro. Lo he encargado... Y no debe Torvaldo enterarse de nada...

DOCTOR RANK.—¡Ah! ¿Con que era ese el gran secreto?

NORA.—Pues sí. Vaya usted sin tardanza con él, que está en la habitación interior, e impídale que venga...

DOCTOR RANK.—Quede tranquila; no se me escapará. (*Pasa al aposento de Helmer.*)

NORA (*a la doncella*).—¿Y aguarda en la cocina?

ELENA.—Sí; ha subido por la escalera de servicio.

NORA.—¿No le has dicho que había visita?

ELENA.—Sí; pero ha sido en balde.

NORA.—¿No ha querido marcharse?

ELENA.—No, no se marchará sin haber hablado con la señora.

NORA.—Entonces, que pase, pero sin hacer ruido. No se lo digas, a nadie, Elena; se trata de una sorpresa para el señor.

ELENA.—Sí, sí, comprendo. (*Vase*)

NORA.—Ha llegado lo tremendo. Tenía que ser. No, no, no, no puede ser; no puede ocurrir semejante cosa. (*La doncella hace entrar a Krogstad y cierra la puerta. Trae puesta él una pelliza de viaje, gruesas botas y gorro de piel. Sale a su encuentro Nora.*) Hable bajo; mi marido está en casa.

KROGSTAD.—Me es igual.

NORA.—¿Qué desea usted?

KROGSTAD.—Un pormenor.

NORA.—Dése prisa. ¿Qué hay?

KROGSTAD.—Estará usted al corriente de que he recibido mi cesantía.

NORA.—No he podido impedirlo, señor Krogstad. He defendido su causa hasta el límite, pero sin ningún resultado favorable.

KROGSTAD.—¿Tan escaso amor experimenta su esposo por usted? Sabe lo que puede ocurrir y, a pesar de todo se atreve...

NORA.—¿Cómo se imagina usted que lo sepa?

KROGSTAD.—En realidad, no lo he creído nunca. No comprendo cómo el carácter de mi buen Torvaldo Helmer denota tanto coraje.

NORA.—Señor Krogstad, exijo que se respete a mi marido.

KROGSTAD.—De acuerdo. Se le concede todo el respeto que merece. Pero, puesto que tanto empeño pone la señora en ocultar este asunto, me permito suponer que estará usted mejor asesorada que ayer acerca de lo que ha hecho.

NORA.—Mejor asesorada de lo que podría estarlo por usted.

KROGSTAD.—En efecto, un jurista como yo...

NORA.—¿Qué persigue?

KROGSTAD.—Nada. Únicamente ver cómo se encuentra usted, señora. He pensado en usted todo el día. Por más que sea uno un picapleitos, un abogaducho, un..., en una palabra, un individuo de mi calaña, no deja uno de tener cierta cosa que se llama corazón, al fin y al cabo.

NORA.—Demuéstrelo; piense en mis hijos.

KROGSTAD.—¿Ha pensado en los míos su esposo? Pero poco importa. Solo quería decirle que no tomara la cuestión tan a lo trágico. Por lo pronto, no presentaré querella contra usted.

NORA.—No, ¿verdad? Estaba segura de ello.

KROGSTAD.—Todo puede arreglarse amistosamente, sin necesidad de mezclar a otras personas. La cuestión puede quedar entre nosotros.

NORA.—Pero jamás debe enterarse mi marido...

KROGSTAD.—¿Cómo quiere usted evitar eso? ¿Puede pagar el resto?

NORA.—No; en seguida, no.

KROGSTAD.—¿Acaso ha dado usted con el medio de conseguir dinero en estos días?

NORA.—No. Al menos, por un medio deseable.

KROGSTAD.—Por añadidura, no le habría servido a usted de nada. Aunque me ofreciera una cantidad considerable, no le devolvería su pagaré.

NORA.—Pues explíqueme, entonces, cómo quiere utilizarlo.

KROGSTAD.—Sencillamente, quiero conservarlo, tenerlo en mi poder. Nada sabrá de ello ningún extraño. Así, admitida la conyuntura de que proyectase usted tomar resolución desesperada...

NORA.—Sí que lo he proyectado.

KROGSTAD.—...o abandonarlo todo y huir...

NORA.—Lo he proyectado también.

KROGSTAD.—...o hacer algo peor todavía...

NORA.—¿Cómo puede usted prever eso?...

KROGSTAD.—... deseche esas ideas.

NORA.—¿Pero cómo sabe usted que las tengo?

KROGSTAD.—Las tenemos al comienzo casi todos. Yo las he tenido, como los demás; pero, a fe mía, me faltó valor.

NORA (*con voz sorda*).—¡También a mí!

KROGSTAD (*tranquilizado*).—¿Verdad que sí? También a usted le falla el corazón.

NORA.—Sí.

KROGSTAD.—Por otra parte, sería una solemne estupidez. Una vez pasada la primera tempestad conyugal... Aquí, en mi bolsillo traigo una carta para su esposo.

NORA.—¿Se lo dice usted todo?

KROGSTAD.—Atenuándolo lo más posible.

NORA.—Él no debe ver esa carta. Rómpala. Yo encontraré el dinero.

KROGSTAD.—Dispénseme, señora; pero creo haberle dicho hace un instante...

NORA.—¡Oh!, no me refiero al dinero que le adeudo. Dígame qué cantidad pide usted a mi marido y yo se la abonaré.

KROGSTAD.—No pido dinero a su marido.

NORA.—Pues entonces, ¿qué quiere usted?

KROGSTAD.—Quiero ascender, señora; quiero prosperar, y para eso ha de ayudarme su esposo. Durante año y medio no he cometido ningún acto deshonroso; durante todo ese intervalo me he debatido entre las mayores dificultades. Estaba contento de rehabilitarme paso a paso. Ahora se me despide, y no me basta ya que se me admita de favor. Repito que quiero subir. Quiero volver al banco en mejores condiciones que antes, y su esposo tiene que crear un puesto para mí.

NORA.—¡Jamás hará eso!

KROGSTAD.—Lo hará; lo conozco... No se atreverá ni a protestar. Y cuando se me coloque, ya verá. Antes de un año seré la mano derecha del director. Será Nils Krogstad y no Torvaldo Helmer quien dirigirá el banco.

NORA.—Habla usted de algo que no ocurrirá nunca.

KROGSTAD.—¿Se propone usted quizá...?

NORA.—Ahora sí tengo valor para ello.

KROGSTAD.—¡Oh!, no me asuste. Una dama delicada y distinguida como usted...

NORA.—¡Pronto lo verá, pronto lo verá!

KROGSTAD.—¿Acaso bajo el hielo? ¿En el abismo húmedo, oscuro y frío? Y emerger por primavera a la superficie, desfigurada, irreconocible, sin cabellos...

NORA.—No logra amedrentarme.

KROGSTAD.—Ni usted a mí tampoco. No se llevan a cabo esas maniobras, señora. Además, ¿para qué? En todo caso, la tengo en mi bolsillo.

NORA.—¿Y cuando yo no exista?...

KROGSTAD.—Olvida usted que aun entonces estará su memoria entre mis manos. (*Nora le mira desconcertada.*) Vamos, ya queda prevenida usted. ¡Nada de tonterías! Cuando Helmer haya recibido mi carta, aguardaré su respuesta. Y acuérdese bien de que es su esposo quien me ha obligado a dar ese paso. Por cierto, que no se lo perdonaré nunca. Adiós, señora. (*Vase.*)

NORA (*entreabriendo con precaución la puerta del vestíbulo y acechando*).—Se ha marchado. No ha dejado esa carta. No, no, ¡es imposible! (*Abre la puerta cada vez más.*) ¿Qué pasa? Se ha detenido. Reflexiona. ¿Irá a...? (*Se oye caer una carta en el buzón, y luego, los pasos de Krogstad, cuyo rumor va perdiéndose a medida que baja la escalera. Ella reprime un grito y retrocede al escenario, corriendo hasta la mesa situada ante el sofá. Un momento de silencio.*) ¡Ha caído en el buzón! (*Vuelve cautelosamente a la puerta del vestíbulo.*) ¡Sigue ahí la carta!... ¡Torvaldo, Torvaldo..., estamos perdidos!

SEÑORA LINDE (*volviendo por la puerta de la izquierda, con el vestido al brazo*).—No he podido hacer más. ¿Quieres probártelo?...

NORA (*por lo bajo, con voz ronca*).—Cristina, ven aquí.

SEÑORA LINDE (*tirando el vestido sobre el sofá*).—¿Qué te ocurre? Pareces trastornada.

NORA.—Ven aquí. ¿Ves esa carta? Mira por la rendija del buzón.

SEÑORA LINDE.—Sí, ya la veo.

NORA.—Esa carta es de Krogstad.

SEÑORA LINDE.—¡Nora!... ¿Fue Krogstad quien te prestó aquel dinero?

NORA—Sí. Y después de tanto tiempo, Torvaldo va a enterarse de todo.

SEÑORA LINDE.—Créeme, Nora. Eso será lo mejor para vosotros dos.

NORA—No lo sabes todo; falsifiqué una firma.

SEÑORA LINDE.—¡Santo Dios!... ¿Qué estás diciendo?

NORA.—Ahora escucha una cosa, Cristina. Escucha lo que voy a decirte: necesito que me sirvas de testigo.

SEÑORA LINDE.—¿Testigo de qué? ¡Habla!

NORA.—Si yo enloqueciera, lo cual bien puede acontecer...

SEÑORA LINDE.—¡Nora!

NORA.—O si me sobreviniere otra desgracia que me impidiera estar presente...

SEÑORA LINDE.—¡Nora, Nora, ¿has perdido la razón...?

NORA.—Si hubiese alguien que quisiera cargar con todo y echarse la culpa..., ¿comprendes?

SEÑORA LINDE.—Sí; pero, ¿cómo puedes creer...?

NORA.—En tal caso, debes atestiguar que es falso, Cristina. No me salgo de quicio; tengo toda mi lucidez y te digo que no lo ha sabido nadie más, que he obrado solo por mi cuenta. Acuérdate de eso.

SEÑORA LINDE.—Está bien, me acordaré; pero no comprendo...

NORA.—¿Cómo has de comprenderlo? Va a realizarse un milagro.

SEÑORA LINDE.—¿Un milagro?

NORA.—Sí, un milagro. Pero es tan terrible, Cristina, que no debe suceder por nada en el mundo.

SEÑORA LINDE.—Voy a hablar inmediatamente con Krogstad.

NORA.—No vayas a su casa; puede perjudicarte.

SEÑORA LINDE—Hubo un tiempo en que habría hecho por mí lo que fuese.

NORA.—¿Eh?

SEÑORA LINDE.—¿Dónde vive?

NORA—¡Yo qué sé!... Sí que lo sé. (*Hurga en su bolsillo.*) Toma su tarjeta. Pero ¡ahí está la carta, la carta!

HELMER (*desde su cuarto, llamando a la puerta*).—¡Nora!

NORA (*con un grito de angustia*).—¿Qué pasa? ¿Qué me quieres?

HELMER.—Bueno, bueno; no tengas miedo. No podemos entrar; has corrido el pestillo de la. puerta. ¿Estás probándote el vestido?

NORA.—Sí, sí, me lo estoy probando. Verás qué guapa voy a. estar, Torvaldo.

SEÑORA LINDE (*tras de mirar la tarjeta*).—Vive muy cerca de aquí; en la esquina.

NORA.—Sí; pero ¡como si no! Estamos perdidos. La carta continúa en el buzón.

SEÑORA LINDE—¿Y tiene la llave tu marido?

NORA.—Siempre.

SEÑORA LINDE.—Krogstad puede reclamar la carta antes de leída. Puede alegar un pretexto cualquiera.

NORA.—Pero precisamente es la hora en que Torvaldo acostumbra a...

SEÑORA LINDE.—Ve con él para entretenerle. Yo regresaré cuanto antes. (*Sale con apresuramiento por la puerta del vestíbulo.*)

NORA (*acercándose a la puerta de Helmer la abre y mira*).—¡Torvaldo!

HELMER (*desde el despacho*).—¡Vaya, por fin puede uno entrar en su casa. Ven, Rank, que vamos a verlo... (*Apareciendo.*) Pero ¿qué significa esto?

NORA.—A qué te refieres, Torvaldo querido?

HELMER.—Rank me había preparado para presenciar una gran exhibición modisteril.

DOCTOR RANK (*apareciendo a su vez*).—Así hube de entenderlo; pero, por lo visto, me había equivocado.

NORA.—Hasta mañana no me verá nadie en todo mi esplendor.

HELMER.—Pero, querida Nora, ¡qué mala cara tienes! ¿Has estado ensayando la danza?

NORA.—No, todavía no la he ensayado ni una sola vez.

HELMER.—Convendrá hacerlo, sin embargo.

NORA.—Sí, Torvaldo, es indispensable. Pero no puedo dar un paso sin ti. Lo he olvidado todo.

HELMER.—Vamos; pondremos manos a la obra.

NORA.—Sí, ¿verdad? En fin, vas a ocuparte de mí, Torvaldo. ¿Me lo prometes? ¡Estoy tan inquieta! Esa gente con quien hemos de relacionarnos... Se acabaron por esta noche los negocios y los escritos, ¿quieres, Torvaldo?

HELMER.—Te lo prometo. Esta noche estaré a tu entera disposición..., nerviosilla. Aunque primero tengo que ver algo. (*Se dirige hacia la puerta del vestíbulo.*)

NORA.—¿Qué vas a hacer?

HELMER.—Solo mirar si hay carta.

NORA.—No, Torvaldo, no lo hagas.

HELMER.—¿Por qué?

NORA.—Torvaldo, te lo ruego... No hay nada.

HELMER.—Déjame que lo vea. (*Da un paso en dirección a la puerta. Nora, al piano, toca los primeros acordes de la tarantela. Él se detiene a escucharla.*) ¡Ah!

NORA.—Mañana no podré bailar si no ensayo hoy contigo.

HELMER (*acercándose a ella*).—¿Verdaderamente, tienes tanto miedo, Norita?

NORA.—¡Oh, sí, un miedo atroz! Déjame ensayar en seguida; tenemos tiempo antes de ponernos a la mesa. Siéntate, querido Torvaldo, y toca. Repréndeme y dame consejos, como acostumbras.

HELMER.—Con mucho gusto, con muchísimo gusto, puesto que lo deseas. (*Se sienta al piano.*)

NORA (*abre una caja, de la cual extrae rápidamente una pandereta y un chal multicolor que se ciñe al cuerpo; luego, en un abrir y cerrar de ojos, se planta en medio de la estancia y exclama*): ¡Ea!, toca, toca, que voy a bailar. (*Helmer toca. Nora danza. Rank se sitúa detrás de Helmer y no lo pierde de vista.*)

HELMER (*tocando*).—Despacio, despacio.

NORA.—Imposible.

HELMER.—Menos ímpetu, Nora.

NORA.—Justamente, es lo que importa.

HELMER.—No, esto no marcha bien.

NORA (*riendo y agitando la pandereta*).—¿Qué te decía yo?

DOCTOR RANK (*a Helmer*).—Permíteme sentarme al piano.

HELMER.—De buen grado, porque así podré dirigirla mejor. (*Rank se sienta al piano y toca. Nora ejecuta una danza más precipitada cada vez. Helmer, junto a la chimenea, aventura de cuando en cuando una observación, que ella parece no oír. Se le sueltan los cabellos, que le caen sobre los hombros, por más que no lo nota y continúa, bailando. Entra la señora Linde.*)

SEÑORA LINDE (*parándose, atónita*).—¡Oh!

NORA.—Llegas en pleno frenesí, Cristina.

HELMER.—Pero, querida Nora, bailas como si te fuera en ello la vida.

NORA.—Y así es, ni más ni menos.

HELMER.—Detente; Rank. ¡Esto es el paroxismo! Te digo que te detengas. (*Calla el piano y Nora se interrumpe de súbito. Encarándose con ella, dice Helmer.*) Nunca lo habría creído. Has olvidado todo lo que te enseñé.

NORA (*tirando la pandereta a distancia*).—Ya lo ves.

HELMER.—¡Vaya si necesitas ensayarlo!

NORA.—¡Y cómo lo necesito! Tú me guiarás hasta el final. ¿Prometido, Torvaldo?

HELMER.—Puedes confiar en ello.

NORA.—Ni hoy ni mañana debes pensar más que en mí; no debes abrir carta alguna..., ni el buzón siquiera.

HELMER.—¡Vamos! Sigo notando tu temor a ese hombre.

NORA.—Pues bien: sí. Algo de eso hay...

HELMER.—Nora, lo delata tu rostro: De fijo, hay en el buzón una carta suya.

NORA.—No sé nada, y lo sospecho; pero se impone que no leas nada de eso ahora. Entre nosotros no debe interponerse ni una sombra antes de que acabe todo.

DOCTOR RANK (*aparte, a Helmer*).—No conviene contrariarla.

HELMER (*rodeando con el brazo la cintura de Nora*).—Bien, niña; se hará lo que quieras. Pero mañana, cuando hayas bailado...

NORA.—Serás libre.

ELENA (*desde la puerta de la derecha*).—Señora, la cena está servida.

NORA.—Elena, trae champaña.

ELENA.—Sí, señora. (*Vase.*)

HELMER.—¡Hola, hola! Por las trazas, va a haber fiesta.

NORA.—Fiesta y champaña hasta la aurora. (*Gritando a la doncella.*) ¡Y unas cuantas almendras, Elena, o mejor, muchas! (*A Torvaldo.*) ¡Por una vez no supone nada!

HELMER (*cogiéndole las manos*).—¡Vaya, vaya!, así me gusta. No hay por qué parecer una loca. Debes volverte a mi alondrita gorjeante, como siempre.

NORA.—Sí, Torvaldo, sí. Pero sal un momento; y usted también, doctor. Tú, Cristina, me ayudarás a peinarme un poco.

DOCTOR RANK (*en voz baja, mientras pasan al comedor, a Helmer*).—¿No será que esperáis algo...?

HELMER.—Ni por soñación, amigo. No es sino esa angustia pueril de que te he hablado. (*Vanse por la derecha.*)

NORA.—¿Qué?

SEÑORA LINDE.—Se ha marchado al campo.

NORA.—Lo adivinaba en tu semblante

SEÑORA LINDE.—Regresará mañana por la noche; le he dejado una nota.

NORA.—No debías haberlo hecho. Es mejor no impedir nada. En el fondo, constituye una verdadera alegría estar esperando algo maravilloso.

SEÑORA LINDE.—¿Qué esperas?

NORA.—¡Oh!, no lo comprenderías. Anda a reunirte con ellos. Yo iré en seguida. (*Permanece inmóvil un momento, como para reconcentrarse, y luego consulta su reloj.*) Son las cinco. De aquí a las doce de la noche, doce horas. Veinticuatro horas, además, hasta la próxima medianoche. Veinticuatro, ¿y siete? Treinta y una horas de vida.

HELMER (*en la puerta de la derecha*).—Pero ¿no viene mi alondrita?

NORA (*arrojándose en sus brazos*).—¡Aquí la tienes!

(*Telón.*)

Acto tercero

La misma decoración. Los muebles —mesa, sillas y sofá— se han transportado al centro de la habitación. Está abierta la puerta del vestíbulo. Se oye música de baile procedente del piso superior.

La señora Linde, sentada a la mesa, hojea distraídamente un libro. Intenta leer, aunque parece que no puede fijar su pensamiento. A ratos echa una ojeada hacia la puerta de la escalera y escucha con atención.

SEÑORA LINDE (*mirando su reloj*).—No viene. Sin embargo, ya ha pasado la hora. Con tal que... (*Vuelve a escuchar.*) ¡Ah!, es él. (*Sale al vestíbulo y abre sigilosamente la puerta de fuera; se oyen pasos en la escalera. En voz baja.*) Entre; estoy sola.

KROGSTAD (*en el umbral*).—He recibido una nota suya... ¿Qué significa eso?

SEÑORA LINDE.—Es de todo punto indispensable que hable con usted.

KROGSTAD.—¿De veras? ¿Y tiene que ser aquí el lugar de la entrevista?

SEÑORA LINDE.—No podía recibirlo en mi casa; no tengo entrada independiente. Venga, que estaremos solos. Los Helmer asisten a un baile dado por los vecinos del segundo.

KROGSTAD (*entrando*).—¿Conque los Helmer bailan esta noche? Pero ¿es cierto?

SEÑORA LINDE.—¿Qué tiene de particular que lo hagan?

KROGSTAD.—Nada.

SEÑORA LINDE.—Bueno, Krogstad; nosotros tenemos que hablar.

KROGSTAD.—¿Nosotros dos? ¿Qué podríamos decirnos todavía?

SEÑORA LINDE.—Muchas cosas.

KROGSTAD.—No lo habría creído nunca.

SEÑORA LINDE.—Porque nunca me ha comprendido usted bien.

KROGSTAD.—Pues no es difícil de comprender; a diario ocurren casos semejantes; una mujer sin corazón desaira a un hombre cuando se le presenta un partido más ventajoso.

SEÑORA LINDE.—¿Conque me cree usted sin corazón en absoluto? ¿Cree también que no me costó esfuerzo el rompimiento?

KROGSTAD.—¿Sinceramente?

SEÑORA LINDE.—En realidad, ¿lo ha creído usted, Krogstad?

KROGSTAD.—Si no era así, ¿por qué me escribió usted como lo hizo?

SEÑORA LINDE.—No podía hacer otra cosa. Resuelta a romper, estaba obligada a arrancar de su corazón cuanto sintiera usted por mí.

KROGSTAD (*frotándose las manos*).—¡Ah! Eso es... Y todo por una simple cuestión de dinero.

SEÑORA LINDE.—No debe olvidar usted que entonces tenía yo que sostener a una madre y a unos hermanos pequeños. No podíamos aguardarlo. Sus esperanzas eran muy remotas...

KROGSTAD.—Admitámoslo. Con todo, no tenía usted derecho a rechazarme por otro.

SEÑORA LINDE.—No lo sé, y me lo he preguntado a menudo.

KROGSTAD (*bajando la voz*).—Cuando la perdí a usted, me pareció que se abría a mis plantas la tierra. Míreme: soy el náufrago agarrado a una tabla.

SEÑORA LINDE.—Acaso no esté lejos la salvación.

KROGSTAD.—Estaba a mi alcance, y ha venido usted a arrebatármela.

SEÑORA LINDE.—Ha sido a espaldas mías, Krogstad. Hasta hoy no me he enterado de que era a usted a quien iba a sustituir en el banco.

KROGSTAD.—Lo creo, en vista de lo que dice usted. Pero ahora que lo sabe, ¿renunciará usted al cargo?

SEÑORA LINDE.—No, porque no sería beneficioso para usted.

KROGSTAD.—¿Beneficioso?... Yo que usted, lo haría, a pesar de todo.

SEÑORA LINDE.—He aprendido a obrar razonadamente. Me lo han enseñado la vida y la amarga necesidad.

KROGSTAD.—Y a mí me ha enseñado la vida a no fiarme de frases.

SEÑORA LINDE.—A ese respecto, le ha dado una lección prudente. No obstante, ¿se fiaría usted de las acciones?

KROGSTAD.—¿A qué se refiere?

SEÑORA LINDE.—¿No ha dicho usted que era un náufrago agarrado a una tabla?

KROGSTAD.—Tengo buenas razones para hablar así.

SEÑORA LINDE.—También soy yo una náufraga agarrada a una tabla, sin nadie a quien consagrarme, sin nadie que me necesite.

KROGSTAD.—Usted lo ha querido.

SEÑORA LINDE.—No dependía de mí escoger.

KROGSTAD.—¿Adónde quiere usted ir a parar?

SEÑORA LINDE.—¿Y si estos dos náufragos se tendieran las manos? ¿Qué opina usted de ello, Krogstad?

KROGSTAD.—¿Qué está diciendo usted?

SEÑORA LINDE.—¿No sería preferible reunirse en la misma tabla?

KROGSTAD.—¡Cristina!

SEÑORA LINDE.—¿No sospecha usted el motivo que me ha traído aquí?

KROGSTAD.—¿Habrá pensado usted en mí?

SEÑORA LINDE.—Se me hace necesario trabajar para poder soportar la existencia. Desde que tengo uso de razón, he dedicado al trabajo todos los días de mi vida. Era esa mi mejor y mi única alegría. Ahora estoy sola en el mundo y noto un abandono un vacío atroz. No pensar más que en sí, destruye todo el encanto del trabajo. Vamos, Krogstad, encuéntreme por qué y por quién trabajar.

KROGSTAD.—No lo creo; en su actitud no hay sino un orgullo de mujer que se exalta y quiere sacrificarse.

SEÑORA LINDE.—¿Me ha visto usted exaltarme alguna vez?

KROGSTAD.—¿Haría usted lo que dice? ¿Tiene noticia de todo mi pasado?

SEÑORA LINDE.—Sí.

KROGSTAD.—¿Conoce mi reputación y lo que de mí se cuenta?

SEÑORA LINDE.—Si no he comprendido mal hace poco, suponía usted que yo habría podido salvarle.

KROGSTAD.—Estoy seguro.

SEÑORA LINDE.—¿No cabe una reparación?

KROGSTAD.—¡Cristina! ¿Ha reflexionado bien? Sí, lo veo en su rostro. ¿De modo que tendría usted valor?

SEÑORA LINDE.—Necesito alguien a quien servir de

madre, y a los hijos de usted les hace falta una. Tengo fe en lo que late en su fondo, Krogstad..., y con usted, nada me infundirá miedo.

KROGSTAD (*asiéndole las manos*).—Gracias, Cristina... Ahora sabré rehabilitarme... ¡Ah!, pero me olvidaba... (*La música toca a distancia una tarantela.*)

SEÑORA LINDE (*escuchando*).—¡Chist! ¡La tarantela! ¡Salga, salga de prisa!

KROGSTAD.—¿Por qué? ¿Qué pasa?

SEÑORA LINDE.—¿Oye usted esa música? Al terminar la danza, volverán.

KROGSTAD.—Tanto más cuanto que no servirá de nada eso. Por supuesto, ignorará el paso que he dado contra los Helmer.

SEÑORA LINDE.—Se equivoca, Krogstad; no lo ignoro.

KROGSTAD.—¿Y tiene usted el valor de...?

SEÑORA LINDE.—Sé cuánto puede impulsar la desesperación a un hombre como usted.

KROGSTAD.—¡Oh, si yo pudiera anular mi obra!

SEÑORA LINDE.—Puede anularla; su carta sigue ahí en el buzón.

KROGSTAD.—¿Está usted segura?

SEÑORA LINDE.—Por completo. Pero...

KROGSTAD (*encarándose con ella*).—¿Es esa la explicación? A todo trance quería usted salvar a su amiga. Haría mejor confesándolo francamente. ¿Es así?

SEÑORA LINDE.—Escuche, Krogstad: cuando una persona se ha vendido una vez por salvar a alguien, no reincide.

KROGSTAD.—Voy a reclamar mi carta.

SEÑORA LINDE.—No.

KROGSTAD.—Claro que sí, y es muy lógico. Aguardo al regreso de Helmer y le digo que quiero recobrar mi carta..., que no trata sino de mi cesantía..., que no tiene para qué leerla...

SEÑORA LINDE.—No, Krogstad; no reclamará usted esa carta.

KROGSTAD.—Sin embargo..., ¿no fue esa la razón por la que me citó aquí?

SEÑORA LINDE.—Sí, en el primer momento de alarma. Pero han transcurrido veinticuatro horas, y durante ese tiempo he visto, pasar aquí cosas increíbles. Es menester que Helmer sepa todo: debe disiparse ese fatal misterio. Importa que se expliquen: basta de tapujos y de escapadas en falso.

KROGSTAD.—Bien; si lo toma usted a su cargo... Pero hay algo que puedo hacer en todo caso y que debo hacer en seguida...

SEÑORA LINDE (*escuchando*).—¡Apresúrese! ¡Márchese! ... Ha terminado la danza y ya no estamos seguros ni un momento...

KROGSTAD.—La aguardo abajo.

SEÑORA LINDE.—Conforme; puede acompañarme hasta la puerta de mi casa.

KROGSTAD.—Jamás he sido tan feliz. (*Vase por la puerta de la escalera. La del vestíbulo permanece abierta hasta el final.*)

SEÑORA LINDE (*arregla un tanto la habitación y prepara su abrigo y su sombrero*).—¡Qué giro nuevo han tomado las cosas! Ya tengo por quién trabajar, por quién vivir, un hogar que atender. Voy a dedicarme a ello sin tardanza. (*Escuchando.*) ¡Ah!, ahí vienen. ¡Me pondré el abrigo! (*Coge el sombrero y su abrigo. Se oyen las voces de Helmer y de Nora. Gira una llave y Helmer hace entrar a Nora casi a la fuerza. Lleva ella traje italiano y se arropa con una especie de mantón; él, en traje de etiqueta, con un dominó sobre los hombros.*)

NORA.—No, no, no, no quiero entrar; quiero subir de nuevo, no quiero retirarme tan pronto.

HELMER.—Vamos, querida Nora...

NORA.—Sí, te lo ruego, querido Torvaldo, te lo suplico..., ¡solo una hora más!

HELMER.—Ni un minuto, Norita mía. Ya sabes lo convenido. Anda, entra, que fuera vas a enfriarte. (*La hace entrar, a despecho de su resistencia.*)

SEÑORA LINDE.—Buenas noches.

NORA.—¡Cristina:

HELMER.—¡Cómo! Es la señora Linde. ¿Usted aquí, tan tarde?

SEÑORA LINDE.—Dispénseme. ¡Tenía tanta gana de ver a Nora disfrazada!

NORA.—¿Me has aguardado aquí todo este tiempo?

SEÑORA LINDE.—Sí; por desgracia, he llegado demasiado tarde, y, como habías subido ya, no he querido marcharme sin verte.

HELMER (*quitando el mantón a Nora*).—En ese caso, mírela despacio. Entiendo que vale la pena. Está guapa, ¿verdad, señora Linde?

SEÑORA LINDE.—¡Está guapísima!

HELMER.—Maravillosamente guapa, ¿no? Esa ha sido la opinión de todo el mundo. Pero ¡qué testaruda es esta mujer! ¿Y cómo evitarlo? ¿Creerá usted que casi he tenido que recurrir a la fuerza para que abandonara el baile?

NORA.—¡Ah!, Torvaldo; te arrepentirás de no haberme otorgado, por lo menos, media hora siquiera.

HELMER.—Ya lo oye, señora. Ha bailado su tarantela, ha tenido un éxito loco y bien merecido, aun cuando acaso haya puesto en la ejecución demasiada naturalidad, quiero decir, un poco más de lo que requerían las exigencias del arte. Pero, en fin, lo principal es que ha tenido éxito, un éxito inmenso. ¿Debía yo dejarla más tiempo? Sería disminuir el efecto. ¡A cualquier hora! He cogido del brazo a mi linda muchachita de Capri, a mi muchachita caprichosa, debiera decir; una rápida vuelta al salón, saludos a derecha e izquierda, y, conforme se lee en las novelas, se desvaneció la bella aparición. Lo que no puedo hacer que comprenda Nora es que en los desenlaces se impone siempre el efectismo. ¡Uf, cuánto calor hace aquí! (*Tira su dominó sobre una silla y abre la puerta de su despacho.*) ¡Cómo! ¿No hay luz? ¡Ah!, ya caigo en ello. Excúseme. (*Entra y enciende dos bujías.*)

NORA (*muy por lo bajo, precipitadamente*).—¿Qué hay...?

SEÑORA LINDE.—He hablado con él.

NORA.—Entonces...

SEÑORA LINDE.—Nora..., hay que decírselo todo a tu marido.

NORA (*con voz desfalleciente*).—Me lo figuraba.

SEÑORA LINDE.—No tienes nada que temer de Krogstad; pero es imprescindible que hables.

NORA.—No hablaré.

SEÑORA LINDE—Pues hablará por ti la carta.

NORA.—Gracias, Cristina. Ahora sé lo que me queda por hacer. ¡Cállate...!

HELMER (*reapareciendo*).—Bueno, señora; ¿la ha admirado usted bien?

SEÑORA LINDE.—Sí, y por fin voy a darles las buenas noches.

HELMER.—¿Ya? ¿Es de usted esta laborcita?

SEÑORA LINDE (*tomando un trozo de labor de punto que le tiende Helmer*).—Gracias; se me olvidaba.

HELMER.—¿Conque teje usted punto de media?

SEÑORA LINDE.—Efectivamente.

HELMER.—Pues debería bordar.

SEÑORA LINDE.—¿Sí? ¿Por qué?

HELMER.—Es más bonito. Mire: se sostiene la labor en la mano izquierda, y luego en la derecha, se maneja así la aguja..., describiendo esta curva que ve usted, larga y ligera...

SEÑORA LINDE.—Es muy posible.

HELMER—Mientras que hacer punto... resulta siempre antiestético. Mire esos brazos pegados al cuerpo..., esas agujas que van de abajo arriba y de arriba abajo.., parece un trabajo de chino... ¡Oh, qué champaña tan traicionero han servido!

SEÑORA LINDE.—Buenas noches, Nora, y no seas tan terca.

HELMER.—Bien dicho, señora Linde.

SEÑORA LINDE.—Buenas noches, señor director.

HELMER (*acompañándola hasta la puerta*).—Buenas noches, buenas noches. Espero que conozca el camino ¡Yo bien quisiera escoltarla! pero ¡está tan cerca!... Buenas noches, buenas noches. (*Sale Cristina; él cierra la puerta tras ella y vuelve.*) ¡Muy bien! Al cabo se ha marchado. Es bastante pesada esta mujer.

NORA.—¿No estás muy fatigado, Torvaldo?

HELMER.—No, en absoluto.

NORA.—¿Ni tienes sueño tampoco?

HELMER.—Nada, por el contrario, me encuentro muy despabilado. ¿Y tú? Pareces cansada y con sueño.

NORA.—Sí, estoy muy cansada. Ahora comprendo que no tardaré en dormirme.

HELMER.—Ya ves cómo tenía yo razón para no querer que nos quedásemos más rato.

NORA.—Tú tienes siempre razón en todo lo que haces.

HELMER (*besándola en la frente*).—¡Vaya!, la alondra empieza a hablar con cordura. Pero, oye, ¿has notado qué alegre estaba Rank esta noche?

NORA.—¿De veras? No he tenido ocasión de hablarle.

HELMER.—Tampoco yo le he hablado casi; pero hace mucho tiempo que no le había visto de tan buen humor. (*La mira un instante y luego se acerca a ella.*) ¡Ah, qué bueno es, no obstante, volver uno a su casa, estar contigo a solas!... ¡Oh, qué encantadora, qué deliciosa muñequita eres!

NORA.—No me mires de ese modo, Torvaldo.

HELMER.—¿No voy a mirar a mi más caro tesoro? ¿A este esplendor que es mío, solo mío, todo mío?

NORA (*huyendo al otro lado de la mesa*).—No debes hablarme así esta noche.

HELMER (*siguiéndola*).—Todavía te bulle la tarantela en la sangre, por lo visto, y de ahí que resultas más seductora. ¡Escucha! Ya se marchan los invitados. (*Más bajo.*) Nora, dentro de poco se aquietará todo en la casa.

NORA.—Sí, eso espero.

HELMER.—¿No es cierto, mi bienamada Nora? ¡Oh!, cuando estamos en sociedad, como esta noche..., ¿sabes por qué te hablo tan poco, por qué me mantengo alejado de ti, limitándome a lanzarte por momentos una mirada de soslayo? ¿Sabes por qué? Pues porque me gusta figurarme que eres mi amor secreto, mi joven y misteriosa novia, y que todos desconocen los vínculos que nos unen.

NORA.—Sí, sí, sí; bien sé que para mí son todos tus pensamientos.

HELMER.—Y al despedirnos, cuando echo el chal sobre tus hombros delicados y juveniles, cuando oculto tu nuca suave, me imagino que eres mi recién casada, que volvemos de la boda, que te conduzco a mi casa por primera vez, y que por fin vamos a estar solos..., ¡que voy a quedarme solo contigo, mi lozana belleza trémula! Durante toda esta velada no he hecho más que suspirar por ti. Cuando a lo largo de la tarantela te he visto perseguir y provocar..., he sentido hervirme la sangre; ya no podía más; y por eso te traje tan pronto...

NORA.—Vete, Torvaldo. Tienes que dejarme. No seas así.

HELMER.—¿A qué obedece eso? Te burlas de mí, Norita. Conque te opones, ¿eh? ¿Acaso no soy tu marido? (*Llaman a la puerta exterior.*)

NORA (*estremeciéndose*).—¿Has oído?

HELMER (*pasando al vestíbulo*).—¿Quién es?

DOCTOR RANK (*desde fuera*).—Soy yo. ¿Puedo pasar un momento?

HELMER (*en tono hosco*).—¡Qué querrá este ahora! (*Alto.*) Aguarda un poco. (*Va a abrir.*) Muy amable de tu parte lo de no pasar por nuestra puerta sin llamar.

DOCTOR RANK.—He creído oír tu voz, y entonces se me ha antojado entrar un rato. (*Echa una ojeada alrededor suyo.*) ¡He aquí el hogar tan querido, tan familiar! Tenéis en vuestra casa la paz y el bienestar. ¡Dichosos vosotros!

HELMER.—Tampoco tú parecías a disgusto arriba.

DOCTOR RANK—Me divertía extraordinariamente. ¿Y por qué no? ¿Por qué no gozar de todo en el mundo? Por lo menos, tanto y tan largo como se pueda. El vino era exquisito.

HELMER.—El champaña sobre todo.

DOCTOR RANK.—¿Lo has notado también? Es inverosímil la cantidad que he bebido.

NORA.—También Torvaldo ha bebido mucho champaña esta noche.

DOCTOR RANK.—¿Es cierto?

NORA.—Sí, y con eso se pone siempre muy animado.

DOCTOR RANK.—En resumidas cuentas, ¿por qué no se ha de pasar una buena velada después de un día bien empleado?

HELMER.—¿Bien empleado? Desgraciadamente, no puedo envanecerme de ello.

DOCTOR RANK (*dándole un golpecito en el hombro*). Pues debes saber que yo sí me envanezco.

NORA.—Usted, doctor Rank, ha debido estar entregado a alguna investigación científica...

DOCTOR RANK.—Exactamente.

HELMER.—¡Toma, toma! ¿Norita hablando de investigaciones científicas?

NORA.—¿Y puedo felicitarle por los resultados?

DOCTOR RANK.—Claro que sí.

NORA.—¿Un éxito?

DOCTOR RANK.—El mejor para el médico, tanto como para el enfermo: la certidumbre.

NORA (*vivamente, escrutándole con los ojos*).—¿La certidumbre?

DOCTOR RANK.—Una certidumbre absoluta. Después de eso, ¿no tenía yo derecho a una velada jubilosa?

NORA.—Sin duda, doctor.

HELMER.—Soy de la misma opinión, con tal que no lo pagues mañana.

DOCTOR RANK.—Todo se paga en esta vida.

NORA.—Doctor..., a usted deben de gustarle mucho los bailes de máscaras...

DOCTOR RANK.—Sí, cuando abundan los disfraces divertidos.

NORA.—Vamos a ver: ¿qué disfraz luciremos la próxima vez usted y yo?

HELMER.—¡Pero qué loca! ¿Pues no está pensando ya en la mascarada próxima?

DOCTOR RANK.—¿Usted y yo? Voy a decírselo: usted irá de mascota.

HELMER.—Muy oportuno; pero has de encontrar un traje de mascota favorecedor.

DOCTOR RANK.—Bastará que se muestre tu mujer tal y como la vemos a diario.

HELMER.—¡Bien ideado! Pero ¿y tú? ¿Tienes idea de tu próximo disfraz?

DOCTOR RANK.—Por lo que a eso atañe, amigo, lo tengo bien meditado.

HELMER.—Veamos.

DOCTOR RANK.—En la próxima mascarada iré vestido de invisible.

HELMER.—¡Qué idea tan cómica!

DOCTOR RANK.—Existe cierto sombrerón... ¿Has oído hablar de un sombrero que hace invisible a quien lo lleva? Se lo cala uno, y no lo ve nadie.

HELMER (*reprimiendo una sonrisa*).—Bien, bien; tienes razón.

DOCTOR RANK.—Pero olvidaba por completo para qué he venido. Helmer, dame un cigarro, uno de tus habanos oscuros.

HELMER.—Con sumo gusto. (*Le presenta la caja.*)

DOCTOR RANK (*escogiendo un cigarro y cortando la punta*).—Gracias.

NORA (*prende una cerilla*).—Permítame ofrecerle lumbre.

DOCTOR RANK.—Gracias. (*Ella acerca la cerilla y él enciende el cigarro.*) Ahora, adiós.

HELMER.—Adiós, adiós, amigo mío.

NORA.—Que duerma bien, doctor.

DOCTOR RANK.—Le agradezco ese buen deseo.

NORA.—Deséeme usted lo mismo.

DOCTOR RANK.—¿A usted? ¡Vaya!, puesto que así lo quiere... Que duerma bien. Y gracias por la lumbre. (*Los saluda con un movimiento de cabeza y vase.*)

HELMER (*conteniendo la voz*).—Ha bebido de lo lindo.

NORA.—Bien puede ser... (*Helmer saca su llavero del bolsillo y pasa al vestíbulo.*) ¿Qué vas a hacer, Torvaldo?

HELMER.—Voy a vaciar el buzón, que debe de estar lleno, y mañana por la mañana no habrá sitio para los periódicos.

NORA.—¿Quieres trabajar esta noche?

HELMER.—Ya sabes que... ¿Cómo es posible? Han hurgado en la cerradura.

NORA.—¿En la cerradura?

HELMER.—No cabe duda. ¿Qué significa esto? No puedo creer que las criadas... Aquí hay un trozo de horquilla, de una tuya, Nora.

NORA—Acaso los niños...

HELMER.—Has de quitarles cuanto antes esa costumbre. ¡Hum, hum!, vamos, ya está abierto por fin. (*Recoge el contenido del buzón y llama.*) ¡Elena, Elena! Apague la luz del recibidor. (*Vuelve y cierra la puerta del recibidor.*) Mira cuántas hay. (*Examina los sobres.*) ¡Cómo!

NORA (*junto a la ventana*).—¡Esa carta! ¡No, no, Torvaldo!

HELMER.—Dos tarjetas de visita...

NORA.—¿Del doctor?

HELMER (*leyéndolas*).—Rank, doctor en medicina. Estaban sobre las cartas... Las habrá echado al salir.

NORA.—¿Tienen escrito algo?

HELMER.—Tienen una cruz grande por encima del nombre. Mírala. ¡Qué broma tan antipática! Parece como si participara su propia muerte.

NORA.—Es lo que hace, en realidad.

HELMER.—¿Qué? ¿Lo sabes? ¿Te ha dicho algo?

NORA.—Sí. Las tarjetas indican que se despide de nosotros para siempre. Quiere encerrarse y morir.

HELMER.—¡Pobre amigo mío! Me constaba que no le conservaría mucho tiempo. Pero tan pronto... Va a esconderse como un animal herido.

NORA.—Lo que ha de acaecer, más vale que acaezca sin mediar palabras. ¿Verdad, Torvaldo?

HELMER (*paseando por la estancia*).—Se había convertido en alguien de la familia. No puedo figurarme su ausencia. Con sus achaques y su humor retraído, constituía como un fondo de sombra en el cuadro solemne de nuestra dicha... En fin, quizá sea mejor. Al menos, para él. (*Se detiene.*) Y quizá también para nosotros, Nora. Ahora, nos debemos el uno al otro de manera exclusiva. (*La toma en sus brazos.*) ¡Ah, mi bienamada, mujercita mía!, nunca te abrazaré con bastante fuerza. Has de saber, Nora, que a menudo querría verte amenazada de un peligro, para poder exponer mi vida, dar mi sangre, arriesgarlo todo, todo, por protegerte.

NORA (*desasiéndose, con voz firme y resuelta*).—Ahora, lee las cartas, Torvaldo.

HELMER.—No, no, esta noche no... Quiero quedarme contigo, mujercita mía.

NORA.—¿Con la conciencia de ese muerto, de tu amigo?

HELMER.—Tienes razón. Nos ha afectado eso a los dos. Entre nosotros se ha deslizado algo feo: la idea de la muerte y de la disolución. Conviene que procuremos redimirnos de ella. Hasta entonces nos retiraremos cada cual a su cuarto.

NORA (*colgándosele al cuello*).—¡Buenas noches, Torvaldo..., buenas noches!

HELMER (*besándola en la frente*).—Buenas noches, mi pajarito cantor. Duerme en paz, Nora. Voy a repasar las cartas. (*Entra en su despacho, llevándose las cartas, y cierra la puerta detrás de sí.*)

NORA (*tanteando en torno suyo con los ojos extraviados, coge el dominó de Helmer en el que se envuelve, diciendo con voz breve, jadeante y entrecortada*).—¡Nunca más volveré a verlo! ¡Nunca, nunca, nunca! (*Se echa el chal por la cabeza.*) ¡Y no volveré a ver tampoco a los niños, tampoco a ellos! ¡Oh, esa agua helada, negra! ¡Oh, esa sima..., ya siquiera! Ahora la abre, la lee. No, no, todavía no. esa sima sin fondo!... ¡Ah, si hubiese pasado todo! Adiós, Torvaldo; adiós a ti y a los niños. (*Se precipita hacia la puerta exterior. En el mismo momento abre Helmer violen-*

tamente la de su despacho y aparece con una carta abierta en la mano.)

HELMER.—¡Nora!

NORA (*lanzando un grito penetrante*).—¡Ah!

HELMER.—¿Quieres explicarme...? ¿Sabes lo que contiene esta carta?

NORA.—Sí, lo sé. ¡Déjame marcharme, déjame irme!

HELMER (*reteniéndola*).—¿Adónde vas?

NORA (*pugnando por desprenderse*).—No me salvarás, Torvaldo.

HELMER (*retrocediendo*).—¡Conque es cierto! ¿Dice esta carta la verdad? ¡Qué horror! No, no, es imposible, no puede ser.

NORA.—Es verdad. Te he amado más que a todo en el mundo.

HELMER.—¡Ah, basta de niñerías!

NORA (*dando un paso hacia él*).—¡Torvaldo!

HELMER.—¡Desgraciada! ¿Qué has hecho?

NORA.—Déjame marcharme. No soportaré el peso de mi culpa, no responderé por mí.

HELMER.—¡Basta de comedias! (*Cierra la puerta del vestíbulo.*) Permanecerás aquí y me darás cuenta de tus actos. ¿Comprendes lo que has hecho? Dí, ¿lo comprendes?

NORA (*le mira con una rigidez creciente en la expresión y dice con voz apagada*).—Sí, ahora comienzo a comprender el fondo de las cosas.

HELMER (*andando, agitado, por la estancia*).—¡Oh, qué terrible despertar! ¡Durante ocho años... ella, mi alegría y mi orgullo, una hipócrita, una embustera..., peor que eso, una criminal! ¡Qué abismo de fealdad hay en todo eso! ¡Puaf, qué asco! (*Nora, muda, continúa mirándole con fijeza, y se para ante ella.*) Debí presentir que ocurriría algo por el estilo. Debí preverlo. Con la ligereza de principios de tu padre..., y habiendo heredado esos principios tú... Sí, bien castigado estoy por haber tendido un velo sobre su conducta. Fue por ti por quien lo hice. Y así es cómo me recompensas.

NORA.—Sí, así es.

HELMER.—Acabas de destruir mi felicidad, de aniquilar todo mi porvenir. No puedo pensarlo sin estremecerme. Heme aquí en manos de un hombre sin escrúpulos que puede hacer de mí cuanto quiera, pedirme lo que sea, mandar, ordenar a su antojo, sin que me atreva yo a rechistar. De suerte que puedo quedar reducido a nada, hundirme hasta el fondo por la ligereza de una mujer.

NORA.—Cuando yo haya abandonado el mundo, estarás libre.

HELMER.—¡Ah!, déjate de frases huecas. También tenía tu padre una buena provisión de ellas. ¿De qué me serviría que abandonaras este mundo, según dices? De nada. A pesar de eso, podría trascender la cosa, y, en tal caso, quizá se sospechara de mí que había sido cómplice de tan criminal acción. Cabría creer que había sido yo tu instigador, que quien te impulsó fui yo. Y a ti te debo eso; a ti, a quien he llevado en brazos a lo largo de toda nuestra vida en común. ¿Comprendes al cabo lo que has hecho?

NORA (*serena y fría*).—Sí.

HELMER.—Es tan increíble todo esto, que no vuelvo de mi asombro. Pero hay que afrontarlo. (*Pausa.*) Quítate ese chal. ¡Te digo que te lo quites! Tengo que satisfacerle de una manera o de otra. Se trata de echar tierra al asunto a toda costa. Y, por lo que concierne a nuestro hogar, no debe parecer que haya cambiado nada entre nosotros. Por supuesto que solo en apariencia. Continuarás, pues, residiendo aquí, ni que decir tiene. Pero te estará prohibido educar a los niños..., pues no me determino a confiártelos. ¡Ay, tener que hablar así a la que he amado tanto y a quien todavía...! En fin, ya no tiene remedio lo ocurrido. En lo sucesivo no hay que hablar ya de felicidad, sino simplemente salvar restos, despojos, exterioridades. (*Llaman a la puerta de entrada, y Helmer se estremece.*) ¿Quién será? ¡Tan tarde! ¡Dios mío! ¿Pretenderá ya...? ¡Escóndete, Nora! Dí que estás enferma. (*No se mueve Nora; Helmer va a abrir la puerta.*)

ELENA (*a medio vestir, desde el vestíbulo*).—Una carta para la señora.

HELMER.—Démela. (*Coge la carta y cierra la puerta.*) Sí, es de él. Tú no la verás. Quiero leerla yo mismo.

NORA.—Léela.

HELMER (*aproximándose a la lámpara*).—Apenas tengo arrestos para ello. Acaso estemos cogidos uno a otro. No, necesito saber. (*Abre la carta, recorre algunas líneas, examina un papel incluido en el sobre y lanza un grito de alegría.*) ¡Nora! (*esta lo interroga con la mirada.*) ¡Nora!... No, volvamos a leerlo... ¡Sí, eso es! ¡Estoy salvado! ¡Nora, estoy salvado!

NORA.—¿Y yo?

HELMER.—Tú también, naturalmente. Estamos salvados ambos. Mira; te restituye tu pagaré. Dice que lo lamenta y se arrepiente..., porque acaba de cambiar el rumbo de su existencia un acontecimiento venturoso... ¡Bah!, poco importa lo demás que describe. ¡Estamos salvados, Nora! Nadie puede perjudicarte ya. ¡Ah! Nora, Nora..., destruyamos primero todas estas infamias. Déjame ver... (*Echa una ojeada al recibo.*) No, no quiero ver nada más; como si hubiera tenido un mal sueño, en suma. (*Desgarra las dos cartas y el recibo, los tira a la chimenea y contempla los papeles ardiendo.*) ¡Ea!, ha desaparecido todo. Te recordaba que, desde la víspera de Navidad, tú... ¡Oh, qué prueba han debido de suponer para ti estos tres días, Nora!

NORA.—Durante estos tres días he sostenido una lucha violenta.

HELMER.—Y te has desesperado; no veías otra salida

que... No, no guardaremos ya ningún recuerdo de todos estos contratiempos. Vamos a festejar nuestra liberación repitiendo sin cesar: «¡Se acabó!» Pero escúchame, Nora, pues no pareces comprender. ¡Se acabó! ¿Y qué quiere decir esa rigidez? Sí, mi pobre Norita, lo comprendo... Por lo visto, no crees que te he perdonado. Sin embargo, es cierto, Nora, te lo juro, está perdonado todo. Bien sé que lo hiciste por amor a mí.

NORA.—Así es.

HELMER.—Me has amado como debe una mujer amar a su marido, por más que erraste en la elección de medios. Pero ¿supones que te quiero menos porque no sepas guiarte tú sola? No, no; apóyate en mí para hallar ayuda y dirección. No sería yo hombre si tu incapacidad de mujer no te hiciera doblemente seductora a mis ojos. Olvida las duras palabras que te he dicho en el primer arrebato, cuando creía que iba a derrumbarse todo sobre mí. Te lo perdono, Nora; te juro que te he perdonado.

NORA.—Te agradezco tu perdón. (*Se va por la puerta de la derecha.*)

HELMER.—No; quédate aquí... (*La sigue. con la mirada.*) ¿Por qué, te encaminas a tu cuarto?

NORA.—Para quitarme este traje de máscara.

HELMER (*cerca de la puerta, que permanece abierta*).— Bien; tranquilízate y procura calmar tu espíritu, reponerte, avecilla asustada. Reposa en paz, pues yo tengo alas amplias para cobijarte. (*Andando, sin alejarse de la puerta.*) ¡Oh, cuán apacible y encantador hogar poseemos, Nora! Aquí estás al abrigo y te guardaré como a una paloma que hubiera recogido tras de arrancarla sana y salva a las garras del buitre. Yo lograré calmar tu pobre corazón palpitante. Créeme que lo conseguiré poco a poco, Nora. Mañana verás todo esto bajo una luz distinta y se volverá todo igual que en el pasado. No necesitaré reiterarte sin cesar mi perdón. Lo experimentarás por ti misma. ¿Cómo puedes creer que vaya a rechazarte yo ni aun a hacerte reproches? ¡Ah, tú no sabes lo que es un verdadero corazón de hombre, Nora. Resulta muy dulce y muy grato para la conciencia masculina perdonar de buena fe desde el fondo del alma. Equivale a una segunda posesión, a una creación nueva; no solo ve uno a su mujer en el ser a quien ha perdonado, sino también a una hija. Tal te me aparecerás en el futuro, criaturita atolondrada y sin brújula. No te inquietes por nada, Nora; limítate a ser franca conmigo y supliré tu voluntad y tu conciencia. ¿Qué pasa? ¿No te has acostado? ¿Has vuelto a vestirte?

NORA (*que viene de ponerse su traje de diario*).—Sí, Torvaldo, he vuelto a vestirme.

HELMER.—¿Para qué, a esta hora?

NORA.—No pienso dormir esta noche.

HELMER.—Pero, querida Nora...

NORA (*consultando su reloj*).—Aún no es tan tarde. Siéntate, Torvaldo. Tenemos que hablar. (*Se sienta a la mesa.*)

HELMER (*sentándose frente a ella*).—Me alarmas, Nora. No te comprendo.

NORA.—Dices bien: no me comprendes. Y tampoco yo te he comprendido jamás... hasta esta noche. No me interrumpas. Escucha lo que voy a decirte... Se trata de ajustar nuestras cuentas.

HELMER.—¿En qué sentido?

NORA (*a raíz de un instante de silencio*).—Henos aquí uno enfrente del otro. ¿No te impresiona una observación?

HELMER.—¿Qué quieres decir?

NORA.—Hace ocho años que estamos casados. Reflexiona un poco: ¿no es esta la primera vez que ambos, marido y mujer, llegamos a tal extremo, hablando en serio a solas?

HELMER.—En serio, sí... ¿Qué pretendes sacar en conclusión?

NORA.—Han transcurrido ocho años.., y pico, contando a partir de nuestro primer encuentro, y nunca hemos cambiado una palabra formal acerca de un tema importante.

HELMER.—¿Iba a iniciarte yo en mis preocupaciones, que no habrías podido mitigar?

NORA.—No hablo de preocupaciones. Me refiero a que jamás en nada hemos intentado de común acuerdo llegar al fondo de las cosas.

HELMER.—Pero vamos a ver, Nora querida: ¿te habría interesado hacerlo?

NORA.—Ahí está la cuestión. Tú no me has comprendido nunca. Habéis sido injustos, conmigo, Torvaldo; primero, papá, luego tú.

HELMER.—¡Cómo! ¿Los dos?... Pero ¿hay quien te haya querido nunca tanto como nosotros?

NORA.—No me habéis querido jamás. Se os ha antojado agradable encapricharos conmigo, y eso es todo.

HELMER.—En suma, Nora, ¿qué significa ese lenguaje?

NORA.—Escucha, Torvaldo. Cuando yo estaba en casa de papá, me exponía él sus ideas y las compartía yo; si tenía otras por mi parte, las ocultaba, pues no le habría gustado. Me llamaba su muñequita y jugaba conmigo como jugaba yo con mis muñecas. Después he venido a tu casa...

HELMER.—Empleas unas expresiones singulares para hablar de nuestro matrimonio.

NORA (*sin cambiar de tono*).—Quiero decir que de las manos de papá he pasado a las tuyas. Lo arreglabas todo a tu gusto, del cual participaba yo o lo simulaba, no lo sé a ciencia cierta; tal vez lo uno y lo otro, mitad por mitad. Al echar ahora una mirada atrás, se me figura que he vivido aquí como viven los pobres..., al día. He vivido de las piruetas que hacía para divertirte, Torvaldo. Por eso te satisfacía. Tú y papá habéis sido muy culpables con respecto a mí. A vosotros incumbe la responsabilidad de que yo no sirva para nada.

HELMER.—Eres absurda, Nora, absurda e ingrata. ¿No has sido feliz aquí?

NORA—Jamás. He creído serlo; pero no lo he sido nunca.

HELMER.—¿Que no has.., no has sido feliz?

NORA.—No; he estado alegre, y todo se reduce a eso. Tú te mostrabas amable conmigo; pero no suponía nuestro hogar más que una salón de recreo. He sido muñeca-mujer en tu casa, como en casa de papá había sido muñeca-niña. Y a su vez han sido muñecos míos nuestros hijos. Encontraba gracioso que jugaras conmigo tú, como cuando yo juego con ellos lo encuentran gracioso. Ya ves lo que ha sido nuestra unión, Torvaldo.

HELMER.—Hay algo de verdad en lo que dices, aunque exageras y lo abultas mucho. Pero en lo sucesivo eso cambiará. Ha pasado la hora del recreo y viene la de la educación.

NORA.—¿La educación de quién: la mía o la de los niños?

HELMER.—Una y otra, querida Nora.

NORA.—¡Ay, Torvaldo!, no eres hombre capaz de educarme para hacer de mí la esposa que necesitas.

HELMER.—¿Y eres tú quien dices eso?

NORA.—Por lo que me atañe..., ¿cómo estoy preparada para educar a los niños?

HELMER.—¡Nora!

NORA.—¿No decías tú mismo hace un rato que no te determinabas a encomendarme esa misión?

HELMER.—Lo he dicho en un instante de exaltación. ¿Vas a recalcarlo ahora?

NORA.—¡Y has dicho muy bien, Dios mío! Esa es una misión superior a mis fuerzas. Hay otra que debo cumplir antes. Quiero pensar por lo pronto en educarme a mí misma. No eres tú hombre a propósito para facilitarme ese trabajo. Debo emprenderlo sola, y por esa razón voy a dejarte.

HELMER (*brincando de su asiento*).—¿Qué estás diciendo?

NORA.—Me hace falta la soledad para darme cuenta de mí misma y de cuanto me rodea. Así que no puedo quedarme contigo.

HELMER.—¡Nora, Nora!

NORA.—Quiero irme, en seguida. De fijo, encontraré albergue en casa de Cristina por esta noche.

HELMER.—¡Has perdido el juicio! No tienes derecho a irte. Te lo prohibo.

NORA.—En adelante tú no puedes prohibirme nada. Me llevo todo lo mío. De ti no quiero guardar nada, ni ahora ni nunca.

HELMER.—¿A qué viene esa locura?

NORA.—Mañana salgo para mi tierra de origen. Allí viviré más fácilmente.

HELMER.—¡Qué ciega estás, pobre ser sin experiencia!

NORA.—Intentaré adquirirla, Torvaldo.

HELMER.—¡Abandonar tu hogar, a tu marido y a tus hijos! ¿No piensas en lo que se murmuraría?

NORA.—No puedo detenerme en eso. Solo sé que mi decisión se me ha hecho indispensable.

HELMER.—¡Ah, es odioso! ¿De esa manera vas a traicionar los deberes más sagrados?

NORA.—¿Qué consideras tú mis deberes sagrados?

HELMER.—¿Tengo para qué decírtelo? Son tus deberes con tu marido y tus hijos.

NORA.—Tengo otros no menos sagrados.

HELMER.—No los tienes. ¿Cuáles son esos deberes?

NORA.—Mis deberes conmigo misma.

HELMER.—Ante todo, eres esposa y madre.

NORA.—No creo ya en eso. Creo que, ante todo, soy un

ser humano, igual que tú..., o, cuando menos, debo intentar serlo. Sé que la mayoría de los hombres te dará la razón, Torvaldo, y que están impresas en los libros ideas tales. Pero ya no puedo pararme a pensar en lo que dicen los hombres ni en lo que se imprime en los libros. Es menester que por mí misma opine sobre el particular, y que procure darme cuenta de todo.

HELMER.—¡Qué! ¿No te das cuenta de lo que implica tu puesto en el hogar? ¿No tienes para estas cuestiones un guía infalible? ¿No tienes la religión?

NORA.—¡Ay, Torvaldo! No sé con certidumbre lo que es la religión.

HELMER.—¿Que no sabes lo que es?

NORA.—No sé sino lo que me dijo el pastor Hansen al prepararme para la confirmación. La religión es esto y aquello. Cuando esté sola y me rescate, examinaré esa cuestión a la vez que las demás. Veré si decía verdad el pastor, o, al menos, si era verdad respecto a mí lo que me dijo.

HELMER.—¡Ah, eso es inusitado en una mujer tan joven! Pero, si no puede guiarte la religión, déjame que sondee tu conciencia en todo caso. Porque supongo que poseerás un mínimo de sentido moral. ¿O acaso estás desprovista del mismo? Respóndeme.

NORA.—Pues bien, Torvaldo: me resulta difícil responderte. No sé nada ni veo claro de ese extremo. Únicamente sé que mis ideas difieren por completo de las tuyas. Además, me doy cuenta de que no son las leyes lo que yo creía, y no me cabe en la cabeza que sean justas leyes semejantes. Según ellas, una mujer no tiene derecho a ahorrar una preocupación a su padre moribundo ni a salvar la vida a su marido.

HELMER.—Hablas como una niña, sin comprender nada de la sociedad de que formas parte.

NORA.—No, no comprendo nada de eso. Pero quiero

lograrlo y cerciorarme de quién de las dos tiene razón, si la sociedad o yo.

HELMER.—Estás enferma, Nora; tienes fiebre. Casi me inclino a creer que no estás en tus cabales.

NORA.—Esta noche me siento más lúcida y más segura de mí que nunca.

HELMER.—¿Y con esa seguridad y esa lucidez abandonas a tu marido y a tus hijos?

NORA.—Sí.

HELMER.—No hay más que una explicación posible.

NORA.—¿Cuál?

HELMER.—Que ya no me amas.

NORA.—Eso es; Ahí está, en efecto, la clave de todo.

HELMER.—¡Nora!... ¡Y me lo dices así, sin más ni más!

NORA.—Lo lamento mucho, Torvaldo, porque siempre te has portado muy bien conmigo; pero no puedo evitarlo. Ya no te amo.

HELMER (*esforzándose por no perder la serenidad*).— ¿Conque también estás perfectamente convencida de ello?

NORA.—En absoluto. Y ese es el motivo de que ya no quiera residir aquí.

HELMER.—¿Y puedes explicarme cómo he perdido tu amor?

NORA.—Claro que sí. Ha sido esta noche, cuando he visto que no se realizaba el prodigio esperado. Entonces me he persuadido de que no eres el hombre que yo creía.

HELMER.—Concreta. No lo entiendo.

NORA.—Durante ocho años he aguardado con paciencia. Bien sabía, ¡Dios mío!, que no todos los días se realizan los milagros. Por fin sonó esta hora de angustia, y me dije segura: «Va a producirse el milagro». Mientras estaba en el buzón la carta de Krogstad, no he pensado ni por un instante que pudieras doblegarte a las condiciones de ese hombre.

Creía firmemente que le replicarías: «Vaya a publicarlo todo.» Y cuando hubiera ocurrido eso...

HELMER.—¡Sí, muy bien! Cuando yo hubiera entregado a mi mujer a la vergüenza y al desprecio.

NORA.—Cuando hubiera ocurrido eso, abrigaba yo la completa seguridad de que ibas a aparecer, a asumir la responsabilidad de todo y a decir: «Yo soy el culpable».

HELMER.—¡Nora!

NORA.—Vas a alegar que yo no habría aceptado tamaño sacrificio. Sin duda. Pero ¿de qué habría servido mi afirmación al lado de la tuya?... Pues bien: ese era el milagro que yo esperaba con terror. Y para impedirlo quería morir.

HELMER.—Con entusiasmo habría trabajado día y noche por ti, Nora. Lo habría soportado todo, preocupaciones y privaciones. Pero no hay nadie que ofrezca su honor en aras del ser amado.

NORA.—Lo han hecho millares de mujeres.

HELMER.—¡Bah! Hablas y piensas como una chiquilla.

NORA.—Concedido. Pero tú; por tu parte, no piensas ni hablas como el hombre a quien yo podría unirme. En cuanto te has tranquilizado, no acerca del peligro que me acechaba, sino acerca del que corrías tú mismo..., lo has olvidado todo. He vuelto a ser tu pajarito cantor, la muñeca que estabas dispuesto a llevar entre tus brazos como antes, con tanta mayor precaución cuanto que acababas de descubrir su mayor fragilidad. (*Levantándose.*) Escucha, Torvaldo: en ese momento se me antojó que había vivido ocho años dentro de esta casa con un extraño, y que había tenido tres hijos de él. ¡Ah, ya no puedo ni pensarlo siquiera! Me entran ganas de romperme en mil pedazos.

HELMER (*sordamente*).—Lo veo, ¡ay!, lo veo con claridad. Entre nosotros se ha abierto un abismo. Pero ¿no habrá medio de calmarlo?

NORA.—Conforme soy ahora, no puedo ser tu mujer.

HELMER.—Tendré fuerza para transformarme.

NORA.—Quizá... cuando te quiten la muñeca.

HELMER.—¡Separarse..., separarme yo de ti! No, no, no puedo aceptar esa idea, Nora.

NORA (*dirigiéndose a la puerta de la derecha*).—Razón de más para que acabemos. (*Sale y vuelve con su abrigo, su sombrero y un saquito de viaje, que coloca en una silla cerca de la mesa.*)

HELMER.—¡Nora, todavía no, todavía no! Aguarda a mañana.

NORA (*poniéndose el abrigo*).—No puedo pasar la noche bajo el techo de un extraño.

HELMER.—Pero ¿no podríamos continuar viviendo juntos como hermano y hermana?

NORA (*sujetándose el sombrero*).—Bien sabes que no duraría eso mucho. (*Echándose el chal sobre los hombros.*) Adiós, Torvaldo. No quiero ver a los niños. Sé que están en mejores manos que las mías. Dada mi actual situación, no puedo ser una madre para ellos.

HELMER.—Pero ¿algún día, Nora, algún día...?

NORA.—No puedo responderte. Ignoro lo que será de mí.

HELMER.—Pero, sea de ti lo que quiera, y en cualquier situación en que te halles, eres mi mujer.

NORA.—Oye, Torvaldo. Cuando una mujer abandona el domicilio conyugal, como yo lo hago hoy, me han dicho que las leyes eximen de todo compromiso con ella al marido. En cualquier caso, yo te dispenso de obligaciones. No conviene que te sientas ligado, puesto que me desligo yo. Libertad plena de una parte y de otra. Toma, ahí tienes tu anillo; devuélveme el mío.

HELMER.—¿También eso?

NORA.—Sí.

HELMER.—Toma.

NORA.—Gracias. Ahora todo ha terminado. Toma las

llaves. Por lo que atañe al avío de la casa, la doncella está al corriente... mejor que yo. Mañana, después de mi marcha, vendrá Cristina a meter en una baúl cuanto traje conmigo al venir aquí. Deseo que me lo envíen.

HELMER.—¡Todo ha terminado! ¿No quieres pensar nunca más en mí, Nora?

NORA.—Pensaré a menudo en tí, de fijo, y en los niños, y en la casa.

HELMER. Nora, ¿podré escribirte?

NORA.—¡No, jamás! Te lo prohibo.

HELMER.—¡Oh!, pero bien puedo enviarte...

NORA.—Nada, nada.

HELMER.—Ayudarte si lo necesitas.

NORA.—Te digo que no. No acepto nada de un extraño.

HELMER.—Nora..., ¿no seré nunca ya más que un extraño para ti?

NORA (*recogiendo su saco de viaje*).—¡Ah! Torvaldo, para eso tendría que realizarse el mayor de los milagros.

HELMER.—Dime cuál.

NORA.—Deberíamos transformarnos los dos hasta el punto de que... ¡Ay, Torvaldo, no creo ya en los milagros!

HELMER.—Pues yo sí quiero creer en ellos. Dí: ¿deberíamos transformarnos los dos hasta el punto de que...?

NORA.—Hasta el punto de que nuestra unión se convirtiera en un verdadero matrimonio. Adiós. (*Vase por la puerta del vestíbulo.*)

HELMER (*desplomándose sobre una silla próxima a la puerta y cubriéndose el rostro con ambas manos*).—¡Nora, Nora! (*Mira en torno suyo y se levanta.*) Nada. Ha desaparecido para siempre. (*Con esperanza.*) ¡El mayor de los milagros! (*Se oye fuera el ruido de la casa al cerrarse.*)

(*Telón.*)

Los espectros

DRAMA EN TRES ACTOS

PERSONAJES

SEÑORA ELENA ALVING, viuda del capitán Alving, chambelán de cámara.
OSVALDO ALVING, su hijo, pintor.
EL PASTOR MANDERS.
ENGSTRAND, carpintero.
REGINA ENGSTRAND, doncella de la señora Alving

> La acción transcurre en el campo, en casa de la señora Alving, a orillas de uno de los grandes fiordos de la Noruega Septentrional. Época actual.

Acto primero

Sala espaciosa con vistas al jardín. Puerta a la izquierda y dos a la derecha. En medio de la estancia, una mesa redonda, sobre la cual hay libros, revistas y diarios. En primer término izquierda, una ventana, y delante de ella, un sofá y un costurero. Al fondo, un invernadero encristalado que comunica con la sala. A la derecha del invernadero, otra puerta que conduce al jardín. Detrás de los cristales se divisa el melancólico aspecto del fiordo tras un velo de lluvia.

Engstrand se para ante la puerta que lleva al jardín. Tiene la pierna izquierda más corta que la derecha y en el calzado lleva una gruesa suela de madera. Regina, con una regadera vacía en la mano, procura impedirle entrar.

REGINA (*a media voz*).—¿Qué quieres? A ver si te estás quieto. ¡Estás chorreando!

ENGSTRAND.—Es la lluvia de Dios, hija mía.

REGINA.—Querrás decir del diablo.

ENGSTRAND.—¡Jesús, cómo hablas, Regina. (*Da unos pasos cojeando.*) Escucha: quería decirte que...

REGINA.—Bueno; pero no hagas tanto ruido con tu pie, porque el señorito está durmiendo arriba, precisamente encima de nosotros.

ENGSTRAND.—¿Duerme aún a estas horas? ¡En pleno día!

REGINA.—Eso no te importa.

ENGSTRAND.—Anoche corrí una verdadera juerga.

REGINA.—Lo creo sin esfuerzo.

ENGSTRAND.—Ya ves, hija mía, uno es hombre y es débil...

REGINA.—Eso, por descontado.

ENGSTRAND.—...y abundan las tentaciones en este bajo mundo. Sin embargo, Dios sabe que estaba entregado a mi trabajo esta mañana a las cinco y media.

REGINA.—Bien, bien. ¿Y si te fueses ahora? No quiero permanecer aquí de *rendez-vous*[1] contigo.

ENGSTRAND.—¿Cómo dices? ¿Que no quieres qué? No lo he cogido bien.

REGINA.—Que no quiero que te encuentren aquí. ¡Anda, vete!

ENGSTRAND (*dando unos pasos hacia ella*).—No, Dios mío, no me iré sin haberte hablado. Esta tarde terminaré mi faena ahí, en la escuela que se acaba de construir, y esta noche tomaré el barco para regresar a mi casa de la ciudad.

REGINA (*entre dientes*).—Buen viaje.

ENGSTRAND.—Gracias. Mañana se inaugura el asilo y habrá comilonas con bebidas fuertes. Aun así, no podrá decir nadie que Jacobo Engstrand no sabe resistir la tentación cuando se tercia.

REGINA.—¡Lo que es eso!...

ENGSTRAND.—Sí, va a reunirse aquí mañana mucha gente empingorotada. Entre ella, el pastor Manders, ¿no?

REGINA.—Llega hoy.

ENGSTRAND.—Ya lo suponía. Y, a fe mía, me propon-

---

[1] Cita, entrevista. En francés, en el original. N. del T.

go que no tenga ningún motivo para recriminarme a ese respecto.

REGINA.—¡Ah! Me figuro de qué se trata. ¡Y tanto!

ENGSTRAND.—¿Qué?

REGINA (*mirándolo de hito en hito*).—¿Cuál es el nuevo cuento que vas a hacer creer al pastor Manders?

ENGSTRAND.—¡Calla! ¿Estás loca? ¡Engañar yo al pastor Manders! Eso no. El pastor Manders ha sido demasiado bueno para mí. Pero nos alejamos de lo que yo venía a exponerte. Esta noche, pues, me reintegro a casa.

REGINA.—¡Enhorabuena! Cuanto antes, mejor.

ENGSTRAND.—Sí; pero deseo llevarte conmigo, Regina.

REGINA (*contemplándolo, estupefacta*).—¿Que deseas llevarme contigo? ¿Cómo dices?

ENGSTRAND.—Digo que quiero tenerte en casa junto a mí.

REGINA (*en tono de burla*).—Nunca, jamás me tendrás junto a ti en tu casa.

ENGSTRAND.—¡Oh!, pronto lo veremos.

REGINA.—Sí, sí, pronto lo veremos; puedes contar con ello. ¿Yo, que he sido educada en casa de la señora Alving, viuda de un chambelán; yo, a quien se ha tratado aquí casi como a una hija de la familia..., ir a instalarme contigo, en una casa como la tuya? ¡Vamos, hombre!

ENGSTRAND.—¡Eh, caray! ¿Qué tienes que oponer en contra? ¿Vas a rebelarte contra tu padre?

REGINA (*a media voz*).—Con bastante frecuencia has dicho que no soy nada tuyo.

ENGSTRAND.—¡Bah!, no te preocupes por eso...

REGINA.—¡Cuántas veces me has llamado hija..., hija de p...! *Fi donc* [2].

ENGSTRAND.—No, Santo Dios, no; yo jamás he empleado una palabra tan fea.

---

[2] Frase de repulsa. En francés, en el original. N. del T.

REGINA.—¡Ay!, me acuerdo perfectamente de las palabras que empleabas.

ENGSTRAND.—¡Hum!, solo era cuando estaba borracho. Porque ¡ofrece tantas tentaciones el mundo, Regina!

REGINA.—¡Puaf!

ENGSTRAND.—Además, era también porque a tu madre se le subían a la cabeza los humos. Siempre se hacía la remilgada, y yo necesitaba algo para domesticarla. (*Imitándola.*) «Te lo ruego, Engstrand, ¿quieres dejarme tranquila? He servido tres años al chambelán Alving en su finca de Rosenvold.» (*Sonriendo.*) ¡Bendito sea Dios!, no podía olvidar que fue promovido a chambelán el capitán cuando estaba sirviendo en la casa.

REGINA.—¡Pobre madre! No te molestó mucho tiempo, y tú la atormentaste bastante.

ENGSTRAND (*con un movimiento que le obliga a cojear*).—Por supuesto, de todo tengo yo la culpa.

REGINA (*apartándose, en voz baja*).—¡Qué asco! Y, para colmo, esa pierna!

ENGSTRAND.—¿Qué estabas diciendo?

REGINA.—*Pied de mouton*[3]!

ENGSTRAND.—¿Es inglés eso?

REGINA.—Sí.

ENGSTRAND.—¡Ya, ya,! Te has vuelto muy sabihonda aquí, y presumo que la cosa podría venirnos de perilla, Regina.

REGINA (*tras de un instante de silencio*).—¿Y qué quieres que vaya a hacer yo allá, en la ciudad?

ENGSTRAND.—¡A quién se le ocurre preguntar lo que un padre quiere hacer de su única hija! ¿No estoy viudo, o sea solitario y abandonado?

REGINA.—¡Ah!, no me aburras con tus cantilenas. ¿Para qué es menester que vaya contigo?

[3] Pie de carnero. En francés, en el original. N. del T.

ENGSTRAND.—Pues bien, voy a decírtelo: pienso en un nuevo negocio que quisiera poner en marcha.

REGINA.—No será el primero, por más que han fallado todos.

ENGSTRAND.—Esta vez ya lo verás, Regina. ¡El diablo me lleve si...!

REGINA (*golpeando el suelo con el pie*).—¡Chist! ¿Te callarás?

ENGSTRAND (*con viveza*).—Tienes razón. Solo me interesaba decirte que... guardo algunos ahorros desde que trabajo en este nuevo asilo...

REGINA.—¿De veras? Que te hagan buen provecho.

ENGSTRAND.—¿Cómo invertiría yo mis ahorros aquí, en la aldea?

REGINA.—¡Vaya!, continúa.

ENGSTRAND.—Se me ha ocurrido explotar esa cantidad. El asunto consiste en montar algo, como una especie de posada para marinos.

REGINA.—¡Malo!

ENGSTRAND.—Yo me entiendo. Una posada decente, no una porquería para alojar marinos. No, ¡ira de Dios! Sería para capitanes de barco, pilotos, etc., la flor y nata, ¡ea!

REGINA.—¿Y yo debería...?

ENGSTRAND.—Tú deberías ayudarme, sí. Nada más que en apariencia, ¿comprendes? ¡Claro que, Dios de mi vida, nada de trabajos pesados, chiquita! No harás sino lo que quieras.

REGINA.—Entonces, muy bien.

ENGSTRAND.—Pero cae por su propio peso que en la casa hace falta una mujer. Por la noche se divertirá un poquitín la concurrencia. Habrá canciones, baile y todo lo consiguiente. Acuérdate de esos pobres marinos que bogan a merced de las olas por los mares lejanos. (*Aproximándose a ella.*) Vamos, Regina, no seas tonta, no te perjudiques a ti misma. ¿Qué esperas que sea de ti aquí? ¿De qué te servirá que la señora te costee la instrucción? He oído decir que vas a vigilar a los niños en el nuevo asilo. Y te pregunto si es ese un trabajo para ti. ¿Tan deseosa estás de estropear tu salud por cuidar a esos críos cochambrosos?

REGINA.—No, y si saliera todo a medida de mi deseo, bien sé que... En verdad, puede suceder. ¡Sí que puede suceder!

ENGSTRAND.—¿Qué puede suceder?

REGINA.—Eso no es asunto tuyo. ¿Has economizado una cantidad importante?

ENGSTRAND.—Tendré en total unas setecientas u ochocientas coronas.

REGINA.—No está mal.

ENGSTRAND.—Lo bastante para empezar.

REGINA.—¿No entra en tus cálculos darme algo de ese dinero?

ENGSTRAND.—¡No, por Dios; qué va a entrar!

REGINA.—¿Nada más que un retazo de tela para hacerme un vestido? ¿Ni siquiera eso?

ENGSTRAND.—Sígueme, y tendrás cuantos vestidos Se te antojen.

REGINA.—¡Se acabó! Siempre sabré ingeniármelas si tengo ganas de ellos.

ENGSTRAND.—Más vale disponer de una mano paternal para que te guíe, Regina. A estas horas puedo contar con una casa decorosa en la calle del Puerto. No se requiere un dineral para adquirirla. Y a los marinos les suministraría una especie de refugio, ¡ea!

REGINA.—Pero yo no quiero seguirte. Nada hay de común entre nosotros. ¡Ve por tu camino!

ENGSTRAND.—No estarías conmigo mucho tiempo. ¡Ya lo creo que no, hija mía! No tendría yo tanta suerte. De seguro que prosperarías, siendo una muchacha bonita como eres. ¡Con lo guapa que te has puesto estos últimos años...!

ENGSTRAND.—No tardarías en ver llegar a ti un piloto, acaso un capitán, te lo garantizo...

REGINA.—No me agrada escoger marido entre la gente de esa calaña. Los marinos no tienen *savoir vivre*[4].

ENGSTRAND.—¿Qué no tienen los marinos?

REGINA.—Te advierto que los conozco. No son tipos para casarse con una.

ENGSTRAND.—Pero no estás obligada a casarte. Puedes aprovecharte sin ese requisito. (*Confidencialmente.*) ¿Conoces a los ingleses? Pues bien: un inglés con yate dio trescientos escudos al buen hombre, y por cierto que no era ella tan bonita como tú.

REGINA (*avanzando*).—¡Sal de aquí!

ENGSTRAND (*retrocediendo*).—Bueno, bueno; supongo que no irás a pegarme.

REGINA.—Te equivocas. Si sigues hablando así de mi madre te pegaría. Sal de aquí, repito. (*Lo empuja hacia la puerta de acceso del jardín.*) Y no golpees en las puertas, porque el señorito...

ENGSTRAND.—¡Bah! Está durmiendo. Es chocante cuánto te ocupas del señorito Alving. (*Bajando la voz.*) ¡Bendito sea Dios! ¿Cabe en lo posible que él...?

REGINA.—Sal de aquí en seguida. ¡Has perdido el juicio! No, por ahí no. Ya viene el pastor Manders. Vamos, lárgate por la escalera de servicio.

ENGSTRAND (*pasando a la derecha*).—Está bien, está bien; ya me voy. Pero habla un poco con el que viene. Es hombre a propósito para indicarte cómo debe portarse una hija con su padre. Porque has de saber que soy tu padre, a despecho de todo. Puedo demostrarlo con

---

[4] Don de gentes. En francés, en el original. N. del T.

los registros parroquiales. (*Vase por la otra puerta que ha abierto Regina, y que cierra tras él. Regina se mira presurosa al espejo, se abanica con su delantal y anuda la cinta de su corpiño; luego se pone a arreglar las flores. El pastor Manders entra por el invernadero con abrigo, un paraguas en la mano y un saquito de viaje al hombro.*)

PASTOR MANDERS.—Buenos días, Regina.

REGINA (*volviéndose con un gesto de gozosa sorpresa*).—¡Toma! Muy buenos días, señor pastor. ¿Conque ha llegado el barco ya?

PASTOR MANDERS.—Acaba de atracar. (*Se adelanta al primer término.*) Resulta muy enojosa esta lluvia que no cesa desde hace días.

REGINA (*dirigiéndose a él*).—Para la gente del campo, es una bendición, señor pastor.

PASTOR MANDERS.—Lleva usted razón. Apenas pensamos en esa gente los ciudadanos. (*Se quita despacio su gabán.*)

REGINA.—¿Permite que le ayude? ¡Ajá! ¡Dios mío, qué mojado lo trae! Aguarde, que voy a colgarlo en la antecámara. Además, voy a dejar abierto el paraguas para que se seque. (*Vase con las prendas por la puerta de la derecha. El pastor se desembaraza de su saco de viaje y lo coloca sobre una silla junto con su sombrero. Mientras está ocupado en estos menesteres, vuelve Regina.*)

PASTOR MANDERS.—¡Ah! Da gusto estar bajo techo. Vamos a ver. ¿Marcha bien aquí todo?

REGINA.—Sí, señor. Gracias.

PASTOR MANDERS.—Pero deduzco que deben de tener ustedes un gran ajetreo con la ceremonia de mañana.

REGINA.—¡Oh, sí! No faltan quehaceres.

PASTOR MANDERS.—Espero que estará en casa la señora Alving.

REGINA.—Naturalmente. La señora está arriba. Preparando chocolate al señorito.

PASTOR MANDERS.—¡Ah, claro! En el desembarcadero me han dicho que estaba de regreso Oswaldo.

REGINA.—Llegó anteayer, y no le aguardábamos hasta hoy.

PASTOR MANDERS.—Es de creer que venga saludable y alegre.

REGINA.—Ha venido bien, muchas, gracias. Pero está atrozmente fatigado del viaje. Lo ha hecho de un tirón desde París, sin cambiar de tren. Creo que ahora está durmiendo. Quizá debamos hablar un poco más bajo.

PASTOR MANDERS.—¡Silencio! No hagamos ruido

REGINA (*acercando un sillón a la mesa*).—Pero siéntese, señor pastor, y póngase cómodo. (*El pastor se sienta y ella pone a sus pies un taburete.*) ¿Está sentado así a su gusto, señor pastor?

PASTOR MANDERS.—Gracias, gracias; estoy muy bien. (*Mirándola.*) Escuche, Regina. ¿Sabe que ha crecido desde la última vez que la vi?

REGINA.—¿Le parece al señor pastor? También afirma la señora que he engordado.

PASTOR MANDERS.—¿Engordado? ¡Hum!, bien puede ser. Un poquitín. (*Pausa.*)

REGINA.—¿No querrá usted que avise a la señora?

PASTOR MANDERS.—Gracias; no tengo prisa, querida niña. Pero dígame, mi buena Regina, ¿en qué relaciones se halla usted por el momento con su padre?

REGINA.—Le agradezco su interés, señor pastor. Por ese lado no va la cosa muy mal.

PASTOR MANDERS.—Estuvo en mi casa la última vez que fue a la ciudad.

REGINA.—¿Sí? Se pone siempre muy contento cuando puede hablar con el señor pastor.

PASTOR MANDERS.—¿Y va usted a verlo a menudo?

REGINA.—¿Yo? Naturalmente, voy a verlo cuando me queda un rato libre.

PASTOR MANDERS.—Su padre no es un hombre robusto, Regina. Necesita una mano que lo guíe.

REGINA.—Sí, eso está dentro de lo posible.

PASTOR MANDERS.—Necesita cerca de él alguien a quien amar y de cuyo criterio pueda fiarse. Lo declaraba con una confianza muy sincera la última vez que fue a buscarme.

REGINA.—Sí; me lo ha indicado. Pero no sé si la señora Alving querría dejarme ir..., sobre todo ahora que hemos de regentar el nuevo asilo. Y a mí misma me apenaría separarme de la señora, que ha sido tan buena para mí.

PASTOR MANDERS.—Pero el deber filial, querida niña... Por de contado, primero hay que obtener el consentimiento de su señora.

REGINA.—Por añadidura, a mi edad, no sé si es oportuno encargarme de la casa de un hombre solo.

PASTOR MANDERS.—¿Qué está usted diciendo? Pero, querida amiga, se trata de su propio padre.

REGINA.—En efecto. Sin embargo... Si, al menos, fuera en alguna casa rica, con un señor respetabilísimo...

PASTOR MANDERS.—Pero, querida Regina...

REGINA.—En casa de un hombre que pudiera inspirarme veneración, que se mostrara muy superior a mí y junto a quien ocupara yo el lugar de una hija...

PASTOR MANDERS.—Sí, pero considere...

REGINA.—¡Ah!, si yo tuviera esa perspectiva, no me negaría a ir a la ciudad. Esto es el aislamiento completo, y bien sabe por sí mismo el señor pastor lo que es estar solo en este mundo. Por otra parte, me atrevo a decir que soy activa y que pongo el mayor empeño en mi tarea. ¿No conocería el señor pastor un empleo para mí...?

PASTOR MANDERS.—¿Yo? A fe mía, no conozco ninguno.

REGINA.—Pero, si el señor pastor tuviera noticia de algo en ese sentido, ¿se acordaría de mí, verdad?

PASTOR MANDERS (*levantándose*).—Indudablemente, no dejaría de hacerlo.

REGINA.—Sí, porque...

PASTOR MANDERS.—¿Quiere usted tener la bondad de avisar a la señora?

REGINA.—No tardará en bajar, señor pastor. (*Vase por la izquierda*)

PASTOR MANDERS (*midiendo la estancia a largos pasos, se dirige al fondo del escenario, con las manos a la espalda, y a través de la vidriera mira al jardín. Luego vuelve hasta la mesa, toma un libro y examina su título, haciendo un mohín de desagrado. Después mira los demás*).—¡Oh, oh! El caso es que... (*Por la puerta de la izquierda entra la señora Alving, seguida de Regina, quien sale de nuevo al punto por la puerta de la derecha.*)

SEÑORA ALVING (*tendiendo la mano al pastor*).—Bienvenido, señor pastor.

PASTOR MANDERS.—Buenos día, señora. Aquí me tiene, conforme le había prometido.

SEÑORA ALVING.—Siempre escrupulosamente puntual.

PASTOR MANDERS.—No puede usted creer el trabajo que me ha costado escaparme. Todas esas instituciones y comisiones de que formo parte...

SEÑORA ALVING.—Razón de más para agradecerle su amabilidad por haber venido tan pronto. Así podremos ocuparnos de nuestros asuntos antes de sentarnos a la mesa. Pero ¿dónde está su maleta?

PASTOR MANDERS.—Mi equipaje está en la hospedería. Pasaré la noche allí.

SEÑORA ALVING (*reprimiendo una sonrisa*).—Por lo visto, ¿tampoco esta vez habrá manera de que pase la noche en mi casa?

PASTOR MANDERS.—No, no, señora. Muy agradecido; pero prefiero alojarme allí, según acostumbro. Es más cómodo para volver al barco.

SEÑORA ALVING.—En fin, como usted quiera. No obstante, me parece que, tratándose de dos viejos como nosotros...

PASTOR MANDERS.—¡Oh, por Dios! ¿Cómo puede usted hablar así? Por lo demás, se explica que esté hoy de buen humor. En primer lugar, la fiesta de mañana, y en segundo, el regreso de Oswaldo.

SEÑORA ALVING.—Sí, ¡figúrese qué dicha para mí! Hacía más de dos años que se marchó. Y ha prometido pasar conmigo todo el invierno.

PASTOR MANDERS.—¡Ah!, ¿sí? Es un rasgo loable y realmente filial, porque supongo que debe de ser muy tentador vivir en París o Roma.

SEÑORA ALVING.—Sí; pero aquí tiene a su madre, ya ve usted. ¡Oh, querido hijo! No cabe duda de que su corazón está con su madre.

PASTOR MANDERS.—Sería demasiado triste que la separación y la influencia del arte aflojaran tan naturales lazos.

SEÑORA ALVING.—¡Cuánta razón lleva usted! Pero con él no hay peligro. Tengo curiosidad por ver si usted lo reconoce. No tardará en bajar. Por el momento descansa un poco en su diván... Pero siéntese, querido pastor.

PASTOR MANDERS.—Gracias. ¿No la estorbo?

SEÑORA ALVING.—Al contrario. (*Se sienta a la mesa.*)

PASTOR MANDERS.—Muy bien. En ese caso, verá usted... (*Coge de la silla donde lo había puesto su bolsa de viaje y busca un sitio a propósito para extender los papeles.*) Por lo pronto... (*Interrumpiéndose.*) Dígame, señora: ¿de quién proceden estos libros?

SEÑORA ALVING.—¿Estos libros? Son los que leo yo.

PASTOR MANDERS.—¿Lee usted obras de este género?

SEÑORA ALVING.—Sí, claro.

PASTOR MANDERS.—¿Cree que su lectura la hace mejor o más feliz?

SEÑORA ALVING.—Entiendo que, hasta cierto punto, me da mayor seguridad.

PASTOR MANDERS.—Es curioso. ¿Y cómo es eso?

SEÑORA ALVING.—Verá usted. Encuentro en su lectura como una aclaración y una confirmación de muchas cosas que acostumbro a pensar y a rumiar a solas. Porque, fíjese, pastor Manders, lo asombroso es que, a decir verdad, no se halla absolutamente nada nuevo en estos libros, sino solo aquello que piensa y cree la mayoría de los hombres. Pero la mayoría de los hombres no se dan cuenta o no quieren reparar en ello. He aquí todo.

PASTOR MANDERS.—¡Esas tenemos! ¿Conque cree usted en serio que la mayoría...?

SEÑORA ALVING.—Lo creo así.

PASTOR MANDERS.—Al menos, ¿no será en nuestro país, entre nosotros?

SEÑORA ALVING.—Pues sí. Entre nosotros igual que en otros países.

PASTOR MANDERS.—¡Oh, qué idea!

SEÑORA ALVING.—Pero, en resumidas cuentas, ¿qué tiene usted que reprochar a estos libros?

PASTOR MANDERS.—No les reprocho nada. ¿Acaso va usted a deducir que me entretengo en analizar semejantes cosas?

SEÑORA ALVING—Eso significa que no conoce usted ni por asomo lo que condena.

PASTOR MANDERS.—He leído bastante de lo que se ha escrito acerca de esos libros para censurarlos.

SEÑORA ALVING.—Sí; pero la opinión personal de usted...

PASTOR MANDERS.—Querida señora, en esta vida hay casos en que debe uno remitirse al juicio de los demás. ¿Qué tiene que oponer usted? Es un hecho y está bien así. De otro modo, ¿adónde iría a parar la sociedad?

SEÑORA ALVING.—Verdaderamente... Quizá tenga usted razón.

PASTOR MANDERS.—Por otra parte, no niego que pueda haber algo atrayente en esos textos. Y tampoco puedo reprochar a usted que quiera conocer las corrientes intelectuales que, según se dice, circulan por ese mundo.., donde ha dejado usted vivir tanto tiempo a su hijo. Pero...

SEÑORA ALVING.—Pero ¿qué?

PASTOR MANDERS (*bajando la voz*).—Pero no conviene hablar de ello, señora. En verdad, no hay para qué dar a cada uno cuenta de lo que se lee y de lo que se piensa entre cuatro paredes.

SEÑORA ALVING.—No, por supuesto; comparto su parecer.

PASTOR MANDERS.—Acuérdese de las obligaciones que le impone ese asilo que decidió usted levantar en una época en que sus ideas acerca del terreno moral diferían considerablemente de las que sustenta hoy..., según veo al menos.

SEÑORA ALVING.—Sí, sí, estamos de acuerdo. Pero es respecto al asilo...

PASTOR MANDERS.—Es el asilo al que debemos referirnos, exacto. Así, pues, ¡prudencia, querida amiga! Y ahora, pasemos a nuestros asuntos. (*Abre una carpeta y extrae de ella unos papeles.*) ¿Ve usted esto?

SEÑORA ALVING.—¿Son los documentos?

PASTOR MANDERS.—Están completamente en regla. No se imagina usted cuántas dificultades he tenido que salvar para conseguirlos. He necesitado insistir mucho para llevar a cabo el propósito. Diríase que las autoridades son cruelmente concienzudas cuando han de decidirse. Pero, por fin, aquí están los papeles. (*Hojea el fajo.*) Este es un inventario de la finca de Solvik, aneja al dominio de Rosenvold, con indicación de los edificios recién construidos, escuela, vivienda de los maestros y capilla. Y aquí tiene la ratificación del legado y de los estatutos de constitución. ¿Quiere enterarse? (*Lee.*) «Estatutos del asilo a la memoria del capitán Alving.»

SEÑORA ALVING (*con la mirada fija durante un breve rato en los papeles*).—¿Con que esto es...?

PASTOR MANDERS.—He elegido el título de capitán mejor que el de chambelán. Capitán resulta menos presuntuoso.

SEÑORA ALVING.—Sí, sí; haga lo que estime conveniente.

PASTOR MANDERS.—Y esta es la libreta de la Caja de Ahorros, que incluye capital e intereses, todo destinado a cubrir los gastos de edificación.

SEÑORA ALVING.—Gracias; pero hágame el favor de guardarla, para mayor comodidad.

PASTOR MANDERS.—Con mucho gusto. De primera intención, entiendo que se impone dejar el dinero en la Caja de Ahorros. La tasa de la renta no resulta muy apetecible: un cuatro por ciento cada semestre. Es obvio que, si en adelante tuviéramos conocimiento de alguna colocación más ventajosa—debería ser una primera hipoteca o una inversión perfectamente segura, claro está—, podríamos volver sobre el asunto.

SEÑORA ALVING.—Sí, sí, querido pastor; usted entiende más que yo de estas cosas.

PASTOR MANDERS.—En todo caso, no perderé de vista este punto. Pero aún queda otra cuestión que varias veces he querido someter a usted.

SEÑORA ALVING.—¿Cuál?

PASTOR MANDERS.—¿Es menester asegurar el asilo, sí o no?

SEÑORA ALVING.—Sí, naturalmente.

PASTOR MANDERS.—Aguarde un poco. Enfoquemos el problema de cerca.

SEÑORA ALVING.—En mi hacienda está asegurado todo, edificios, cosecha, ganado y mobiliario.

PASTOR MANDERS.—Es muy lógico. Se trata de sus propios bienes, y yo hago lo mismo..., ¡no faltaba más! Pero observe que aquí es algo distinto. El asilo estará consagrado en cierto modo a un móvil más elevado.

SEÑORA ALVING.—Sí, pero eso no impide que...

PASTOR MANDERS.—Por mi cuenta, no veo ningún inconveniente en precavernos contra cualquier eventualidad.

SEÑORA ALVING.—Evidentemente; no cabe duda.

PASTOR MANDERS.—Pero, dígame..., ¿en qué disposición de ánimo está la comarca? ¿Qué piensan los habitantes? Usted los conoce mejor que yo...

SEÑORA ALVING.—¡Hum! La disposición de los ánimos...

PASTOR MANDERS.—¿Existe aquí una opinión autorizada—auténticamente autorizada—que pudiera tomar a mal nuestra decisión?

SEÑORA ALVING.—¿Qué considera usted como opinión autorizada?

PASTOR MANDERS.—Considero opinión autorizada la de las personas que ocupan una posición bastante importante y bastante influyente para que no resulte desdeñable su punto de vista.

SEÑORA ALVING.—Por lo que a ellos atañe, sé que, en efecto, hay cierto número de individuos que quizá se escandalicen si...

PASTOR MANDERS.—¿Lo ve usted? Abundan en la ciudad, entre nosotros. Piense en las ovejas de todos mis cofrades. No faltará quien se incline a creer que ni usted ni yo tenemos confianza en los decretos de la Providencia.

SEÑORA ALVING.—Pero, por lo que le concierne, querido pastor, usted mismo cuida de que...

PASTOR MANDERS.—Sí, lo sé, lo sé, y tengo mi alma en mi almario, dicho sea en honor a la verdad. Pero no podríamos impedir comentarios malévolos y desfavorables. Y esos comentarios podrían acabar por entorpecer la obra del orfanato.

SEÑORA. ALVING.—Es cierto.

PASTOR MANDERS.—Además, no puedo dar de lado en absoluto la situación equívoca—y aún más, penosa—en que podría encontrarme. Los círculos influyentes de la ciudad hablan mucho de esta fundación. ¿No se erige en parte el asilo para provecho de la localidad? Incluso es de esperar que alivie en una amplia medida las cargas de la asistencia pública. Por ende, habiendo actuado de consejero junto a usted, encargado de toda la fase administrativa de la obra, temo ser el primer blanco de las envidias.

SEÑORA ALVING.—Efectivamente, no debe exponerse a ello.

PASTOR MANDERS.—Aparte de los ataques que, sin duda alguna, dirigirían contra mí ciertos periódicos, entre los cuales...

SEÑORA ALVING.—Basta, querido pastor. Su primera consideración es suficiente.

PASTOR MANDERS.—Por tanto, ¿opina usted que conviene prescindir del seguro?

SEÑORA ALVING.—Sí, prescindiremos.

PASTOR MANDERS (*retrepándose en su asiento*).—Pero, admitida la posibilidad de que sobrevenga una desgracia—nunca sabemos a qué atenernos—, ¿tomaría usted a su cargo la tarea de reparar el desastre?

SEÑORA ALVING.—No. Concretamente, le digo que no lo haría.

PASTOR MANDERS.—En ese caso, ¿sabe usted señora, que asumimos una responsabilidad muy grave?

SEÑORA ALVING.—¿Podemos obrar de otra manera?

PASTOR MANDERS.—No, y ahí precisamente estriba la dificultad. Si bien se mira, nos es imposible eludirla. En realidad, no podemos exponernos a los juicios adversos, y ningún derecho nos asiste a escandalizar a la opinión. Fuera de eso, con toda sinceridad estimo que, para una fundación como esta, debemos contar con la buena estrella, y hasta diré que con la protección especial de las alturas.

SEÑORA ALVING.—Esperémoslo, querido pastor.

PASTOR MANDERS.—¿Cree usted, pues, que debernos dejar las cosas como están?

SEÑORA ALVING.—Con toda convicción.

PASTOR MANDERS.—Se hará como lo desea. (*Escribiendo.*) De modo que ponemos: sin asegurar.

SEÑORA ALVING.—Lo que no comprendo es cómo ha aguardado hasta hoy para hablarme del particular.

PASTOR MANDERS.—Me he propuesto a menudo debatirlo con usted.

SEÑORA ALVING.—A propósito, ayer estuvimos a dos dedos de tener un incendio ahí abajo.

PASTOR MANDERS.—¿Qué me cuenta?

SEÑORA ALVING.—Por fortuna, ha carecido de importancia. Se prendieron en el taller del carpintero unas virutas.

PASTOR MANDERS.—¿En el taller donde trabaja Engstrand?

SEÑORA ALVING.—Sí según se dice, a veces se descuida con las cerillas.

PASTOR MANDERS.—¡Tiene tantas cosas en la cabeza ese hombre y está tan baqueteado! A Dios gracias, según me ha dicho, al presente se esfuerza por llevar una vida irreprochable.

SEÑORA ALVING.—¿De veras? ¿Quién le ha dicho eso?

PASTOR MANDERS.—Me lo ha asegurado él mismo. Lo indiscutible es que se trata de un buen obrero.

SEÑORA ALVING.—Sí, mientras no ha bebido.

PASTOR MANDERS.—¡Qué desdichada debilidad! Pero, por lo que me ha dicho él también, con frecuencia es su pierna mala el motivo. La última vez que lo vi en la ciudad me enterneció. Fue en mi búsqueda para darme efusivas gracias por haberle proporcionado trabajo aquí, donde puede entrevistarse con Regina.

SEÑORA ALVING.—Pues no la ve mucho.

PASTOR MANDERS.—Se engaña usted. Le habla todos los días; me lo ha afirmado él mismo.

SEÑORA ALVING.—Es posible.

PASTOR MANDERS.—¡Se da cuenta de la necesidad que tiene de alguien para retenerlo cuando llega la tentación! Lo que hay de conmovedor en Jacobo Engstrand es cómo acude a uno en los momentos de flaqueza para confesarla y acusarse a sí, mismo. La última vez que fue a buscarme..., escuche, señora, me declaró que sería para él una felicidad tener al lado suyo a Regina.

SEÑORA ALVING (*levantándose con precipitación*).— ¡A Regina!

PASTOR MANDERS.—No debería oponerse usted.

SEÑORA ALVING.—Pues me opondré, por el contrario. Además, en el asilo Regina es indispensable.

PASTOR MANDERS.—Pero acuérdese de que Engstrand es su padre.

SEÑORA ALVING.—¡Vaya un padre!... Sé muy bien qué clase de padre ha sido para ella. ¡No!, nunca irá Regina con mi consentimiento a habitar en la casa de semejante sujeto.

PASTOR MANDERS (*levantándose a su vez*).—No lo tome tan a pecho, querida señora. Le aseguro que me apena ver lo mal que conoce usted a Engstrand. Diríase que la asusta...

SEÑORA ALVING (*más tranquila*).—Poco importa. Recogí a Regina en mi casa, y en mi casa debe permanecer. (*Escuchando.*) ¡Chist!, querido pastor; ni una palabra de todo esto. (*Se aclara su rostro.*) Escuche. Es que baja Oswaldo. No pensemos más que en él. (*Por la puerta de la izquierda aparece Oswaldo Alving, con abrigo, sombrero en mano y fumando una abultada pipa de espuma de mar.*)

OSWALDO (*deteniéndose a la entrada*).—¡Oh, mil perdones! Creía a todos en el despacho. (*Acercándose.*) Buenos días, señor pastor.

PASTOR MANDERS (*contemplándole fijamente, con asombro*).—Pero ¡si es imposible!

SEÑORA ALVING.—¿Qué dice usted, pastor?

PASTOR MANDERS.—Digo..., digo... ¡No! ¿Es realmente...?

OSWALDO.—Sí, soy realmente el hijo pródigo, señor pastor.

PASTOR MANDERS.—Pero, querido, joven amigo mío...

OSWALDO.—El hijo recobrado, si le parece mejor.

SEÑORA ALVING.—Oswaldo se acuerda de cuando usted se oponía con toda su fuerza a que fuera pintor.

PASTOR MANDERS.—¡Hay tantas decisiones temerarias a nuestros ojos humanos, aunque más tarde. (*Le tiende la mano.*) En fin, bien... bienvenido... Crea, mi querido Oswaldo... Puedo llamarle por este nombre a secas, ¿no?

OSWALDO.—¿Y cómo querría llamarme usted?

PASTOR MANDERS—Conforme. Iba a rogarle, mi querido Oswaldo, que no crea que condeno en redondo la profesión de artista. Reconozco que en ella, como en otra cualquiera, hay muchos cuya alma puede escapar a la corrupción.

OSWALDO.—Es de esperar.

SEÑORA ALVING (*radiante de júbilo*).—Yo sé de uno que ha escapado en cuerpo y alma. Si no, mírele, pastor.

OSWALDO (*avanzando por el escenario*).—Está bien, está bien, querida madre; dejemos eso.

PASTOR MANDERS.—Vamos, no hay que negar, en efecto... Además, empieza a crearse una reputación. Han hablado de usted en varias ocasiones los periódicos, prodigándole los mayores elogios... Aunque últimamente han guardado un poco de silencio.

OSWALDO (*que se acerca a las flores*).—No he podido trabajar de una manera constante desde hace algún tiempo.

SEÑORA ALVING.—Un pintor, como los demás, tiene derecho a descansar.

PASTOR MANDERS.—Ya lo creo. Ha de prepararse y aunar sus energías para una gran obra.

OSWALDO.—Sí... Madre, ¿cuándo comemos?

SEÑORA ALVING.—Dentro de media horita. A Dios gracias, no le falta apetito.

PASTOR MANDERS.—Ni afición al tabaco.

OSWALDO.—He encontrado arriba la pipa de mi padre, y...

PASTOR MANDERS.—¡Ah!, ya comprendo.

SEÑORA ALVING.—¿Qué quiere usted decir?

PASTOR MANDERS.—Cuando he visto a Oswaldo en el umbral con la pipa en la boca, se me antojaba ver a su padre en carne y hueso.

OSWALDO.—¿De veras?

SEÑORA ALVING.—¡Ah!, ¿cómo puede usted afirmar eso? Oswaldo no se parece a nadie más que a mí.

PASTOR MANDERS.—Sí; pero hay un rasgo en las comisuras de la boca, algo en los labios, que ya había notado yo en las facciones de Alving...

SEÑORA ALVING.—Ni por asomo. A mi entender, lo que más bien tiene Oswaldo en las comisuras de la boca es algo sacerdotal.

PASTOR MANDERS.—Cierto, cierto; existe una particularidad análoga en algunos de mis cofrades.

SEÑORA ALVING.—Pero deja ya la pipa, hijo mío; no quiero humo en esta habitación.

OSWALDO (*obedeciendo*).—De buen grado. Solo quería probarla. Porque fumé en ella una vez siendo niño.

SEÑORA ALVING.—¿Tú?

OSWALDO.—Sí, ¡y era muy pequeño entonces! Recuerdo que una noche entré en el cuarto de mi padre, y que estaba él tan alegre, tan animado...

SEÑORA ALVING.—¡Bah!, no puedes acordarte de aquella época.

OSWALDO.—Sí, me acuerdo perfectamente. Me sentó en sus rodillas y me puso su pipa en la boca. «Fuma, muchacho—dijo—; vamos, una buena bocanada.» Y fumé cuanto pude, hasta que me sentí palidecer y por mi frente chorreaba el sudor. ¡Al verme se echó a reír con todas sus ganas...!

PASTOR MANDERS.—¡Extraño motivo de alegría!

SEÑORA ALVING.—Es un sueño que tuvo Oswaldo amigo mío.

OSWALDO.—No, madre, no es un sueño. La prueba ¿no te acuerdas?—está en que entraste y me llevaste a mi dormitorio. Allí me indispuse y noté que llorabas. ¿Solía padre gastar esas bromas?

PASTOR MANDERS.—En su juventud tenía muy buen humor.

OSWALDO.—Y, no obstante, ¡ha llevado a cabo en este mundo tantas obras benéficas y útiles durante el poco tiempo que ha vivido!

PASTOR MANDERS.—Así es. Ostenta usted el apellido de un varón digno y activo, querido Oswaldo. Por ende, esperemos que eso implique para usted un acicate y un estímulo.

OSWALDO.—Debiera serlo, efectivamente.

PASTOR MANDERS.—Entre tanto, es un síntoma alentador por cuenta de usted regresar para estar presente en el día consagrado a su memoria.

OSWALDO.—Es lo menos que podía hacer.

SEÑORA ALVING.—Y yo podré tenerle conmigo una larga temporada. Eso es lo más alentador.

PASTOR MANDERS.—Sí, me comunican que se quedará usted todo el invierno con nosotros.

OSWALDO.—Vengo por tiempo indeterminado, señor pastor. ¡Ah, qué grato es para uno reintegrarse a su casa!

SEÑORA ALVING (*radiante*).—¿Verdad que sí, querido hijo?

PASTOR MANDERS (*mirándolo con interés*).—Era usted muy joven cuando empezó a correr mundo, querido Oswaldo.

OSWALDO.—Así es, y algunas veces me pregunto si no sería demasiado joven.

SEÑORA ALVING.—De ninguna manera; eso aprovecha mucho a un mocito despabilado, y sobre todo, a un hijo único. Resulta perjudicial quedarse al amor de la lumbre entre papá y mamá para convertirse en un niño mimado.

PASTOR MANDERS.—El hecho supone un problema difícil de resolver, señora. Después de todo, el hogar paterno constituirá siempre la verdadera patria del hijo.

OSWALDO.—En eso estoy casi de acuerdo con el pastor.

PASTOR MANDERS.—Recapacite en el ejemplo de su propio hijo. Porque muy bien podemos considerarlo en su presencia. ¿Cuál ha sido el resultado por lo que le afecta? Hele aquí, con veintiséis o veintisiete años, sin que jamás haya tenido ocasión de conocer la verdadera vida de familia.

OSWALDO.—Dispénseme, señor pastor. Sobre ese particular se equivoca usted de medio a medio.

PASTOR MANDERS.—¡Ah!, ¿sí? Yo creía que había frecuentado usted ambientes de artistas casi exclusivamente.

OSWALDO.—Exacto.

PASTOR MANDERS.—Y especialmente los de artistas jóvenes.

OSWALDO.—Tal y como lo dice.

PASTOR MANDERS.—Y sospechaba que la mayoría de ellos no contaban con medios para fundar una familia e instalar un hogar.

OSWALDO.—Hay quien no los tienen para casarse.

PASTOR MANDERS.—Precisamente a eso me refiero.

OSWALDO.—Pero eso no impide que tengan un hogar, pues lo tienen a menudo..., y un hogar muy bien organizado, muy decoroso. (*La señora Alving, atenta a estas frases, las aprueba con un mohín de cabeza, aunque sin pronunciar palabra.*)

PASTOR MANDERS.—No hablo de una casa de soltero. Yo llamo hogar a un nido doméstico, donde un hombre vive con su mujer y sus hijos.

OSWALDO.—Sí, con sus hijos y la madre de sus hijos.

PASTOR MANDERS (*haciendo un movimiento de sobresalto y juntando las manos*).—¡Misericordia!

OSWALDO.—¿Qué?

PASTOR MANDERS.—¡Vivir con... la madre de esos hijos!

OSWALDO.—¿Preferiría usted que la abandonara?

PASTOR MANDERS.—Por lo visto, es de relaciones ilegítimas de lo que habla usted, de los llamados falsos matrimonios.

OSWALDO.—Nunca he notado nada falso en esa vida en común.

PASTOR MANDERS.—Pero ¿cómo es posible que un hombre y una mujer, por poca educación que tengan, se amolden a una existencia de ese género ante los ojos de todo el mundo?

OSWALDO.—¡Eh!, ¿qué quiere usted que hagan? Un joven artista y una muchacha pobre... Se necesita mucho dinero para casarse. ¿Qué quiere usted que hagan?

PASTOR MANDERS.—¿Que qué quiero que hagan? Escuche, señor Alving; se lo diré. Han de empezar por distanciarse uno de otro en un principio. Eso es lo que quiero.

OSWALDO.—Ese consejo no tendría gran éxito entre jóvenes apasionados y enamorados.

SEÑORA ALVING—No, no tendría gran éxito, a fe mía.

PASTOR MANDERS (*insistiendo*).—¡Y que las autoridades lo toleren .., que permitan todo eso a plena luz!... (*Encarándose con la señora Alving.*) ¿No tenía yo razón para estar profundamente alarmado por su hijo?... En círculos donde se establece la inmoralidad con el mayor descaro, donde adquiere, digámoslo así, derecho de ciudadanía...

OSWALDO—Además, le confesaré, señor pastor, que he sido visitante asiduo de uno de esos matrimonios irregulares, en cuyo domicilio pasaba casi todos los domingos.

PASTOR MANDERS.—¡Los domingos, por añadidura!

OSWALDO.—¡Claro que sí! Es el .día en que se expansiona uno. Pero nunca he oído allí una palabra inconveniente, ni siquiera he sido testigo de cualquier actitud que pudiera tacharse de inmoral. No. ¿Sabe usted dónde y cuándo he encontrado la inmoralidad en los círculos artísticos?

PASTOR MANDERS.—No, no sé nada de la cuestión, gracias a Dios.

OSWALDO.—Pues bien: voy a permitirme decírselo. He tropezado con ella cuando algunos de nuestros maridos y padres de familia modelos iban allí a echar una cana al aire, y se dignaban honrar con su visita a los artistas en sus humildes figones. ¡Entonces sí que hemos aprendido lo que es bueno! Esos señores nos iniciaban en los secretos, contándonos episodios y detalles en que jamás habíamos reparado.

PASTOR MANDERS.—¡Cómo!, ¿pretende usted que unos hombres honorables de nuestro país fuesen a...?

OSWALDO.—¿Ha oído usted alguna vez a esos hombres honorables, de vuelta a su casa, discutir acerca de la inmoralidad que reina en los países extranjeros?

PASTOR MANDERS.—Sí, naturalmente.

SEÑORA ALVING.—También los he oído yo.

OSWALDO.—¡Y tanto! Se los puede creer bajo palabra. Hay entre ellos peritos en la materia. (*Echándose las manos a la cabeza.*) ¡Cuando pienso cómo se denigra esa magnífica y preciosa vida de libertad...!

SEÑORA ALVING.—No conviene que te excites, Oswaldo. pues no te sienta bien.

OSWALDO.—Tienes razón, madre; eso no me alivia nada. Es por la maldita fatiga, ya ves. Bueno; voy a dar un paseíto antes de la comida. Excúseme, señor pastor: usted no puede ponerse en mi lugar, pero ha sido un arrebato del momento. (*Vase por la puerta de la derecha.*)

SEÑORA ALVING.—¡Pobre hijo mío!

PASTOR MANDERS.—Sí. Me place oírselo decir. He aquí a qué extremo ha llegado. (*La señora Alving lo mira en silencio. El pastor mide la estancia a largos pasos.*) Hijo pródigo, ha dicho. ¡Ay, sí; ay, sí! (*La señora Alving continúa mirándolo.*) Y usted misma, ¿qué dice a todo esto?

SEÑORA ALVING.—Digo que Oswaldo tiene razón en todo.

PASTOR MANDERS (*con estupor*).—¡Razón!, ¿razón para emitir tales principios?

SEÑORA ALVING.—Aquí, en mi soledad, he acabado por pensar como él, señor pastor. Pero jamás me he atrevido a enfocar la cuestión demasiado de cerca. ¡Sea! Mi hijo hablará por mí.

PASTOR MANDERS.—Es usted bien digna de compasión, señora. Escúcheme y vamos a hablar seriamente. En este instante no tiene ya frente a usted a su agente de negocios, a su consejero, a su amigo de juventud y al de su difunto marido; es el sacerdote quien está presente y le habla conforme lo haría en el trance más desolado de su vida.

SEÑORA ALVING.—¿Y qué tiene que decirme el sacerdote?

PASTOR MANDERS.—Quiero, primero, refrescar sus recuerdos, señora. Está bien escogido el momento. Mañana es el segundo aniversario de la muerte de su marido. Mañana se descubrirá el monumento que ha de honrar su memoria. Mañana me dirigiré a toda la asamblea. Hoy me propongo hablar con usted sola.

SEÑORA ALVING.—Bien, señor pastor; hable.

PASTOR MANDERS.—¿Recuerda que, al año escaso de matrimonio, se sintió usted al borde mismo del abismo, que desertó del hogar..., que abandonó a su marido? Sí, señora..., lo abandonó, lo abandonó y se negó a volver a la casa, a despecho de todos sus ruegos, a despecho de todas sus súplicas...

SEÑORA ALVING.—¿Ha olvidado usted hasta qué punto fui desgraciada aquel primer año?

PASTOR MANDERS.—El verdadero espíritu de rebelión es buscar la dicha en esta vida. ¿Qué derecho tenemos a la felicidad? Ninguno; hemos de cumplir con nuestro deber, señora, y su deber era residir junto al hombre que escogió usted una vez y al cual la ligaba un vínculo sagrado.

SEÑORA ALVING.—Bien sabe usted la vida que llevaba Alving por aquella época y los desórdenes que cometía.

PASTOR MANDERS.—De sobra sé los rumores que corrían, y nada más lejos de mí que la intención de aprobar la conducta de su juventud, máxime si eran justificados esos rumores. Pero una mujer no está autorizada para erigirse en juez de su marido. Su deber consistía en soportar con resignación la cruz que la voluntad de las alturas había estimado oportuno imponerle. Al revés de eso, se rebeló usted, rechazó la cruz, abandonó al ser desfallecido a quien le incumbía la misión de sostener. Desertó, exponiendo su nombre y su reputación, y, para colmo, estuvo usted a punto de hacer perder la reputación de los demás.

SEÑORA ALVING.—¿De los demás? De otro, querrá usted decir.

PASTOR MANDERS.—¿No era harto inconsiderado ir a buscar refugio en mi casa?

SEÑORA ALVING.—¿En casa de nuestro pastor, en casa del amigo de nuestra familia?

PASTOR MANDERS.—Precisamente a causa de ello. Sí, bien puede usted dar gracias a nuestro Señor y Maestro por haber tenido yo la firmeza necesaria, por haberla desviado de sus exaltados designios y por habérme sido dable devolverla a la vía del deber y al domicilio de su legítimo esposo.

SEÑORA ALVING.—Sí, pastor Manders, esa fue su obra, ciertamente.

PASTOR MANDERS.—Yo no fui más que un humilde instrumento en manos del Altísimo. ¡Y qué bendición no ha resultado para el resto de su vida la ventura que se me deparó de someterla al deber y a la obediencia! ¿No se arreglaron las cosas según lo había yo predicho? ¿No se despidió Alving de todos los desórdenes de su existencia, como corresponde a un hombre cabal? ¿Y no han transcurrido en lo sucesivo todos sus días al lado de usted con amor y al abrigo de cualquier reproche? ¿No se ha convertido en el bienhechor de la comarca, y a usted misma no la ha elevado con él, de suerte que se ha trocado poco a poco en colaboradora suya? ¡Y en una valiente colaboradora! ¡Oh!, lo sé muy bien, señora, y le debo este elogio en justicia. Pero abordemos lo que, después de aquel, ha sido el mayor error de su vida.

SEÑORA ALVING.—¿A qué se refiere usted?

PASTOR MANDERS.—Lo mismo que un día renegó usted de los deberes de esposa, más tarde renegó de los de madre.

SEÑORA ALVING.—¡Ah!...

PASTOR MANDERS.—Durante toda su existencia la ha dominado una invencible confianza en sí misma. Nunca ha propendido usted más que a rescatarse de cualquier yugo y de cualquier ley. Nunca se ha plegado a soportar una cadena, cualquiera que fuese. Ha rechazado sin escrúpulo ni vacilación cuanto le estorbaba en la vida como un fardo insoportable, no escuchando sino la voz de su albedrío. No le agradaba ser esposa, y se liberó de su marido; se le antojaba incómodo ser madre, y envió a su hijo al extranjero.

SEÑORA ALVING.—En verdad, todo eso lo he hecho.

PASTOR MANDERS.—De modo que se ha vuelto usted una extraña para él.

SEÑORA ALVING.—No, no; se engaña usted.

PASTOR MANDERS.—No me engaño, y es natural. ¿Cómo ha regresado? Reflexiónelo despacio señora. Fue culpable con su marido, y lo reconoce usted misma al dedicar a su memoria un monumento. Reconozca también sus yerros para con su hijo, pues quizá sea tiempo aún de traerle al camino recto. Desande por sí sus pasos y enderece en él lo que espero que todavía se deje enderezar. (*Levanta el índice.*) Porque en verdad le digo, señora, que es usted una madre culpable. Estimo un deber mío declarárselo. (*Pausa.*)

SEÑORA ALVING (*lentamente, dominándose*).—Ha hablado usted hoy, señor pastor, y mañana hablará de nuevo en público para honrar la memoria de mi marido. Yo no hablaré mañana; pero hoy a mi vez tengo que comunicarle algo.

PASTOR MANDERS.—Presumo que procurará usted excusar su conducta.

SEÑORA ALVING.—No. Me limitaré a relatarle algunos hechos.

PASTOR MANDERS.—Veamos.

SEÑORA ALVING.—En cuanto acaba usted de exponer acerca de mi marido, de mí y de nuestra vida en común, después de haberme obligado a reintegrarme a la vía del deber, para servirme de su propio lenguaje, no hay absolutamente nada de que haya tenido usted conocimiento por sí mismo, porque desde aquel episodio, usted, nuestro visitante diario, no ha vuelto a poner los pies en nuestra casa.

PASTOR MANDERS.—Dejaron la ciudad usted y su esposo a raíz de aquellos acontecimientos.

SEÑORA ALVING..—Sí; y, en vida de mi marido, no ha venido usted jamás a vernos. Son los asuntos del asilo los que le han forzado a visitarme.

PASTOR MANDERS (*con voz insegura*).—Elena..., si es un reproche eso, le pido que reflexione...

SEÑORA ALVING.—...En los miramientos que debe usted a su estado, ¿no? Además, yo era una mujer que había abandonado a su marido. Nunca se está a bastante distancia de las mujeres de esa especie.

PASTOR MANDERS.—Querida... señora, hay en su razonamiento una exageración tan manifiesta...

SEÑORA ALVING.—Sí, sí, sí; cambiemos de tema. Todo lo que yo quería decirle es que, al juzgar mi vida doméstica, no ha hecho usted sino repetir lo que se cree en general.

PASTOR MANDERS.—No lo niego. ¿Y qué?

SEÑORA ALVING.—Pues bien, Manders: hoy quiero revelarle la verdad. Me había prometido que algún día lo sabría usted. ¡Usted solo!

PASTOR MANDERS.—¿Y qué verdad es esa?

SEÑORA ALVING.—Esa verdad es que mi marido murió en medio de la disolución en que vivió siempre.

PASTOR MANDERS (*buscando el respaldo de una silla para apoyarse.*) ¿Qué ha dicho usted?

SEÑORA ALVING.—Disolución tan profunda, después de diecinueve[5] años de matrimonio, como lo era en vísperas de nuestro enlace.

PASTOR MANDERS.—Pero ¿llama usted disolución a esos extravíos juveniles, a esas irregularidades, a esos desórdenes, si quiere?

SEÑORA ALVING.—Es el vocablo que utilizaba nuestro médico.

PASTOR MANDERS.—Ahora no la comprendo a usted.

SEÑORA ALVING.—Sería inútil que me comprendiese.

PASTOR MANDERS.—Se me va la cabeza. ¿Conque todo su matrimonio, esa comunidad de tantos años pasados con su esposo, era solo un velo tendido sobre un abismo?

SEÑORA ALVING.—Ni más ni menos. Ya lo sabe usted.

PASTOR MANDERS.—Esa... Ha de transcurrir mucho tiempo antes de que pueda yo darme cuenta de ello. ¡No lo

---

[5] Error cronológico de Ibsen, puesto que Oswaldo, hijo legítimo del matrimonio, cuenta veintitantos años de edad. N. del T.

comprendo en absoluto! Es superior a mis facultades. Pero ¿cómo es posible...? ¿Cómo ha podido permanecer oculta cosa tan inaudita?

SEÑORA ALVING.—A fin de que no se divulgara el secreto he tenido que sostener una lucha en todos los instantes. Después del nacimiento de Oswaldo, pareció producirse en Alving una mejoría; pero no fue de larga duración. Más tarde hube de luchar doblemente, librar un combate mortal para que nadie adivinara qué clase de hombre era el padre de mi hijo. Por otra parte, recordará usted lo bien que sabía Alving ganarse los corazones. Nadie se sentía capaz de pensar algo malo de él. Pertenecía a ese género de hombres en cuya reputación no hace presa la vida. Pero a la postre, Manders —importa que sepa usted todo—, cometió una abominación mayor que todas las otras.

PASTOR MANDERS.—¿Mayor que todo?

SEÑORA ALVING.—Yo llevaba con paciencia mi desgracia, aunque no ignoraba nada de lo que ocurría fuera de casa. Pero cuando se instaló el escándalo entre estas cuatro paredes...

PASTOR MANDERS.—¿Dice usted que...? ¡Ay, Dios mío!

SEÑORA ALVING.—Sí, aquí, bajo nuestro techo. Fue ahí (*indica la primera puerta de la derecha.*) donde tuve la primera revelación un día que necesitaba hacer algo en ese recinto. Vi a la doncella entrar con agua para regar las flores.

PASTOR MANDERS.—Bueno; ¿qué?

SEÑORA ALVING.—Un instante después también entró Alving. Luego oí (*con una risa seca*)... ¡Oh!, aún resuenan en mis oídos aquellas palabras desgarradoras a la par que ridículas; oí a mi propia doncella murmurar: «Déjeme, ¡ea!, suélteme de una vez, señor chambelán.»

PASTOR MANDERS.—¡Qué imperdonable ligereza! Pero no era más que una ligereza, señora, créame.

SEÑORA ALVING.—No tardé en enterarme de lo que debía creer. El chambelán logró sus fines con la muchacha, y tuvo consecuencias el enredo, pastor.

PASTOR MANDERS (*petrificado*).—¡Todo ello en esta casa..., en esta casa!

SEÑORA ALVING.—En esta casa he soportado muchas cosas. Para retenerle aquí por la noche y las madrugadas, he tenido que actuar de compañera de sus orgías secretas arriba en su cuarto. He tenido que sentarme a la mesa con él a solas, beber y brindar con él, escuchar sus insensateces; he tenido que luchar cuerpo a cuerpo con él para acostarlo en la cama.

PASTOR MANDERS (*emocionado*).—¡Y ha podido usted aguantar todo eso!

SEÑORA ALVING.—Tenía a mi hijo, y por él lo soportaba todo. Pero ante este último ultraje, cuando vi a mi propia doncella..., me juré que aquello iba a terminar. Acto seguido asumí la autoridad total de la casa, autoridad total..., sobre él mismo y sobre los demás. Considero que a la sazón poseía un arma contra él, quien ya no osaba rechistar. Fue entonces cuando envié a Oswaldo fuera de aquí. Por aquella época cumplía los siete años y empezaba a observar y a formular preguntas, como hacen los niños. Yo no podía tolerar tal estado de cosas, Manders. Me pareció que el niño se envenenaría en aquella atmósfera de podredumbre, por lo cual lo hice salir fuera de ella. Ahora comprenderá usted la razón de que jamás haya vuelto a pisar la casa mientras vivía su padre. Nadie sabe cuánto me ha costado conseguirlo.

PASTOR MANDERS.—En verdad, ha pasado usted por una dura experiencia de la vida.

SEÑORA ALVING.—No lo habría resistido si no hubiera tenido que cumplir con mi deber. ¡Ah!, ¡bien puedo decir que he trabajado! Todas esas ventajas—el aumento de tierras, la mejora de las fincas, las obras útiles cuyo honor y cuya gloria ha recogido Alving—, ¿cree usted que las ha llevado a cabo él? ¡Él que de la mañana a la noche permanecía tendido en un diván, sumido en la lectura de un almanaque atrasado! No; quiero que aún sepa usted un detalle: era yo la que lo impulsaba a obrar en sus horas de lucidez; era yo también quien debía cargar con el peso de todo cuanto se entregaba, siguiendo su costumbre, al desorden o se abismaba en un marasmo sin nombre.

PASTOR MANDERS.—¿Y eleva usted un monumento a la memoria de ese hombre?

SEÑORA ALVING.—Ya ve hasta dónde llega una mala conciencia.

PASTOR MANDERS.—¿Una mala...? ¿A qué quiere usted aludir?

SEÑORA ALVING.—Siempre se me ha antojado que no dejaría de esclarecerse la verdad, y que acabarían por conocerla todos. De ahí que en cierto modo esté destinado ese asilo a acallar todos los rumores, a apartar todas las suspicacias.

PASTOR MANDERS.—Y no iba usted descaminada, señora.

SEÑORA ALVING.—Además, perseguía otro móvil. No me resignaba a que Oswaldo, mi hijo, heredase de su padre nada.

PASTOR MANDERS.—¿De modo que con la herencia de Alving es con la que...?

SEÑORA ALVING.—Sí; las cantidades que de año en año he ido consagrando a ese asilo forman—lo he calculado exactamente—el importe de un haber que, tiempo atrás, permitía estimar al teniente Alving como un buen partido.

PASTOR MANDERS.—Comprendo.

SEÑORA ALVING.—Ese dinero fue el precio de compra, y no quiero que pase a manos de Oswaldo. Mi hijo ha de recibir de mí todo. (*Aparece Oswaldo Alving por la segunda puerta de la derecha; ha dejado en el vestíbulo su abrigo y su sombrero. Le sale al encuentro su madre.*) Ya estás de vuelta, hijo mío...

OSWALDO.—Sí, porque ¿adónde va a ir uno con esta lluvia? Pero acaban de decirme que vamos a sentarnos a la mesa. ¡Qué buena noticia!

REGINA (*viniendo del comedor con un paquete en la mano*).—Este paquete es para la señora. (*Se lo entrega a la señora Alving.*)

SEÑORA ALVING (*dirigiendo una mirada al pastor*). Las cantatas para la fiesta de mañana, sin duda.

PASTOR MANDERS.—¡Hum!

REGINA.—Señora, la comida está servida.

SEÑORA ALVING—En seguida vamos. Pero antes quiero... (*Empieza a abrir el paquete.*)

REGINA (*a Oswaldo*).—¿Desea el señorito porto blanco o tinto?

OSWALDO.—Uno y otro, Regina.

REGINA. *Très bien*[6], señorito. (*Vuelve al comedor.*)

OSWALDO.—Puedo ayudarla a descorchar... (*La sigue al comedor, cuya puerta queda entornada.*)

SEÑORA ALVING (*luego de abrir el paquete*).—Sí, eso es; aquí están las cantatas, pastor.

PASTOR MANDERS (*juntando las manos*).—¿Cómo voy a tener el ánimo bastante despejado para pronunciar mi discurso mañana? La verdad es que...

SEÑORA ALVING.—¡Oh!, ya saldrá usted del apuro.

PASTOR MANDERS (*bajando la voz para que desde el comedor no se le oiga*).—¿Qué quiere usted? Sin embargo, no podemos provocar ningún escándalo.

SEÑORA ALVING (*bajando la voz asimismo, pero con firmeza*).—No, aunque sería el final de esta larga y odiosa

---

[6] Muy bien, en francés en el original. N. del T.

comedia. Desde pasado mañana me comportaré como si jamás hubiera vivido el difunto en esta casa. No continuará aquí nadie más que mi hijo y su madre. (*Se oye en el comedor el ruido de una silla que cae y se entienden algunas palabras.*)

LA VOZ DE REGINA (*medio estridente, medio sofocada*).—Pero, Oswaldo, ¿estás loco? ¡Suéltame!

SEÑORA ALVING (*retrocediendo con espanto*).—¡Ah!... (*Fija sus ojos extraviados en la puerta entreabierta. Se oye a Oswaldo toser y bromear, con el ruido de descorchar una botella.*)

PASTOR MANDERS (*indignado*).—Pero ¿qué significa...? ¿Qué es eso, señora?

SEÑORA ALVING (*con voz ronca*).—Espectros. La pareja del invernadero, que reaparece.

PASTOR MANDERS.—¿Qué dice usted? ¡Regina! ¿Sería ella la...?

SEÑORA ALVING.—Sí. Venga... ¡Ni una palabra!... (*Se coge del brazo del pastor Manders y se encamina con paso inseguro al comedor.*)

(*Telón.*)

Acto segundo

La misma decoración. El cielo continúa cubierto por una bruma densa.
Salen del comedor el pastor Manders y la señora Alving.

SEÑORA ALVING (*volviendo la cabeza hacia atrás*).—¿Vienes, Oswaldo?

OSWALDO (*desde dentro*).—No, gracias; voy a dar una vueltecita.

SEÑORA ALVING.—Haces bien. Sal un momento antes de que se repita el chaparrón. (*Cierra la puerta del comedor, se dirige al vestíbulo y llama.*) ¡Regina!

REGINA.—¿Qué desea la señora?

SEÑORA ALVING.—Ve al cuarto de plancha para arreglar las guirnaldas.

REGINA.—Sí, señora. (*La señora Alving se cerciora de que ha salido Regina y luego cierra la puerta.*)

PASTOR MANDERS.—Desde donde está no puede oír nada, ¿verdad?

SEÑORA ALVING.—No, mientras la puerta esté cerrada; por lo demás, va a salir.

PASTOR MANDERS.—Todavía sigo sin reponerme de mi estupor. No comprendo cómo he podido pasar bocado.

SEÑORA ALVING (*recorriendo el escenario y procurando dominar su turbación*).—Ni yo tampoco; pero ¿qué le vamos a hacer?

PASTOR MANDERS.—¿Qué le vamos a hacer, en efecto? No lo sé, a fe mía. ¡Tengo tan poca experiencia en este género de asuntos!

SEÑORA ALVING.—Estoy convencida de que todavía no ha ocurrido nada.

PASTOR MANDERS.—No, ¡y presérvenos de ello el cielo! Pero no dejan de ser unas familiaridades muy inconvenientes.

SEÑORA ALVING.—Puede usted estar convencido de que todo eso se reduce a un simple capricho de Oswaldo.

PASTOR MANDERS.—¡Dios mío!, insisto en que estoy poco ducho en asuntos de esta clase. Sin embargo, entiendo que...

SEÑORA ALVING.—Se impone que deje ella la casa, y en el acto; está claro como la luz.

PASTOR MANDERS.—Naturalmente.

SEÑORA ALVING.—Pero ¿adónde iría? No podemos cargar con la responsabilidad de...

PASTOR MANDERS.—Irá, sencillamente, a casa de su padre.

SEÑORA ALVING.—¿A casa de quién, dice usted?

PASTOR MANDERS.—A casa de su... Pero no porque Engstrand no es su... ¡Santo Dios, ¿cómo es posible, señora? Bueno; se habrá equivocado usted.

SEÑORA ALVING.—No me he equivocado, ¡ay! Juana hubo de confesarse a mí, y Alving no pudo negarlo. Solo se requería echar tierra al asunto.

PASTOR MANDERS.—Evidentemente, no había otro partido que tomar.

SEÑORA ALVING.—La muchacha dejó la casa sin demora después de recibir, como precio de su silencio, una cantidad bastante crecida. Así, ya en la ciudad, supo bandearse sola. Allí volvió a relacionarse con el carpintero Engstrand, a quien insinuó cuánto dinero poseía y le contó no sé qué historia acerca de un extranjero que había entrado con su yate en el puerto. Y he aquí cómo se casaron Engstrand y ella de la noche a la mañana. Usted mismo los casó, por cierto.

PASTOR MANDERS.—Pero ¿cómo explicarse...? Recuerdo muy bien la actitud de Engstrand cuando fue a hablarme de su matrimonio. ¡Estaba tan profundamente contrito y se reprobaba con tanta amargura la ligereza de que se habían hecho culpables su prometida y él!

SEÑORA ALVING.—Forzoso era que endosara a su cuenta la falta.

PASTOR MANDERS.—Pero todo aquel disimulo, ¡y conmigo!, no me lo esperaba de Jacobo Engstrand. ¡Ah!, pues ha de oírme, y me pondré serio, puede estar segura. Además, ¡qué inmoralidad supone semejante unión! ¡Y por dinero! ¿A cuánto ascendía la suma que iba a ofrecerle la muchacha?

SEÑORA ALVING.—A trescientos escudos.

PASTOR MANDERS.—¡Fíjese! ¡Por trescientos miserables escudos, desposarse con una mujer perdida!

SEÑORA ALVING.—¿Y qué opina usted de mí, que me dejé casar con un hombre perdido?

PASTOR MANDERS.—Pero, ¡Dios me perdone ¿qué está usted diciendo? ¡Un hombre perdido!

SEÑORA ALVING.—¿Acaso cree usted que Alving era más puro, cuando le acompañé al altar, que Juana cuando la desposó Engstrand?

PASTOR MANDERS.—Son a tal punto diferentes los dos casos...

SEÑORA ALVING.—No tanto. Solo existía la diferencia de que por un lado mediaban trescientos miserables escudos, y por el otro, una fortuna.

PASTOR MANDERS.—Vamos a ver. ¿Cómo puede comparar dos casos tan dispares? ¿No había tomado usted consejo de sus allegados y sondeado su propio corazón?

SEÑORA ALVING (*sin mirarlo*).—Creí que usted había comprendido cómo se extravió por aquella época lo que llama mi corazón.

PASTOR MANDERS.—De comprenderlo, no me habría convertido en visitante diario de la casa del esposo de usted.

SEÑORA ALVING.—En fin, el caso es que no me había consultado a mí misma.

PASTOR MANDERS.—Bien; pero no por ello dejó usted de seguir las prescripciones que le marcaron sus parientes más próximos: su madre y sus dos tías.

SEÑORA ALVING.—Verdad es. Entre las tres concertaron el negocio, sin que interviniera yo. Estaban lo bastante persuadidas de que habría sido una locura rechazar proposición semejante. ¡Si pudiera mi madre volver hoy y ver en qué han ido a parar todos aquellos esplendores!

PASTOR MANDERS.—No puede nadie responder del porvenir. Lo seguro es que se organizó el matrimonio con arreglo al orden convenido.

SEÑORA ALVING (*a la ventana*).—¡Ah, ese orden y esas prescripciones! ¡A veces se me antoja que son los causantes de todas las desventuras de este mundo!

PASTOR MANDERS.—Señora, ahora comete usted un pecado.

SEÑORA ALVING.—Es posible; pero no soporto más todas esas ligaduras y todos esos miramientos. No puedo más... Quiero desasirme, quiero libertarme.

PASTOR MANDERS.—¿Qué quiere usted decir?

SEÑORA ALVING (*tamborileando sobre una vidriera*). No debí haber ocultado la vida que llevaba Alving. Pero no me atrevía a obrar de otro modo incluso por consideración personal, de tan cobarde modo.

PASTOR MANDERS.—¿Cobarde?

SEÑORA ALVING.—Si se hubiera sabido algo, se habría dicho: «¡Pobre hombre! Es natural que se descarríe quien tiene semejante mujer, una mujer que le abandona.»

PASTOR MANDERS.—Con algún derecho se emitiría tal juicio.

SEÑORA ALVING (*mirándole cara a cara*).—Si hubiera sido yo la que debía ser: habría tomado a Oswaldo aparte y le habría dicho: «Escucha, hijo mío, tu padre era un hombre perdido...»

PASTOR MANDERS.—¡Misericordia!

SEÑORA ALVING.—Le habría contado cuanto le he contado a usted mismo, ni más ni menos.

PASTOR MANDERS.—Acabará usted por indignarme, señora.

SEÑORA ALVING.—Lo sé, lo sé. Yo también me indigno (*apartándose de la ventana*) al verme tan cobarde.

PASTOR MANDERS.—¿Y llama usted cobardía a cumplir con su obligación? ¿Ha olvidado que un hijo debe amor y respeto a su padre y a su madre?

SEÑORA ALVING.—Sin generalidades. Una pregunta. ¿Debe Oswaldo amar y respetar al chambelán Alving?

PASTOR MANDERS.—¿No oye una voz de madre que le prohibe destruir el ideal de su hijo?

SEÑORA ALVING.—Pero ¿y la verdad?

PASTOR MANDERS.—Pero ¿y el ideal?

SEÑORA ALVING.—¡Oh, el ideal, el ideal! Si yo fuera solamente un poco más animosa de lo que soy...

PASTOR MANDERS.—No tire piedras al ideal, señora, porque se venga con crueldad. Y, puesto que se trata de Oswaldo, considere que no es muy rico en ideales; aunque, por lo que he podido ver, su padre constituía un ideal para él.

SEÑORA ALVING.—En eso no se equivoca usted.

PASTOR MANDERS.—Y usted misma ha alimentado y despertado con sus cartas ese sentimiento.

SEÑORA ALVING.—Sí, yo era una esclava del deber y de los miramientos; de modo que durante años he mentido a mi hijo. ¡Oh, qué cobarde, qué cobarde fui!

PASTOR MANDERS.—Erigió usted una ilusión saludable en el alma de su hijo, señora, lo cual, realmente, no se debe menospreciar.

SEÑORA ALVING.—¡Hum, quién sabe si es un bien!... En lo que se refiere a una intriga con Regina, no la quiero. No debe divertirse labrando la desdicha de esa pobre muchacha.

PASTOR MANDERS.—No, ¡Dios santo! Sería espantoso.

SEÑORA ALVING.—Si yo supiera que tenía intenciones formales, y que de ello dependía su felicidad...

PASTOR MANDERS.—¿Cómo dice usted? No lo comprendo.

SEÑORA ALVING.—Pero no hay caso, porque Regina, por desgracia, no se presta a ello.

PASTOR MANDERS.—¿Cómo...? ¿Qué intenta usted insinuar?

SEÑORA ALVING.—Si no fuese yo tan asustadiza, le diría de buena gana: «Cásate con ella o haz lo que te plazca, a trueque de que no haya engaño.»

PASTOR MANDERS.—Pero ¡cielo santo! Un matrimonio legal en esas condiciones! ¡Una cosa tan horrenda..., tan inaudita!

SEÑORA ALVING.—¿Inaudita la conceptúa usted? Con la mano en el corazón, pastor, ¿no cree que alrededor nuestro, en el país, hay bastantes matrimonios entre consanguíneos no menos cercanos?

PASTOR MANDERS.—No lo concibo.

SEÑORA ALVING.—Pues se lo aseguro.

PASTOR MANDERS.—¡Vamos!, se basa usted en hipótesis. ¡Ay!, por desdicha, no siempre la vida de familia es tan pura como debiera serlo. Pero un detalle como ese al cual alude usted, no se sabe nunca..., al menos con certeza. Aquí, por el contrario... ¡Esta vez sería una madre la que quisiera que su hijo...!

SEÑORA ALVING—No, no quiero. A ninguna costa lo consentiría. Precisamente, es eso lo que digo.

PASTOR MANDERS.—Porque es usted cobarde, según su expresión. De suerte que, si no fuese cobarde... ¡Bondad divina! ¡Una unión tan repelente!

SEÑORA ALVING.—He oído decir, por lo demás, que todos descendemos de uniones de esa índole. ¿Y quién ha instituido esas cosas, pastor?

PASTOR MANDERS.—Son temas esos que no debo debatir con usted, señora. Está muy lejos de hallarse en la disposición de ánimo requerida. No obstante, cuando osa decir que hay cobardía por su parte en...

SEÑORA ALVING.—Escúcheme y sepa cómo lo interpreto. Si estoy tan turbada y temerosa, es porque en torno mío bulle no sé qué aglomeración de espectros, alguno de los cuales siento dentro de mí, y de cuya obsesión no podré librarme jamás.

PASTOR MANDERS.—¿Cómo ha dicho usted?

SEÑORA ALVING.—He dicho una aglomeración de espectros. Cuando he oído ahí al lado a Regina y a Oswaldo, ha sido como si ante mí se irguiera el pasado... Pero estoy a punto de creer, pastor, que somos espectros todos. En nosotros no solo corre la sangre de nuestro padre y de nuestra madre, sino también una especie de idea destruida, una especie de ciencia muerta. Es algo que no vive, aunque no por eso deja de estar en el fondo de nosotros mismos, y nunca conseguiremos escapar a su acoso. Si tomo un periódico y me pongo a leer, veo surgir fantasmas entre las líneas. Se me figura que está poblado de espectros el país, que hay tantos como granos de arena en la playa. Y, por añadidura, mientras existimos, ¡tenemos todos un miedo atroz a la luz!

PASTOR MANDERS.—Ese es el fruto de sus lecturas. ¡Hermoso fruto, en verdad! ¡Ah, esos abominables libros, esos antipáticos textos de librepensadores!

SEÑORA ALVING.—Se engaña usted, querido pastor. Quien me ha impelido a la reflexión, es usted mismo, y le doy las gracias.

PASTOR MANDERS.—¿Yo?

SEÑORA ALVING.—Sí. Cuando usted me doblegó a lo que llamaba mi deber, cuando ensalzó como justo y equitativo aquello contra lo cual se rebelaba todo mi ser con horror, empecé a examinar la trama de sus enseñanzas. No quería tocar más que un solo punto; pero, suelto este, se deshacía todo. Y a la sazón vi que estaban hechas a máquina sus costuras.

PASTOR MANDERS (*lentamente, con emoción*).—¿Sería este el premio de lo que supuso el más duro combate de mi vida?

SEÑORA ALVING.—Diga mejor la más lamentable de sus derrotas.

PASTOR MANDERS.—Fue la mayor victoria de mi existencia, Elena, un triunfo sobre mí mismo.

SEÑORA ALVING.—Un crimen contra nosotros dos.

PASTOR MANDERS.—¿Crimen que, cuando un día vino usted a casa completamente descorazonada, gritando: «¡Aquí me tienes, tómame!», la obligase a volver al lado de su legítimo esposo...?

SEÑORA ALVING.—Sí, según mi criterio.

PASTOR MANDERS.—Usted y yo no nos comprenderemos nunca.

SEÑORA ALVING.—En todo caso, no nos comprenderemos ya.

PASTOR MANDERS.—Nunca..., nunca en mis pensamientos más secretos, la he estimado a usted de otro modo que como a la mujer del prójimo.

SEÑORA ALVING.—¿Está usted seguro?

PASTOR MANDERS.—¡Elena!

SEÑORA ALVING.—¡Llegamos a olvidarnos de nosotros mismos con tanta facilidad!

PASTOR MANDERS.—No tanto. Yo soy el que he sido siempre.

SEÑORA ALVING (*cambiando de tono*).—Bien, bien; no hablemos más de los días pasados. Ahora está usted metido hasta el cuello en comités y direcciones, y yo estoy aquí, luchando contra los espectros de dentro y de fuera.

PASTOR MANDERS.—Por lo que atañe a los de fuera, podré ayudarla a usted a domeñarlos. Después de lo que acabo de saber hoy con horror, no puedo en conciencia cargar con la responsabilidad de dejar en casa de usted a una joven inexperta.

SEÑORA ALVING.—¿No cree que mejor sería encontrarle una colocación? Quiero decir... algún buen partido.

PASTOR MANDERS.—Sin duda alguna. Presumo que sería deseable para ella en todos los conceptos. Regina ha llegado a la edad en que... ¡Dios mío!, yo no entiendo de esas cosas; pero...

SEÑORA ALVING.—Regina se ha desarrollado pronto.

PASTOR MANDERS.—¡Y tanto que sí! Creo recordar que, por lo relativo al desarrollo corpóreo, estaba ya muy adelantada cuando la preparaba yo para la confirmación. Pero, hoy por hoy, es necesario que vuelva a su casa. Bajo la mirada de su padre... Digo, no. Engstrand no es... ¡Ah, y pensar que me haya ocultado así la verdad él, él! (*Llaman a la puerta del vestíbulo.*)

SEÑORA ALVING.—¿Quién podrá ser? ¡Adelante!

ENGSTRAND (*con traje dominguero, a la entrada*).—Les ruego que me dispensen; pero...

PASTOR MANDERS.—¡Ah, ah! ¡Hum!...

SEÑORA ALVING.—¿Usted por aquí, Engstrand?

ENGSTRAND.—No he visto a las criadas, y he tenido que tomarme la excesiva libertad de llamar a la puerta.

SEÑORA ALVING.—Está bien, está bien. Entre. ¿Tiene usted que decirme algo?

ENGSTRAND (*entrando*).—No; muchas gracias. Es con el señor pastor con quien quería hablar un momentito.

PASTOR MANDERS (*paseando por el escenario*).—¿Conmigo? ¿Es conmigo con quien quería hablar usted? Conmigo, ¿no?

ENGSTRAND.—Pues sí, señor; yo querría...

PASTOR MANDERS (*parándose ante él*).—Bueno; ¿puedo saber de qué se trata?

ENGSTRAND.—Verá, señor pastor. Ya están pagando allá abajo. (*Dirigiéndose a la señora Alving.*) Muchísimas gracias, señora. Ya está todo dispuesto. Entonces se me ha ocurrido que sería bastante conveniente que quienes hemos trabajado de buen grado juntos durante tanto tiempo..., se me ha ocurrido que haríamos bien terminando por una pequeña reunión piadosa.

PASTOR MANDERS.—¿Una reunión ahí abajo, en el asilo?

ENGSTRAND.—Sí... A menos que el señor pastor no lo juzgue oportuno. De ser así...

PASTOR MANDERS.—Ciertamente, lo juzgo oportuno; pero... ¡Hum!..

ENGSTRAND.—Yo mismo me había acostumbrado a organizar pequeñas reuniones por la noche...

PASTOR MANDERS.—¿De veras?

ENGSTRAND.—Sí, de cuando en cuando, un pequeño ejercicio devoto. Pero, por mí, no soy más que un pobre ser humilde y grosero. No poseo los dones indispensables...

¡Dios me dé su ayuda! ... Por ende, he pensado que, como estaba aquí el pastor Manders...

PASTOR MANDERS.—Es que, oiga, maese Engstrand, tengo que plantearle una cuestión previa. ¿Está usted con el ánimo dispuesto para una reunión de esa clase? ¿Tiene usted la conciencia libre y tranquila?

ENGSTRAND.—¡Oh, Dios me perdone! Más vale no hablar de la conciencia, señor pastor.

PASTOR MANDERS.—Por el contrario, debemos ocuparnos de ella. Veamos, ¿qué tiene usted que objetar?

ENGSTRAND.—¡Ay!, la conciencia puede caer en falta a veces.

PASTOR MANDERS.—Vamos, lo admite usted, al menos. Pero ¿quiere decirme francamente qué historia es esa de Regina?

SEÑORA ALVING (*con viveza*).—¡Pastor Manders!

PASTOR MANDERS (*esbozando un ademán para calmarla*).—Déjeme hacer.

ENGSTRAND.—¿Regina?... ¡Señor! Me da usted miedo. (*Encarándose con la señora Alving.*) ¿No le habrá sucedido a Regina ninguna desgracia?

PASTOR MANDERS.—Esperémoslo. Pero de lo que le hablo es de la situación de usted con respecto a Regina. Le considera padre suyo, ¿no? ¿Y qué hay?

ENGSTRAND.—¡Ejem! El señor pastor conoce bien lo que hubo entre mi difunta Juana y yo...

PASTOR MANDERS.—Ya no hay para qué atenuar la verdad. Su difunta mujer se lo reveló todo a la señora Alving antes de dejar su servicio.

ENGSTRAND.—¡Ah, conque...! ¿Hizo eso realmente?

PASTOR MANDERS.—Ya está usted desenmascarado, Engstrand.

ENGSTRAND.—¡Y ella que había jurado por la salvación de su alma...!

PASTOR MANDERS.—¡Por la salvación de su alma!

ENGSTRAND.—No; quiero decir que había hecho todos sus juramentos con la mano en el corazón.

PASTOR MANDERS.—Es un hecho que me ha ocultado usted la verdad durante muchos años. Me la había ocultado a mí, que tenía una confianza absoluta en usted.

ENGSTRAND.—¡Ay!, sí, lo he hecho.

PASTOR MANDERS.—¿He merecido que me engañara usted, Engstrand? ¿No he estado siempre dispuesto a asistirle de palabra y de obra en cuanto dependía de mí? Responda: ¿no es cierto?

ENGSTRAND.—Efectivamente, más de una vez me habría costado mucho trabajo salir de apuros, a no ser por el pastor Manders.

PASTOR MANDERS.—¡Y así me recompensa usted! Me ha hecho sentar inscripciones falsas en los registros de la parroquia y, a lo largo de toda una serie de años, no me ha dado ninguno de los esclarecimientos que me debía, que debía a la verdad. ¡No tiene excusa su conducta, Engstrand, y desde la hora presente ha acabado todo entre nosotros!

ENGSTRAND.—Es cierto, bien lo veo.

PASTOR MANDERS.—Sí, porque ¿de qué manera podría justificarse usted?

ENGSTRAND.—Pero ¿cómo ha podido ella confesar su vergüenza? Vamos, señor pastor, figúrese que estuviera usted en la misma situación que mi difunta Juana...

PASTOR MANDERS.—¡Yo!

ENGSTRAND.—¡Ah, Dios del cielo!, no es más que una suposición. Admitamos que el señor pastor tuviera algo de que avergonzarse, como suele decirse. Nosotros los hombres no debemos apresurarnos a condenar a una pobre mujer, señor pastor.

PASTOR MANDERS.—No es a su mujer a quien acuso; es a usted.

ENGSTRAND.—Si tuviera yo derecho a hacer al señor pastor una preguntita...

PASTOR MANDERS.—Hágala.

ENGSTRAND.—¿No es deber de un hombre levantar a cualquier cristiana que ha caído?

PASTOR MANDERS.—Evidentemente.

ENGSTRAND.—¿Y no le corresponde a un hombre hacer honor a su palabra?

PASTOR MANDERS.—Sí, también. Pero...

ENGSTRAND.—Después de su desgracia con aquel inglés —quizá fuese un norteamericano o un ruso ¡vaya usted a saber!—, Juana se trasladó a la ciudad. Ya me había rechazado la pobre muchacha varias veces, pues no tenía ojos más que para lo bonito, y yo padecía este defecto de la pierna. De fijo, se acordará del accidente el señor pastor. Un día me aventuré a un baile de marineros, donde aquellos hombres de mar se entregaban a la embriaguez y al delirio, como quien dice. Al querer yo persuadirlos para que abrazasen una nueva vida...

SEÑORA ALVING (*a la ventana*).—¡Hum!...

PASTOR MANDERS.—Ya lo sé, Engstrand: aquellos hombres groseros lo derribaron desde lo alto de la escalera. Su achaque lo honra.

ENGSTRAND.—No me envanezco de ello, señor pastor. Únicamente quería contarle cómo vino Juana a confiarse a mí con lloros y rechinar de dientes. Bien puedo decir que me desgarraba el alma oír sus lamentos.

PASTOR MANDERS.—¿Habla sinceramente, Engstrand? Continúe.

ENGSTRAND.—Entonces le dije: «El norteamericano navega por los grandes mares, y tú, Juana, has cometido un pecado, de modo que eres una criatura caída. Pero aquí está Jacobo Engstrand —añadí—, que se mantiene firme sobre sus pies.» Esto no era más que una frase, como quien dice, señor pastor.

PASTOR MANDERS.—Le comprendo muy bien. Prosiga.

ENGSTRAND.—En fin, la rehabilité y la desposé a la faz del mundo para que no se supiera cuánto se había descarriado con un extranjero.

PASTOR MANDERS.—Hasta aquí ha obrado usted dignamente. Con todo, lo que no puedo aprobar es que se rebajara al extremo de aceptar dinero.

ENGSTRAND.—¿Dinero? ¿Yo? ¡Ni un céntimo!

PASTOR MANDERS (*interrogando con la mirada a la señora Alving*).—Pero...

ENGSTRAND.—¡Ah, sí! Aguarde un poco; recuerdo que Juana tenía algún dinerillo, en efecto. Pero no he querido jamás oír hablar del particular. «¡Puah—le dije—, ese es el precio del pecado. Ese miserable oro—o billetes, lo que fuese—vamos a tirárselo a la cara al norteamericano.» Así me expresé; pero el otro se había marchado y había desaparecido a través de los mares y de las tormentas, señor pastor.

PASTOR MANDERS.—¿Es cierto eso, mi buen Engstrand?

ENGSTRAND.—Claro está. Acto seguido, Juana y yo acordamos que ese dinero había de servir para educar a la niña, lo cual se ha hecho, y puedo rendir cuentas hasta del último *skilling*[7].

PASTOR MANDERS.—Pues eso cambia notablemente la cuestión.

ENGSTRAND.—Así fue como pasó, señor pastor, y bien puedo decir que para Regina he sido un verdadero padre en la medida de mis fuerzas, porque no soy más que un pobre inválido.

PASTOR MANDERS.—¡Vamos, vamos, querido Engstrand!

---

[7] Moneda ínfima.

ENGSTRAND.—Pero, eso sí, bien puedo decir que he educado a la niña, que he vivido en amor y compañía con mi difunta Juana, y que he ejercido en casa autoridad, como está escrito. Y jamás se me ha metido en la cabeza ir en busca del pastor Manders para ensalzarme y hacer alarde de que a mi vez había realizado yo una buena acción por mi cuenta. No, cuando a Jacobo Engstrand le ocurre semejante cosa, se calla y la guarda para sí. Por desgracia, no acontece eso a menudo, como comprenderá, y cuando me entrevisto con el pastor Manders, harto tengo a fe mía, con hablarle de errores y flaquezas. Porque, repito lo que decía hace un rato: la conciencia puede caer en falta de vez en cuando.

PASTOR MANDERS.—¡Venga esa mano, Engstrand!

ENGSTRAND.—¡Jesús mío!, señor pastor...

PASTOR MANDERS.—Sin remilgos. (*Le estrecha la mano.*) ¡Esta es la mía!

ENGSTRAND.—¿Y si ahora viniera yo a pedir perdón al señor pastor?...

PASTOR MANDERS.—¿Usted? Soy yo, por el contrario, quien le debe excusas.

ENGSTRAND.—¡Ah, eso, nunca!

PASTOR MANDERS.—Pues sí. Y se las pido de todo corazón. Perdóneme por haber sospechado de usted, y, sin en mí estuviese testimoniarle de una manera u otra mi plena confianza, mi mejor voluntad...

ENGSTRAND.—¿Haría usted tal cosa, señor pastor?

PASTOR MANDERS.—Con el mayor gusto.

ENGSTRAND.—Es que... en este momento mismo tendría usted la ocasión de cumplir su promesa. Con el dinero que he podido ahorrar aquí, quiero fundar en la ciudad un albergue para marinos.

SEÑORA ALVING.—¿Quiere usted...?

ENGSTRAND.—Sí; sería, como quien dice, una especie de asilo. Al hombre de mar le asaltan las tentaciones posibles cuando viene a tierra. Pero en mi casa, en el albergue de que le hablo, se encontraría como bajo la mirada de un padre. Ese es mi proyecto.

PASTOR MANDERS.—¿Qué opina usted de esa idea, señora?

ENGSTRAND.—No dispongo de mucho; pero si, con la ayuda de Dios, hallase una mano protectora...

PASTOR MANDERS.—Muy bien, muy bien: habrá que estudiarlo. Su propósito me complace extraordinariamente. Ahora, vaya a sus asuntos y haga que enciendan velas para que tenga su aire de fiesta esa reunión, de la cual nos ocuparemos luego, querido Engstrand, porque ya sí que creo en sus buenas disposiciones.

ENGSTRAND.—Eso me parece bien. ¡Ea!, adiós, señora, y gracias por sus bondades. Cuídeme bien a Regina (*se enjuga una lágrima*), la hija de mi difunta Juana. Es sorprendente...; pero se diría que ha echado raíces en mi alma. ¡Ya lo creo que sí! (*Saluda y vase por la puerta del vestíbulo.*)

PASTOR MANDERS.—Bueno; ¿que tiene usted que decir de ese hombre, señora? La explicación que nos ha dado difiere un poco de la suya.

SEÑORA ALVING.—Sí que difiere.

PASTOR MANDERS.—Ya ve usted con qué cuidado hay que andar antes de emitir un juicio acerca del prójimo. Pero ¡qué alegría, en cambio, cuando se comprende que se ha equivocado uno! ¿No lo cree así?

SEÑORA ALVING.—Creo que usted es y seguirá siendo un niño grande, Manders.

PASTOR MANDERS.—¿Yo?

SEÑORA ALVING (*poniendo sus manos sobre los hombros del pastor*).—Y agrego que me entran unas ganas tremendas de echarle los brazos al cuello.

PASTOR MANDERS (*dando un paso atrás con presteza*).—¡No, no, y Dios la bendiga... ¡Qué ocurrencias las suyas...!

SEÑORA ALVING (*sonriendo*).—¡Vamos, no se asuste de mí!

PASTOR MANDERS (*luego de acercarse a la mesa*).— Tiene usted a ratos una manera tan vehemente de expresarse... Ahora guardo los documentos en mi cartera. (*Lo hace.*) Y hasta la vista. No deje de vigilar a Oswaldo en cuanto venga. Volveré con ustedes dentro de poco. (*Toma su sombrero y sale por la puerta del vestíbulo.*)

SEÑORA ALVING (*dando un suspiro, echa una ojeada por la ventana, arregla un tanto la habitación y se dispone a entrar en el comedor: pero se detiene. estuve lacia. en el umbral y lanza una exclamación* sorda).—¡Oswaldo! ¡Todavía estás a la mesa!

OSWALDO (*desde el comedor*).—Quería solamente acabar el cigarro.

SEÑORA ALVING.—Suponía que habías ido a darte una paseíto por ahí.

OSWALDO.—¡Con semejante tiempo! (*Se oye ruido de vasos. La señora Alving deja la puerta abierta y se sienta en el sofá cerca de la ventana, con un bordado en la mano. Oswaldo sigue hablando desde dentro.*) ¿No es el pastor Manders quien acaba de salir?

SEÑORA ALVING.—Sí, ha bajado al asilo.

OSWALDO.—¡Eh! (*Se oye el choque de un vaso con una botella.*)

SEÑORA ALVING (*dirigiéndole una mirada intranquila*).—Querido Oswaldo, deberías tener más cuidado con ese licor, que es muy fuerte.

OSWALDO.—Es bueno contra la humedad.

SEÑORA ALVING.—¿No prefieres venir junto a mí?

OSWALDO.—No podría fumar.

SEÑORA ALVING.—Bien sabes que sí podrás fumarte ese cigarro

OSWALDO.—Bueno, bueno; ya voy. Solamente unas

gotitas... ¡Ea!; ya está. (*Entra con el cigarro en la boca y cierra la puerta. Breve pausa.*) ¿Adónde ha ido el pastor?

SEÑORA ALVING.—Acabo de decirte que ha bajado al asilo.

OSWALDO.—¡Ah, ya!

SEÑORA ALVING.—No deberías quedarte tanto tiempo a la mesa, Oswaldo.

OSWALDO (*llevándose a la espalda la mano en que tiene el cigarro*).—Pero si esto me parece delicioso, madre. (*La acaricia y le da golpecitos.*) Considera lo que para mí, recién venido de regreso, significa estar sentado a la mesa de mi madrecita, en el cuarto de mi madrecita, y saborear los guisos exquisitos de mi madrecita.

SEÑORA ALVING.—¡Hijo de mi vida!

OSWALDO (*se levanta, da algunos pasos y fuma con cierta impaciencia*).—¿Y qué hacer aquí, si no? No puedo ponerme a trabajar.

SEÑORA ALVING.—¿Tú crees?

OSWALDO.—¿Con un tiempo oscuro? ¿Sin un rayo de sol en todo el día. (*Recorre el escenario a zancadas.*) ¡Oh, qué suplicio no poder trabajar...!

SEÑORA ALVING.—¿No habrá sido algo irreflexivo por tu parte volver?

OSWALDO.—No, madre; era necesario.

SEÑORA ALVING.—Prefiero mil veces prescindir de la dicha de verte en casa a verte así...

OSWALDO (*parándose delante de la mesa*).—Pero... dime, madre: verdaderamente, ¿es para ti una dicha tan grande tenerme contigo?

SEÑORA ALVING.—¡Y tanto que lo es!

OSWALDO (*estrujando un periódico*).—Pues me parece que debería serte más o menos indiferente que yo existiera o no.

SEÑORA ALVING.—¿Y tienes el valor de decir eso a tu madre, Oswaldo?

OSWALDO.—¡Has podido vivir sin mí tan bien hasta hoy!

SEÑORA ALVING.—Sí, he vivido sin ti; cierto es... (*Pausa. Anochece poco a poco. Oswaldo mide el escenario a largos pasos. Ha dejado el cigarro.*)

OSWALDO (*deteniéndose ante la señora Alving*).—Madre, ¿puedo sentarme cerca de ti?

SEÑORA ALVING (*haciéndole sitio*).—Sí; ven, ven, hijo mío.

OSWALDO (*sentándose*).—Tengo que decirte algo, madre.

SEÑORA ALVING (*prestando atención*).—¿Qué?

OSWALDO (*mirando con tristeza al vacío*).—No puedo resistir más sin decírtelo.

SEÑORA ALVING.—¿Resistir qué? ¿Qué hay?

OSWALDO (*con el mismo juego escénico*).—No he tenido valor para escribírtelo, y desde que vine a casa...

SEÑORA ALVING (*cogiéndole el brazo*).—Oswaldo, ¿de qué se trata?

OSWALDO.—Ayer y hoy he procurado librarme de mis pensamientos, desecharlos. En balde.

SEÑORA ALVING (*levantándose bruscamente*).—Vas a contármelo todo, Oswaldo.

OSWALDO (*obligándola a permanecer sentada*).—Quédate. Probaré. Me he quejado de una fatiga acusada por el viaje...

SEÑORA ALVING.—Sí. ¿Y qué?

OSWALDO.—Pues bien: no es eso lo que me aqueja o, mejor dicho, no se trata de una fatiga ordinaria...

SEÑORA ALVING (*intentando levantarse otra vez*).—Al menos, ¿no estarás enfermo, Oswaldo?

OSWALDO (*obligándola de nuevo a sentarse*).—Sigue

ahí quieta, madre, y escúchame atenta. No es una enfermedad lo que tengo, o no es lo que, en general, se llama una enfermedad. (*Cruzando las manos sobre su cabeza.*) ¡Mamá!, estoy moralmente deshecho, soy un hombre agotado... ¡Jamás podré trabajar! (*Con la cara entre las manos, se deja caer de rodillas ante su madre y estalla en sollozos.*)

SEÑORA ALVING (*pálida y temblorosa*).—¡Oswaldo, mírame! No, no, nada de eso es verdad.

OSWALDO (*mirándola con ojos de desesperación*).—¡No trabajaré nunca más! ¡Nunca... nunca! ¡Seré como un muerto en vida! Madre, ¿puedes imaginarte algo más horrible?

SEÑORA ALVING.—¡Desdichado hijo mío! Pero ¿de qué proviene ese horror? ¿Cómo ha podido atacarte?

OSWALDO.—¡Ah!, precisamente es de eso de lo que no puedo darme cuenta. Yo no he llevado jamás una vida tormentosa bajo ningún aspecto. Créeme, madre; soy sincero.

SEÑORA ALVING.—Pero si no lo dudo, Oswaldo.

OSWALDO.—Padezco, sin embargo, esa espantosa desgracia.

SEÑORA ALVING.—¡Bah!, todo se disipará, chiquito mío. No es más que un exceso de trabajo, créelo.

OSWALDO (*sordamente*).—Es lo que yo me figuraba también al principio. Pero hay más.

SEÑORA ALVING.—Relátamelo todo, punto por punto.

OSWALDO.—Esa es mi intención.

SEÑORA ALVING.—¿Cuándo notaste eso por primera vez?

OSWALDO.—Desde mi llegada a París, después de mi última estancia acá. Sentí primero violentos dolores de cabeza, especialmente en la nuca; parecía que tuviera metido el cráneo en un cepo.

SEÑORA ALVING.—¿Y luego?
OSWALDO.—Deduje que era el dolor de cabeza de que tanto había sufrido por la época del crecimiento.
SEÑORA ALVING.—Sí, sí...
OSWALDO.—Pero no era eso. No tardé en convencerme. Se me hizo imposible trabajar. Quise emplearme en un gran cuadro; pero me fallaron mis facultades. Estaban como paralizadas todas mis fuerzas; no podía concentrarme y concebir imágenes fijas. Todo giraba a mi alrededor, como si tuviera vértigo, y fue una situación terrible. Al cabo envié en busca de un médico, y por él lo supe todo.
SEÑORA ALVING—¿Qué quieres decir?
OSWALDO.—Era un médico insigne de allá. Hube de describirle todo lo que sentía, tras de lo cual comenzó a formularme toda una serie de preguntas que se me antojaban sin ninguna relación con mi estado, pues no sospechaba adónde iba a parar.
SEÑORA ALVING.—Continúa.
OSWALDO.—Acabó por decirme: «Desde su nacimiento hay en usted algo que está *vermoulu*[8]. Es la palabra francesa que empleó.
SEÑORA ALVING (*escuchando con una atención concentrada*).—¿Qué querría decir con eso?
OSWALDO.—Tampoco lo comprendía yo; de modo que le rogué que se explicara con más claridad. Entonces dijo el viejo cínico... (*Apretando los puños.*) ¡Oh!...
SEÑORA ALVING.—¿Qué dijo?
OSWALDO.—«Los hijos pagan los pecados de los padres.»
SEÑORA ALVING (*levantándose con lentitud*).—¡Los pecados de los padres!...
OSWALDO .—Sentí deseos de abofetearlo.

[8] Carcomido. En francés, en el original. N. del T.

SEÑORA ALVING (*atravesando el escenario*).—Los pecados de los padres...

OSWALDO (*con una sonrisa penosa*).—Sí. ¿Qué te parece? Naturalmente, le aseguré que en mi caso no había que suponer semejante cosa. ¿Crees que se retractó? Ni por asomo. Persistió en su idea; y solo cuando le leí tus cartas, traduciéndole algunos pasajes referentes a padre...

SEÑORA ALVING.—¿Qué?...

OSWALDO.—No tuvo más remedio que reconocer que había errado el camino. ¡Y he aquí cómo me enteré de la verdad, de la increíble verdad! Aquella venturosa existencia de joven, aquella gozosa camaradería... Debí abstenerme de practicarla. Había abusado de mis fuerzas. Así, pues, por mi propia culpa...

SEÑORA ALVING.—¡No, Oswaldo! ¡No lo creas!

OSWALDO.—No había otra explicación posible, según me afirmó. Y ahora viene lo más tremendo. ¡Perdido irreparablemente para toda la vida por mi propia ligereza! ¡No hay ni que pensar, o intentarlo siquiera, en todo lo que habría podido hacer en este mundo! ¡Oh, si lograra revivir, hacer que nada hubiera pasado! (*Se deja caer de bruces en el sofá. La señora Alving se retuerce las manos y anda por el escenario, librando una lucha muda consigo misma. Al cabo de un instante se incorpora Oswaldo a medias y permanece acodado sobre el asiento.*) Todavía si se tratara de una herencia, de algo de lo que yo no tuviera la culpa... Pero ¡así! ¡Haber dilapidado vergonzosamente, tontamente, a la ligera, la felicidad, la salud, todo..., el porvenir, la vida!...

SEÑORA ALVING.—¡No, no, hijo mío, eso es imposible! (*Se inclina sobre él.*) Tu caso no es tan desesperado como te imaginas.

OSWALDO.—¡Ah, qué sabes tú! (*Irguiéndose con sobresalto.*) ¡Y, para colmo, toda esta pesadumbre, madre, esta pesadumbre que te causo! Más de una vez he deseado que, en el fondo, te inquietaras menos por mí, y no me quisieras mucho.

SEÑORA ALVING.—¡Yo, Oswaldo! ¡Mi único hijo, lo más preciado que tengo en el mundo, mi único cariño!

OSWALDO (*cogiendo las manos de su madre y cubriéndolas de besos*).—Sí, sí, ya lo veo; cuando estoy en casa, lo veo mejor, madre. Y esa es otra de las cosas que me agobian. Pero a la postre lo sabes todo, y no volveremos a hablar por hoy. No; me abruma meditarlo largo tiempo seguido. (*Se dirige hacia el foro.*) Manda que me den algo de beber, madre.

SEÑORA ALVING.—¿De beber? ¿Qué quieres beber a esta hora?

OSWALDO.—¡Eh!, lo que sea. ¿Tienes en casa ponche frío?

SEÑORA ALVING.—Sí; pero, querido Oswaldo...

OSWALDO.—No te opongas, madre. Sé amable. Necesito algo en que ahogar todos los pensamientos que me roen. (*Entra en el invernadero.*) ¡Y, además, esta oscuridad que reina aquí! (*La señora Alving tira del cordón de una campanilla que hay a la derecha.*) ¡Y esa lluvia continua! El temporal puede durar igual una semana tras de otra, y aún meses enteros, sin interrupción. ¡Ni un rayo de sol jamás! No me acuerdo de haber visto el sol en ninguna de las temporadas que he pasado en casa.

SEÑORA ALVING.—Oswaldo, no pensarás dejarme.

OSWALDO (*suspirando profundamente*).—No pienso en nada. No puedo pensar en nada. (*Bajando la voz.*) Me lo he vedado.

REGINA (*que viene del comedor*).—¿Ha llamado la señora?

SEÑORA ALVING.—Sí; tráenos la lámpara.

REGINA.—En seguida, señora. Está encendida ya. (*Vase.*)

SEÑORA ALVING (*aproximándose a Oswaldo*).—Oswaldo, no seas reservado conmigo.

OSWALDO.—No te oculto nada, madre. (*Acercándose a la mesa.*) Creo haberte contado bastantes cosas. (*Regina trae la lámpara y la coloca sobre la mesa.*)

SEÑORA ALVING.—Escucha, Regina: ve a buscarnos media botella de champaña.

REGINA.—Sí, señora. (*Sale.*)

OSWALDO (*oprimiendo la cabeza de la señora Alving*).—¡Eso sí que está bien! Ya sabía yo que mi madrecita no toleraría que tuviera sed su hijo.

SEÑORA ALVING.—¡Pobre Oswaldo mío! ¿Cómo podría yo negarte nada ahora?

OSWALDO (*con animación*).—¿De verdad, madre? ¿En serio?

SEÑORA ALVING.—¡Cómo! ¿Qué?

OSWALDO.—¿Que no me negarías nada?

SEÑORA ALVING.—Pero, querido Oswaldo...

OSWALDO.—¡Chitón!

REGINA (*trayendo una bandeja con una botella de champaña a medias, que deposita sobre la mesa*).—¿Hay que descorchar?

OSWALDO.—Gracias. Lo haré yo mismo. (*Vase Regina.*)

SEÑORA ALVING..—¿Qué puedo negarte yo? ¿En qué estarás pensando?

OSWALDO (*dedicado a abrir la botella*).—Por lo pronto, un vaso... o dos. (*Hace saltar el tapón, llena un vaso y va a llenar otro.*)

SEÑORA ALVING (*sujetándole la mano*).—Gracias; para mí, no...

OSWALDO.—Pues entonces será para mí. (*Vacía el vaso, lo llena por segunda vez y lo vacía de nuevo, después de lo cual se sienta a la mesa.*)

SEÑORA ALVING (*a la expectativa*).—¿Conque...?

OSWALDO (*sin mirarla*).—Oye: me ha parecido que tú y el pastor Manders estabais muy extraños a la mesa..., tan callados...

SEÑORA ALVING.—¿Lo has notado?

OSWALDO.—Sí. ¡Hum!... (*Luego de una pausa corta.*) Oye: ¿qué opinas de Regina?

SEÑORA ALVING.—¿Que qué opino?

OSWALDO.—Sí. ¿Verdad que es soberbia?

SEÑORA ALVING.—Querido Oswaldo, tú no la conoces como yo.

OSWALDO.—¿A cuento de qué viene eso?

SEÑORA ALVING.—Desgraciadamente, Regina ha residido en su casa demasiado tiempo. Debí recogerla más pronto.

OSWALDO.—Sí; pero ¿no está espléndida, madre? (*Llena una vaso.*)

SEÑORA ALVING.—Regina tiene muchos y grandes defectos...

OSWALDO.—Bien; ¿y qué importa? (*Bebe más.*)

SEÑORA ALVING.—Pero no por ello la estimo menos, y soy responsable de ella. A ningún precio querría que le ocurriera nada malo.

OSWALDO (*levantándose de un brinco*).—¡Madre, Regina es mi única salvación!

SEÑORA ALVING.—¿Qué insinúas?

OSWALDO.—No puedo continuar soportando a solas este tormento.

SEÑORA ALVING.—¿No tienes a tu madre para soportarlo contigo?

OSWALDO.—Así lo creía, y por eso he regresado. Pero veo que las cosas no pueden seguir de este modo. Por lo demás, no voy a pasar aquí toda mi existencia.

SEÑORA ALVING.—¡Oswaldo!

OSWALDO.—He de vivir de otra manera, madre. Ya ves por qué es menester que te deje. No quiero que tengas siempre este espectáculo ante los ojos.

SEÑORA ALVING.—¡Infeliz hijo mío! Pero mientras estés enfermo, Oswaldo...

OSWALDO.—Si no fuese más que por la enfermedad, me quedaría contigo, madre, porque tú eres el mejor amigo que tengo en el mundo.

SEÑORA ALVING.—¿Verdad que sí, Oswaldo? ¡Habla!

OSWALDO (*yendo de un lado a otro, con impaciencia*).—Pero me acosan, además, todos estos remordimientos..., y, por añadidura, esta angustia tan grande, esta angustia mortal. ¡Oh..., qué espantosa angustia!

SEÑORA ALVING (*andando detrás de él*).—¿Angustia? ¿Qué angustia es esa? ¿A qué te, refieres?

OSWALDO.—¡Ah!, no me preguntes más. No sé, no puedo describírtelo. (*La señora Alving pasa a la derecha y vuelve a tirar del cordón de la campanilla.*) ¿Qué quieres?

SEÑORA ALVING.—Quiero que esté contento mi hijo. No hace falta que lo vea todo negro. (*A Regina, que asoma por la puerta.*) Más champaña. Una botella entera esta vez. (*Vase Regina.*)

OSWALDO.—¡Madre!

SEÑORA ALVING.—¿Crees que aquí no sabemos vivir?

OSWALDO.—¿No es soberbia? ¡Qué bien formada! ¡Y sana hasta los tuétanos!

SEÑORA ALVING (*sentándose a la mesa*).—Acomódate ahí, Oswaldo, y charlemos tranquilamente.

OSWALDO (*sentándose también*).—¿No sabes, madre, que tengo que reparar una injusticia cometida con Regina?

SEÑORA ALVING.—¿Tú?

OSWALDO.—O, más bien, una leve imprudencia, si lo prefieres, inocentísima, por cierto. La última vez que estuve acá...

SEÑORA ALVING.—¿Qué pasó?

OSWALDO.—Me hizo muchas preguntas relativas a París, hablando yo largo y tendido sobre el tema. Y recuerdo que un día se me ocurrió decirle: «¿No tiene usted gana de ir allá?»

SEÑORA ALVING.—¿Y cómo reaccionó?

OSWALDO.—Se puso muy colorada y me respondió: «Claro que tengo ganas de ir.» Yo repuse: «Bien, bien; habrá ocasión quizá de organizar el viaje.»

SEÑORA ALVING..—¿Y qué más?

OSWALDO.—Naturalmente, se me había olvidado todo. Anteayer, cuando le pregunté si le alegraba pensar que iba a quedarme bastante tiempo aquí...

SEÑORA ALVING.—¿Qué hizo?

OSWALDO.—Me miró de una manera extraña, replicándome: «Bueno, ¿y mi viaje a París?»

SEÑORA ALVING.—¿Su viaje?

OSWALDO.—Entonces comprendí que ella había tomado la cosa al pie de la letra, que había pensado todo ese tiempo en mí, y que había empezado a aprender francés.

SEÑORA ALVING.—¿De modo que por eso...?

OSWALDO.—¡Madre! Al ver frente a mí a esa soberbia muchacha, bonita, pletórica de salud—hasta entonces no lo había notado nunca—, con los brazos abiertos y dispuesta a recibirme...

SEÑORA ALVING.—¡Oswaldo!

OSWALDO.—...se me reveló que ella era la salvación. Era la alegría de vivir lo que tenía yo ante mis ojos.

SEÑORA ALVING (*conmovida*).—¡La alegría de vivir!... ¿Estriba en ella, pues, la salvación?

REGINA (*que aparece en el umbral con una botella en la mano*).—Les ruego que me disculpen por haber tardado tanto rato; pero he tenido que bajar a la bodega.

OSWALDO.—Dénos un vaso más.

REGINA (*mirándole con asombro*).—Ahí está la copa de la Señora, señorito.

OSWALDO.—Sí; pero es un vaso para ti, Regina. (*Regina se estremece y mira con timidez a la señora Alving.*) ¡Vamos!

REGINA (*vacilante, bajando la voz*).—¿Consiente la señora que...?

SEÑORA ALVING.—Ve a buscar el vaso, Regina. (*Regina pasa al comedor.*)

OSWALDO (*siguiéndola con los ojos*).—¿Te has fijado en sus andares? ¡Qué firmes y qué resueltos!

SEÑORA ALVING.—¡Eso no puede ser, Oswaldo!

OSWALDO.—Está decidido, bien lo ves. Inútil contradecirme. (*Entra Regina con un vaso, que conserva en la mano.*) Siéntate, Regina. (*Regina interroga con la mirada a la señora Alving.*)

SEÑORA ALVING.—Siéntate. (*Regina toma asiento en una silla cerca de la puerta del comedor y continúa sosteniendo el vaso vacío.*) Oswaldo..., ¿qué me decías de la alegría de vivir?

OSWALDO.—¡Oh, madre, la alegría de vivir!... En esta tierra no la conocéis. Yo no la siento aquí jamás.

SEÑORA ALVING.—¿Ni siquiera cuando estás en este ambiente?

OSWALDO.—Ni aun cuando estoy en casa. Pero no me comprendes.

SEÑORA ALVING.—Pues sí; hoy creo que lo comprendo.

OSWALDO.—¡La alegría de vivir.., y, además, la alegría de trabajar! ¡Bah!, en el fondo, es lo mismo. Pero también desconocéis esa alegría.

SEÑORA ALVING.—Quizá tengas razón. Prosigue hablándome de eso, Oswaldo.

OSWALDO.—Oye: sencillamente, entiendo que aquí se enseña a mirar el trabajo como un azote de Dios, como un castigo de nuestros pecados, y la vida, como una cosa miserable, de la cual conviene librarse cuanto antes.

SEÑORA ALVING.—Un valle de lágrimas, sí. Y, en realidad, contribuimos concienzudamente a que lo sea.

OSWALDO.—Pues allá no se quiere saber nada de ese concepto. Allá no hay creyentes para esa clase de enseñanzas. Allá puede uno sentirse lleno de júbilo y de felicidad solo por el mero hecho de que vive. Madre, ¿has advertido que cuanto he pintado gira en torno a la alegría de vivir? La alegría de vivir por doquiera y siempre. Allá todo es luz, rayos de sol, regocijo, y los semblantes humanos resplandecen de contento. Por eso me da miedo quedarme aquí.

SEÑORA ALVING.—¿Miedo? ¿De qué tienes miedo en casa?

OSWALDO.—Tengo miedo de que todo lo bueno que llevo dentro se convierta aquí en malo...

SEÑORA ALVING (*mirándole con fijeza*).—¿Lo crees posible?

OSWALDO.—Estoy absolutamente seguro. Aunque tratara de llevar aquí idéntica vida que allá, no sería lo mismo.

SEÑORA ALVING (*que ha escuchado con atención creciente, levantándose y clavando en su hijo una mirada profunda y pensativa*).—*Ahora* comprendo todo.

OSWALDO.—¿Todo...?

SEÑORA ALVING.—Es la primera vez que veo la verdad, y ahora puedo hablar.

OSWALDO (*incorporándose*).—Madre, no te comprendo.

REGINA (*poniéndose de pie igualmente*).—¿Acaso debo marcharme?

SEÑORA ALVING.—No, quédate. Ahora puedo hablar; ahora, hijo mío, vas a saberlo todo exactamente, y después tomarás una determinación. ¡Oswaldo! Regina...

OSWALDO.—¡Silencio! El pastor...

PASTOR MANDERS (*entrando por la puerta del vestíbulo*).—¡Ya está! Hemos tenido una de esas reunioncitas que ensanchan el alma.

OSWALDO.—Y nosotros también.

PASTOR MANDERS.—Hay que ayudar a Engstrand en eso del albergue de marineros. Es necesario que vaya a reunirse con él Regina y le preste su concurso.

REGINA.—No, gracias, señor pastor.

PASTOR MANDERS (*que no había reparado aún en ella*).—¡Cómo!... ¿Aquí?... ¡Y con un vaso en la mano!

REGINA (*apresurándose a dejar el vaso*).—¡Perdón!...

OSWALDO.—Regina se marcha conmigo, señor pastor.

PASTOR MANDERS.—¿Que se marcha? ¿Con usted?

OSWALDO.—Sí, en calidad de esposa... si ella lo exige.

PASTOR MANDERS.—Pero ¡misericordia!...

REGINA.—Yo no puedo impedirlo, señor pastor.

OSWALDO.—O se quedará aquí si yo me quedo.

REGINA (*involuntariamente*).—¿Aquí?

PASTOR MANDERS—Me deja usted pasmado, señora Alving.

SEÑORA ALVING.—Nada de eso ocurrirá, porque ahora puedo decirlo todo.

PASTOR MANDERS.—Pero no lo hará usted. ¡No, no y no!

SEÑORA ALVING.—Puedo y quiero. Tranquilícese, que no se derrumbará ningún ideal.

OSWALDO.—Madre, ¿qué se me oculta aquí?

REGINA (*escuchando*).—¡Señora, oiga! Hay gente fuera. Gritan. (*Pasa al invernadero y mira por el ventanal.*)

OSWALDO (*a la ventana de la izquierda*).—¿Qué sucede? ¿De dónde proviene ese resplandor?

REGINA (*lanzando un grito*).—¡Está ardiendo el asilo!

SEÑORA ALVING (*a la ventana*).—¡Ardiendo!

PASTOR MANDERS.—¿Ardiendo? ¡Imposible! Vengo de allí.

OSWALDO.—¿Dónde está mi sombrero? ¡Y qué más da!... ¡El asilo de mi padre! (*Sale corriendo por la puerta que conduce al jardín.*)

SEÑORA ALVING.—¡Mi chal, Regina! ¡Todo está envuelto en llamas!

PASTOR MANDERS.—¡Qué horroroso! Señora, es el castigo que cae sobre este lugar de perdición.

SEÑORA ALVING.—Sí, sí, seguramente. Ven, Regina. (*Se precipita, seguida de Regina, por la puerta del vestíbulo.*)

PASTOR MANDERS (*juntando las manos*).—¡Y sin asegurar! (*Vase tras ellas.*)

(*Telón.*)

ACTO TERCERO

La misma decoración. Están abiertas todas las puertas. La lámpara continúa encendida encima de la mesa. Fuera es de noche y solo brilla un débil resplandor, al fondo del paisaje, por la izquierda.
La señora Alving, con un amplio chal a la cabeza, mira por una ventana del invernadero. Regina, envuelta en un mantón, se mantiene a cierta distancia detrás de la señora.

SEÑORA ALVING.—Ha ardido todo. Todo está destruido.

REGINA.—Todavía hay fuego en los sótanos.

SEÑORA ALVING.—¡Y Oswaldo, sin volver! El caso es que no hay nada que salvar.

REGINA.—¿Convendrá quizá que baje yo a llevarle el sombrero?

SEÑORA ALVING.—¿No ha cogido su sombrero siquiera?

REGINA (*señalando con el dedo al vestíbulo*).—No, señora; está ahí, colgado en el perchero.

SEÑORA ALVING.—Pues déjalo donde está. No puede tardar en regresar Oswaldo. Voy a ver yo misma. (*Vase por la puerta que da al jardín.*)

PASTOR MANDERS (*entrando por la puerta del vestíbulo*).—¿No está la señora?

REGINA.—Acaba de bajar al jardín.

PASTOR MANDERS.—Esta es la noche más terrible que he pasado en mi vida.

REGINA.—Sí, ¿verdad que es una desdicha tremenda, señor pastor?

PASTOR MANDERS.—¡Oh!, no me hable de ello. Apenas si puedo pensarlo.

REGINA.—Pero ¿cómo ha podido ocurrir...?

PASTOR MANDERS.—No me pregunte nada. ¿Acaso lo sé yo? ¿O también quiere usted...? ¿No basta con que su padre...?

REGINA.—¿Qué ha hecho?

PASTOR MANDERS.—¡Oh!, acabará por volverme loco.

ENGSTRAND (*entrando por la puerta del vestíbulo*).—¡Señor pastor!...

PASTOR MANDERS (*volviéndose con alarma*).—¡Cómo! ¿Hasta aquí me persigue usted?

ENGSTRAND.—Sí, ¡y que el cielo me aniquile...! ¡Jesús, no sé lo que digo! Pero de nada sirven todas sus lamentaciones, señor pastor.

PASTOR MANDERS.—¿Qué hay?

ENGSTRAND.—¡Ah!, ya ve, todo se debe a esa reunión piadosa. (*Aparte, a Regina.*) ¡Nos hemos salido con la nuestra, hija mía! (*En voz alta.*) ¡Y que sea yo el culpable de que el pastor haya quemado...!

PASTOR MANDERS.—Pues yo le aseguro, Engstrand...

ENGSTRAND.—Nadie más que el señor pastor ha tocado las velas.

PASTOR MANDERS (*deteniéndose*).—Sí, usted insiste; pero yo no me acuerdo de haber tenido una luz en la mano.

193

ENGSTRAND.—Y yo vi perfectamente al señor pastor despabilar una vela con los dedos y tirar el pabilo en el aserrín.

PASTOR MANDERS.—¿Lo ha visto usted?

ENGSTRAND.—Ciertamente.

PASTOR MANDERS.—No me lo explico. Además, nunca he tenido la costumbre de despabilar las velas con los dedos.

ENGSTRAND.—En realidad, no me pareció prudente. Pero ¿ha sido tan grave el daño...?

PASTOR MANDERS (*paseando, inquieto*).—No me pregunte más sobre el particular.

ENGSTRAND.—Además, ¿no había hecho un seguro el señor pastor?

PASTOR MANDERS.—No, no, y no; de sobra lo sabe usted.

ENGSTRAND (*siguiéndole*).—¡Sin asegurar! Y prender fuego así... ¡Jesús, Jesús, qué desgracia!

PASTOR MANDERS (*secándose la frente*).—Bien puede usted decirlo, Engstrand.

ENGSTRAND.—¡Y que haya pasado tamaño desastre en un establecimiento de beneficencia que iba a favorecer a la ciudad y a los arrabales, como quien dice! Presumo que la prensa no tratará al señor pastor como es debido.

PASTOR MANDERS.—No; precisamente pienso lo mismo. Y quizá sea lo peor. Todos esos ataques odiosos, todas esas acusaciones... Me asusta imaginarlo.

SEÑORA ALVING (*entrando por la puerta del jardín*).—No es posible alejarlo de los escombros.

PASTOR MANDERS.—¡Ah!, está usted ahí, señora.

SEÑORA ALVING.—Usted, al menos, pastor Manders, se ha ahorrado el discurso inaugural.

PASTOR MANDERS.—Yo habría tenido mucho gusto...

SEÑORA ALVING (*con voz sorda*).—Más vale que haya sido así: de este asilo no habría resultado nada bueno.

PASTOR MANDERS.—¿Usted cree?

SEÑORA ALVING.—¿Lo duda?

PASTOR MANDERS.—No por eso deja de ser una desgracia inmensa.

SEÑORA ALVING.—Hablaremos de ello como de una cuestión de intereses. ¿Aguarda usted al pastor, Engstrand?

ENGSTRAND (*junto a la puerta del vestíbulo*).—Sí, señora; le aguardo.

SEÑORA ALVING.—Entonces, siéntese.

ENGSTRAND.—Gracias; estoy muy bien de pie.

SEÑORA ALVING (*al pastor*).—Usted tomará el vapor, probablemente.

PASTOR MANDERS.—Sí, dentro de una hora.

SEÑORA ALVING.—Si es así, tenga la amabilidad de llevarse todos los papeles. No quiero oír hablar más de este asunto. Por el momento tengo otras preocupaciones.

PASTOR MANDERS.—Señora...

SEÑORA ALVING.—Más tarde le enviaré plenos poderes para que arregle todo como quiera.

PASTOR MANDERS.—Me encargaré de hacerlo con la mejor voluntad. Desgraciadamente, ya es por completo inexplicable la disposición primera del testamento.

SEÑORA ALVING.—No cabe duda.

PASTOR MANDERS.—Oiga cómo me propongo arreglarlo. El cercado de Solvik pertenecerá a la comuna. La tierra no carece de valor y podrá siempre servir para algo. En cuanto a la renta del capital que resta en la Caja de Ahorros, quizá pueda emplearlo convenientemente en beneficio de la población.

SEÑORA ALVING.—Será como usted quiera. Todo eso me es hoy indiferente en absoluto.

ENGSTRAND.—Piense en mi refugio para los marinos, señor pastor.

PASTOR MANDERS—Sí, bien puede ser; es una idea. Ya veremos. Habrá que reflexionar.

ENGSTRAND.—No, nada de reflexionar, ¡caray! (*Reportándose.*) ¡Jesús bendito!

PASTOR MANDERS (*con un suspiro*).—Por añadidura, no sé, desdichadamente, cuánto tiempo me quedará para ocuparme de estos asuntos, ni si la opinión pública me obligará a retirarme. Todo depende del resultado de la investigación.

SEÑORA ALVING—¿Qué está usted diciendo?

PASTOR MANDERS.—No puede preverse de antemano el resultado.

ENGSTRAND (*acercándose a él*).—Dispense; pero sí puede preverse. Por algo está aquí Jacobo Engstrand.

PASTOR MANDERS.—Sí, sí; pero...

ENGSTRAND (*más bajo*).—Jacobo Engstrand no es hombre que abandone a un generoso bienhechor, como quien dice, a la hora del peligro.

PASTOR MANDERS.—Si, querido amigo; pero ¿cómo?

ENGSTRAND.—Jacobo Engstrand es, como quien dice, el ángel de la salvación, señor pastor.

PASTOR MANDERS.—No, no; eso no puedo consentirlo.

ENGSTRAND.—Y, no obstante, así será. Sé de alguno que ya cargó una vez con la culpa de otro

PASTOR MANDERS.—¡Jacobo! (*Le estrecha la mano.*) ¡Vamos!, se hará lo necesario por su asilo. Cuente usted con ello. (*Engstrand quiere dar las gracias, aunque la emoción estrangula su voz. El pastor se tercia el saco de viaje.*) Y ahora, ¡adelante! Marcharemos los dos juntos.

ENGSTRAND (*por lo bajo, a Regina, que permanece al lado de la puerta del comedor*).—Ven conmigo, hijita; lo pasarás a pedir de boca.

REGINA (*meneando la cabeza*).—Gracias. (*Penetra en el vestíbulo y entrega al pastor su maletín.*)

PASTOR. MANDERS.—Adiós, señora. ¡Y ojalá se introduzca pronto en esta morada el espíritu del orden y de la regularidad!

SEÑORA ALVING.—Adiós, Manders. (*Se encamina hacia el invernadero al ver a Oswaldo entrar por la puerta del jardín.*)

ENGSTRAND (*que, secundado por Regina, ayuda al pastor a ponerse el abrigo*).—Adiós, hija mía; y si te ocurriera algo, ya sabes dónde encontrar a Jacobo Engstrand. (*Aparte.*) Callejuela del Puerto, ¡ejem!... (*A la señora Alving y a Oswaldo.*) La casa de los marinos se llamará Asilo del Chambelán Alving... ¡eso es! Y, si se me permite dirigir esa casa a mi manera, será digna del difunto señor chambelán.

PASTOR MANDERS (*a la puerta*).—¡Hum!... Vamos, querido Engstrand. ¡Adiós, adiós! (*Vanse ambos por el vestíbulo.*)

OSWALDO (*aproximándose a la mesa*).—¿Qué casa es esa de que hablabais?

SEÑORA ALVING.—Una especie de asilo que quieren fundar él y el pastor Manders.

OSWALDO.—Arderá como este.

SEÑORA ALVING.—¿De dónde te viene esa idea?

OSWALDO.—Va a arder todo. No quedará nada que recuerde la memoria de mi padre.

SEÑORA ALVING.—¡Oswaldo! No has debido estar tanto tiempo ahí abajo, pobre hijito mío! (*Regina le mira, asombrada.*)

OSWALDO (*sentándose a la mesa*).—Creo que tienes razón.

SEÑORA ALVING.—Déjame enjugarte la cara. Estás todo empapado. (*Se la limpia con su pañuelo.*)

OSWALDO (*paseando ante sí una mirada impasible*).—Gracias, madre.

SEÑORA ALVING.—¿No estás cansado, Oswaldo? ¿Querrías dormir, tal vez?

OSWALDO (*con angustia*).—¡No, no..., no quiero dormir! No duermo jamás; hago que duermo. (*Con voz apagada.*) Pronto llegará mi hora.

SEÑORA ALVING (*mirándole con inquietud*).—Efectivamente, estás enfermo, hijo mío.

REGINA (*interesada*).—¿Conque está enfermo el señor Alving?

OSWALDO (*impacientándose*).—Ahora cerrad todas las puertas. Esta angustia mortal...

SEÑORA ALVING.—Cierra, Regina. (*Regina cierra y se sitúa a la puerta del vestíbulo. La señora Alving se quita su chal y Regina hace otro tanto. La señora Alving acerca una silla a Oswaldo y se sienta junto a él*). ¡Ea!, me sentaré a tu lado.

OSWALDO.—Sí, eso es. Y Regina también ha de quedarse conmigo. Tú me tenderás una mano, ¿verdad, Regina?

REGINA.—No comprendo...

SEÑORA ALVING.—¿Que te tenderá una mano?

OSWALDO.—Sí, cuando haga falta.

SEÑORA ALVING.—¿No está aquí tu madre para prestarte auxilio?

OSWALDO (*sonriendo*).—No, madre; ese auxilio no puedes prestármelo tú. (*Vuelve a sonreír penosamente.*) Tú, ¡je, je! (*La mira con expresión grave.*) Sin embargo, tú eres la que debería hacerlo... (*Con violencia.*) ¿Por qué no me tuteas, Regina? ¿Por qué no me llamas Oswaldo?

REGINA (*en voz baja*).—No creo que le guste a la señora.

SEÑORA ALVING.—Dentro de poco tendrás derecho a ello. Por el momento ven junto a nosotros... (*Regina se*

sienta en silencio, no sin titubear, al otro lado de la mesa.)
Y ahora, pobre hijo mío de mi vida, voy a quitarte el peso que llevas sobre tu alma.

OSWALDO.—¿Tú, madre?

SEÑORA ALVING.—Sí; todo lo que llamas pesar, remordimiento, arrepentimiento...

OSWALDO.—¿Y crees que podrás?

SEÑORA ALVING.—Sí, Oswaldo, estoy segura. Hace un rato, cuando hablabas de la alegría de vivir, se ha aclarado para mí todo. Mi vida entera se me ha aparecido bajo un aspecto nuevo.

OSWALDO (*con un movimiento de cabeza*).—No lo entiendo.

SEÑORA ALVING.—¡Ah!, si hubieras conocido a tu padre cuando aún no era más que un teniente jovencito... ¡La alegría de vivir! Él parecía personificarla...

OSWALDO.—Sí, lo sé.

SEÑORA ALVING.—Con solo verlo, esparcía el alborozo en torno suyo. Y, por añadidura, aquella fuerza indomable, aquella plenitud de vida que había en él.

OSWALDO.—¿Qué más?

SEÑORA ALVING.—Y aquel niño jovial—porque en aquella época era un verdadero niño—se vio reducido a vivir en una población con pretensiones de gran ciudad que no podía ofrecerle ninguna diversión aparte de los placeres vulgares. En lugar de un trabajo a propósito para ejercitar su ingenio, nada más que negocios. Y ni un camarada capaz de sentir en qué consiste la alegría de vivir; solo compañeros de ociosidad y de orgía.

OSWALDO.—¡Madre!

SEÑORA ALVING.—Sucedió lo que tenía que suceder.

OSWALDO.—¿Y qué tenía que suceder?

SEÑORA ALVING.—Hace un instante lo decías tú mismo, anunciando lo que sería de ti si permanecieras en casa.

OSWALDO.—¿Quieres decir con eso que mi padre...?

SEÑORA ALVING.—Tu pobre padre no encontró nunca derivativo para aquella alegría de vivir que le desbordaba. Yo tampoco aporté serenidad a su hogar.

OSWALDO.—¿Tampoco tú?

SEÑORA ALVING.—Me habían inculcado algunas enseñanzas, en las cuales no existían más que obligaciones. Y he vivido largo tiempo con esa convicción. Toda la existencia se limitaba a deberes: mis deberes, sus deberes, etcétera. Temo haber hecho insoportable la casa a tu pobre padre, Oswaldo.

OSWALDO.—¿Por qué no me has hablado nunca de eso en tus cartas?

SEÑORA ALVING.—Nunca, antes de este día, he creído posible confesártelo todo a ti, su hijo.

OSWALDO.—¿Y hoy has comprendido que...?

SEÑORA ALVING (*lentamente*).—No he visto sino que tu padre era un hombre acabado antes que tú nacieras.

OSWALDO (*con voz ronca*).—¡Ah! (*Se levanta y se aproxima a la ventana.*)

SEÑORA ALVING.—Había algo más que me preocupaba de continuo, y es que a Regina le correspondía esta casa por las mismas razones que a mi propio hijo.

OSWALDO (*volviéndose rápidamente*).—¡A Regina!

REGINA (*estremeciéndose y con voz reprimida*).—¡A mí!...

SEÑORA ALVING.—Ya lo sabéis todo uno y otra.

OSWALDO.—¡Regina!

REGINA (*hablando consigo misma*).—Así, pues, mi madre era una...

SEÑORA ALVING.—Tu madre tenía muchas buenas cualidades, Regina.

REGINA.—Sí; pero lo era, a pesar de todo. ¡Oh!, lo he pensado mucho algunas veces, aunque... Sí, señora, ¡ea!, ¿Me permite usted marcharme en seguida?

SEÑORA ALVING.—¿De veras quieres irte, Regina?
REGINA.—Lo quiero.
SEÑORA ALVING.—Eres libre, naturalmente; pero...
OSWALDO (*avanzando hacia Regina*).—¿Quieres marcharte ahora que estás aquí en tu casa?
REGINA.—Gracias, señor Alving... Claro que a estas alturas puedo decirlo Oswaldo, aun cuando no sea precisamente del modo que había pensado.
SEÑORA ALVING.—Regina, no he sido franca contigo.
REGINA.—Por supuesto; no se puede decir otra cosa. Si hubiera yo sabido que Oswaldo estaba enfermo... y que no podía haber nada serio entre nosotros... No, no voy a consumirme aquí cuidando personas enfermas.
OSWALDO.—¡Cómo! ¿Ni siquiera a un hombre tan allegado a ti?
REGINA.—No, no me es posible. Una muchacha pobre debe aprovechar su juventud. Si no, podría encontrarse sin tener dónde caerse muerta. Y también yo siento la alegría de vivir, señora.
SEÑORA ALVING.—¡Ay, sí! Pero no te eches a perder, Regina.
REGINA.—¡Bah! Si me pierdo, será porque estaría escrito. Lo mismo que Oswaldo se parece a su padre, supongo que yo debo de parecerme a mi madre. ¿Puedo preguntar a la señora si el pastor Manders está informado de esto?
SEÑORA ALVING.—El pastor Manders lo sabe todo.
REGINA (*envolviéndose en su mantón*).—De ser así, debo darme prisa para tomar el barco. ¡Es tan fácil entenderse con el pastor! Y me figuro que tengo tanto derecho al dinero como... ese carpintero cojo.
SEÑORA ALVING.—No te lo negarán, Regina.
REGINA (*mirándola fríamente*).—Bien hubiera podido la señora educarme como a la hija de un hombre de posi-

ción, lo cual habría sido más correcto. (*Encogiéndose de hombros.*) En fin; me da igual. (*Con una ojeada de amargura a la botella sin descorchar.*) ¡Después de todo, no tendría nada de particular que acabara un día bebiendo champaña entre gente de rango.

SEÑORA ALVING.—Si algún día necesitas un hogar, Regina, ven a casa.

REGINA.—No; se lo agradezco, señora. El pastor Manders me tomará a su cargo. Y, si he de acabar mal, sé de un sitio donde estaré como en mi casa.

SEÑORA ALVING.—¿Dónde?

REGINA.—En el Asilo del Chambelán Alvina

SEÑORA ALVING.—Harto veo, Regina, que corres a tu perdición.

REGINA.—¡Bah! *Adieu*[9]. (*Saluda y vase por la puerta del vestíbulo.*)

OSWALDO (*mirando por la ventana*).—¿Se ha marchado?

SEÑORA ALVING.—Sí.

OSWALDO (*entre dientes*).—¡Creo que eso está mal hecho!

SEÑORA ALVING (*detrás de él y poniéndole las manos sobre los hombros*).—Oswaldo, querido hijo, ¿te ha afectado mucho?

OSWALDO (*volviendo la cabeza hacia ella*).—¿Todo lo que me has dicho de mi padre?

SEÑORA ALVING.—Sí, de tu desventurado padre. Temo mucho que la impresión haya sido demasiado fuerte para ti.

OSWALDO.—¿Qué te induce a creerlo? Claro que me ha sorprendido en extremo; pero, en resumidas cuentas, me tiene sin cuidado.

---

[9] Adiós. En francés, en el original. N. del T.

SEÑORA ALVING (*retirando las manos*).—¿Te tiene sin cuidado que tu padre haya sido tan profundamente infeliz?

OSWALDO.—Puedo experimentar compasión por él como por cualquier otro; pero...

SEÑORA ALVING.—¿Nada más? ¡Por tu propio padre!

OSWALDO (*con impaciencia*).—Mi padre..., mi padre. No he conocido nada de mi padre. ¡El único recuerdo que tengo de él es que en cierta ocasión me hizo vomitar con su pipa!

SEÑORA ALVING.—¡Horroriza pensarlo! Con todo, ¿no debe un hijo consagrar cariño a su padre?

OSWALDO.—¿Cuándo ese padre no tiene ningún mérito acreedor a su gratitud? ¿Cuando el hijo no le ha conocido nunca? Y tú, tan clarividente en todo lo demás, ¿prestarías crédito en serio a ese viejo prejuicio?

SEÑORA ALVING.—Entonces, ¿no será más que un prejuicio?

OSWALDO.—Sí; puedes afirmarlo, madre. Es una de esas ideas corrientes que el mundo admite sin comprobación, y que...

SEÑORA ALVING (*sobrecogida*).—¡Espectros!

OSWALDO (*atravesando el escenario*).—Sí, así puedes llamarlos.

SEÑORA ALVING (*en un transporte*).—¡Oswaldo! Por consiguiente, ¿tampoco me amas a mí?

OSWALDO.—A ti. en todo caso, te conozco.

SEÑORA ALVING—Me conoces; pero... ¿eso es todo?

OSWALDO.—Y sé cuánto me amas tú, por lo cual fuerza es que te lo agradezca, máxime cuando estoy enfermo y puedes serme muy útil.

SEÑORA ALVING—¿Verdad que sí, Oswaldo? ¡Oh!, estoy a punto de bendecir la enfermedad que te ha hecho volver a mi lado. Porque advierto que no te poseo, y se impone que te conquiste.

OSWALDO (*molesto*).—Sí, sí, sí; todo eso es pura palabrería. Debo recordarte, madre, que soy un hombre enfermo. No puedo ocuparme de los demás: bastante tengo con pensar en mí mismo.

SEÑORA ALVING (*con dulzura*).—Seré humilde y paciente.

OSWALDO.—¡Y alegre, madre!

SEÑORA ALVING.—Sí, hijo mío, llevas razón. ¿He logrado por fin ahuyentarte cuantos remordimientos y reproches te roían?

OSWALDO.—Sí, lo has logrado; pero, a estas horas, ¿quién me librará de la angustia?

SEÑORA ALVING.—¿De la angustia?

OSWALDO (*volviendo a atravesar el escenario*).—Regina lo habría conseguido con una frase bondadosa.

SEÑORA ALVING.—¿Por qué hablas de la angustia y de Regina?

OSWALDO.—¿Está muy avanzada la noche, madre?

SEÑORA ALVING.—Va a amanecer. (*Mira por un ventanal del invernadero.*) Ya clarea el alba en las cumbres. Y hará buen día, Oswaldo. Dentro de un instante podrás ver el sol.

OSWALDO.—Me alegro. ¡Hay tantas cosas que pueden regocijarme e invitarme a vivir!

SEÑORA ALVING.—¡Ya lo creo!

OSWALDO.—Aunque no pueda trabajar...

SEÑORA ALVING.—¡Oh!, pronto podrás reintegrarte al trabajo, hijo mío, puesto que ya no tienes esos pensamientos deprimentes que te consumían y que rumiabas sin cesar.

OSWALDO.—Es una verdadera suerte que me hayas disipado todas esas imaginaciones. Y ahora que he podido sortear ese escollo... (*sentándose en el sofá*), vamos a charlar, madre.

SEÑORA ALVING.—Sí, eso es. (*Aproxima una butaca al sofá y se sienta muy cerca de su hijo.*)

OSWALDO.—Además, sale el sol, lo sabes todo y se ha acabado la angustia.

SEÑORA ALVING.—¿Que lo sé todo? ¿Qué quieres decir?

OSWALDO (*sin escucharla*).—Madre, ¿no has dicho esta noche que nada hay en el mundo que no hagas por mí si te lo ruego?

SEÑORA ALVING.—Sí, es cierto.

OSWALDO.—¿Y lo sostienes, madre?

SEÑORA ALVING.—Puedes contar con ello, querido, único hijo mío. ¿Acaso vivo para otra cosa que para ti?

OSWALDO.—Sí. Sí. Escúchame. Sé que tienes un ánimo fuerte. Pues bien: conviene que permanezcas muy tranquila y que me escuches sin interrumpirme.

SEÑORA ALVING.—¿Conque se trata de algo tan terrible?

OSWALDO.—No debes exaltarte, ¿eh? ¿Me lo prometes? Vamos a hablar muy serenamente, sentados uno junto a otro. ¿Me lo prometes, madre?

SEÑORA ALVING.—Sí, sí, te lo prometo. ¡Habla de una vez!

OSWALDO.—Bien. Entonces, es menester que sepas que esta fatiga, con esta situación de hacérseme insoportable pensar en el trabajo, no constituye la enfermedad en sí.

SEÑORA ALVING.—¿Y cuál es la enfermedad?

OSWALDO.—La enfermedad que me ha tocado de herencia es... (*Se lleva un dedo a la frente y baja mucho la voz.*) Está aquí dentro.

SEÑORA ALVING (*con voz ahogada*).—¡Oswaldo! ¡No..., no!

OSWALDO.—No grites; no puedo soportarlo. Sí, ya lo sabes, está aquí al acecho y puede estallar de un momento a otro.

SEÑORA ALVING.—¡Ah, es espantoso!

OSWALDO.—Sigue tranquila. A eso he llegado...

SEÑORA ALVING (*con un escalofrío*).—¡Todo es falso, Oswaldo! ¡Es imposible! ¡No puede ser!

OSWALDO.—Tuve un acceso hace tiempo. Se pasó de prisa; pero, cuando supe lo que era, corrí cerca de ti, lo antes que pude, enloquecido por la angustia.

SEÑORA ALVING.—¡Y esa es la angustia a que aludías!

OSWALDO.—Sí, es un azote indecible, como ves. ¡Ah, si no se tratara más que de una simple enfermedad mortal! Porque no tengo tanto miedo a morir... Y, sin embargo, me gustaría vivir el mayor tiempo posible.

SEÑORA ALVING.—Sí, sí, Oswaldo, y así será.

OSWALDO.—Pero ¡hay algo tan horrible en esto! Retornar, digámoslo así, a la primera infancia; necesitar que le den a uno de comer, que le...! ¡Ah..., no existen palabras para expresar lo que sufro!

SEÑORA ALVING.—El niño tiene una madre para cuidarle...

OSWALDO (*brincando en su asiento*).—¡No, nunca! ¡Precisamente es eso lo que no quiero! No me seduce la idea de permanecer en tal estado años y años quizá..., de envejecer, de encanecer así. Y, entre tanto, podrías morirte tú y dejarme solo. (*Se sienta en la butaca de su madre.*) Porque dijo el médico que no termina la cosa necesariamente con una muerte inmediata... Afirmaba que es una especie de reblandecimiento cerebral o algo semejante. (*Con una sonrisa dolorida.*) Se me antoja que suena bien la expresión. No puedo menos de pensar en estofas de terciopelo de seda, de un rojo cereza..., un tejido muy suave al tacto.

SEÑORA ALVING (*gritando*).—¡Oswaldo!

OSWALDO (*levantándose de un salto y cruzando de*

nuevo el escenario).—¡Y me has quitado a Regina! Ella acudiría a socorrerme.

SEÑORA ALVING (*acercándose a él*).—¿Qué pretendes, hijo mío? ¿Existe algún socorro que no esté yo dispuesta a prestarte?

OSWALDO.—Cuando hube recobrado el sentido a raíz de mi acceso, el médico me dijo que, si se repetía—y se repetirá—, ya no habría esperanza.

SEÑORA ALVING.—¿Y cómo tuvo el valor de decírtelo?

OSWALDO.—Lo forcé a hacerlo. Alegué que tenía que tomar disposiciones por mi parte... (*Con una sonrisa maliciosa.*) Y era verdad. (*Saca del bolsillo interior de su chaqueta una cajita.*) ¿Ves esto, madre?

SEÑORA ALVING.—¿Qué es?

OSWALDO.—Morfina en polvo.

SEÑORA ALVING (*mirándole con pavor*).—¡Oswaldo, hijo mío!

OSWALDO.—He conseguido reunir doce papelillos.

SEÑORA ALVING (*intentando apoderarse de la caja*). ¡Dame esa caja, Oswaldo!

OSWALDO.—Todavía no, madre. (*Se la guarda en el bolsillo otra vez.*)

SEÑORA ALVING.—No sobreviviré a este golpe.

OSWALDO.—Se puede sobrevivir a todo. Si yo tuviera aquí a Regina, le participaría mi resolución... y reclamaría de ella este último servicio. Estoy seguro de que no me negaría su ayuda.

SEÑORA ALVING.—¡Jamás!

OSWALDO.—Si me diera en presencia suya el ataque y me viese tendido, más débil que un niño pequeño, impotente, mísero, sin esperanza..., sin salvación posible...

SEÑORA ALVING—Nunca accedería Regina...

OSWALDO.—Regina no vacilaría largo rato. ¡Tenía el corazón tan adorablemente ligero! No habría tardado en cansarse de cuidar a un enfermo como yo.

SEÑORA ALVING.—En ese caso, ¡loado sea Dios por la marcha de Regina!

OSWALDO.—Sí, madre; de modo que a ti te toca ahora socorrerme.

SEÑORA ALVING (*lanzando un grito*).—¿A mí?

OSWALDO.—Si no es a ti, ¿a quién, pues?

SEÑORA ALVING.—¡A mí, a tu madre!

OSWALDO.—Justamente.

SEÑORA ALVING.—¡A mí, que te he dado la vida!

OSWALDO.—No te la he pedido. ¿Y qué clase de vida me has dado? ¡No la quiero! ¡Recóbrala!

SEÑORA ALVING.—¡Socorro, socorro! (*Huye al vestíbulo.*)

OSWALDO (*corriendo tras ella*).—¡No me dejes!

SEÑORA ALVING (*desde el vestíbulo*).—En busca del médico, Oswaldo. ¡Déjame salir!

OSWALDO (*alcanzándola*).—No saldrás ni entrará aquí nadie. (*Echa la llave.*)

SEÑORA ALVING (*volviendo*).—¡Oswaldo, Oswaldo..., hijo mío!

OSWALDO.—¿Es un corazón de madre el que tienes... tú, que puedes verme sufrir esta angustia sin nombre?

SEÑORA ALVING (*luego de una pausa corta, con voz contenida*).—Esta es mi mano.

OSWALDO.—¿Consientes?...

SEÑORA ALVING.—Si se hace indispensable. Pero no, no lo será. ¡No será posible nunca, nunca!

OSWALDO.—Esperémoslo y vivamos juntos mientras podamos. Gracias, madre. (*Se sienta en la butaca que la señora Alving ha arrimado al sofá. Despunta el día. Sobre la mesa continúa encendida la lámpara.*)

SEÑORA ALVING (*acercándose suavemente*).—¿Te sientes más tranquilo...?

OSWALDO.—Sí.

SEÑORA ALVING (*inclinada sobre él*).—No ha sido más que un terrible capricho de tu imaginación, pura fantasía. Todas esas emociones te han quebrantado. Ahora hace falta que reposes aquí, en casa de tu madre, hijo querido. Tendrás cuanto desees, como cuando eras pequeño. Ya ves que ha pasado el ataque. Bien lo sabía yo. Y mira qué hermoso día comienza. Un tiempo de sol radiante. Así vas a poder admirar tu país a plena luz. (*Se acerca a la mesa y apaga la lámpara. Sale el sol. En el confín del paisaje resplandecen las montañas y la llanura bajo los rayos matinales.*)

OSWALDO (*inmóvil en su butaca, de espaldas al foro, pronuncia de repente estas palabras*).—Madre, dame el sol.

SEÑORA ALVING (*junto a la ventana, mirándole, asustada*).—¿Qué dices?

OSWALDO (*repite con voz sorda y extenuada*).—¡El sol..., el sol!...

SEÑORA ALVING (*aproximándose a él*).—Oswaldo, ¿qué te ocurre? (*Oswaldo parece desplomarse en la butaca; se distienden todos sus músculos; el rostro carece de expresión, y los ojos miran, apagados, al vacío. Su madre tiembla de espanto.*) ¿Qué es esto? (*Gritando.*) ¡Oswaldo, ¿qué te ocurre? (*Se arrodilla ante él y le sacude.*) ¡Oswaldo, Oswaldo! ¡Mírame! ¿No me reconoces?

OSWALDO (*con la misma voz extenuada*).—¡El sol..., el sol!

SEÑORA ALVING (*incorporándose de un salto, desesperada, se lleva ambas manos a los cabellos y grita*). ¡Ya no puedo más! (*En voz baja y opaca.*) ¡Ya no puedo más!... ¡Eso, nunca! (*Súbitamente.*) Pero ¿dónde están? (*Registra con precipitación el bolsillo de Oswaldo.*) ¡Aquí! (*Retrocede unos pasos y exclama.*) ¡No, no, no!... ¡Sí!... ¡No, no! (*Con las manos crispadas en sus cabellos, permanece a pocos pasos de su hijo y le mira fijamente, muda de horror.*)

OSWALDO (*siempre inmóvil en su butaca*).—El sol..., el sol...

(*Telón.*)

El pato salvaje

DRAMA EN CINCO ACTOS

PERSONAJES

WERLE, director propietario de una fábrica.
GREGORIO WERLE, su hijo.
EKDAL, padre.
HIALMAR EKDAL, su hijo, fotógrafo.
GINA EKDAL, mujer de Hialmar.
EDUVIGIS, su hija (catorce años).
SEÑORA SOERBY, ama de gobierno de Werle.
RELLING, médico.
MOLVIK, licenciado en teología.
GRABERG, contable de Werle.
PETERSEN, criado de Werle.
JENSEN, criado suplente.
SEÑOR GORDO Y PÁLIDO.
SEÑOR CALVO.
SEÑOR MIOPE.
SEIS PERSONAS MÁS, invitados de Werle.
OTROS CRIADOS SUPLENTES.

El primer acto transcurre en casa de Werle, y los demás, en la del fotógrafo Hialmar.

Acto primero

Despacho lujoso y confortable en casa de Werle. Estantes repletos de libros, y asientos de tapicería. En el centro, mesa de escribir, llena de papeles y registros. Alumbran con su suave luz unas lámparas de pantallas verdes, encendidas. Por la puerta de dos batientes del foro, abierta de par en par, y con las cortinas descorridas, se ve un amplio salón amueblado con riqueza e iluminado con arañas y candelabros. A la derecha, en primer término, puerta que conduce a las oficinas. A la izquierda, chimenea con lumbre. Más hacia el fondo, otra puerta de doble hoja que da al comedor.

Petersen, de librea, y Jensen, de frac, arreglan el despacho. En el salón del foro dos o tres criados preparan las cosas y encienden las bujías. Charlas y risas en el comedor. Un cuchillo, tintineando contra un vaso, anuncia un brindis. Se hace un silencio momentáneo y, tras de aplausos y bravos, se reanuda la conversación.

PETERSEN (*encendiendo una lámpara que cubre con su pantalla y coloca sobre la chimenea*).—¿Oyes, Jensen? Se ha levantado el viejo para brindar con entusiasmo por la señora Soerby.

JENSEN (*arrimando un sillón*).—¿Es cierto lo que se murmura de que entre ellos hay algo?

PETERSEN.—¡Cualquiera sabe!

JENSEN.—Creo que en su juventud él era bastante aficionado a las faldas.

PETERSEN.—Quizá.

JENSEN.—Tengo entendido que da en honor de su hijo esta comida.

PETERSEN.—Sí; volvió ayer.

JENSEN.—Yo ignoraba que tuviera un hijo el señor Werle.

PETERSEN.—Lo tiene, sí; pero no suele desplazarse de la fábrica de Hoidal. Ni una sola vez ha venido a la ciudad durante todos los años que llevo en la casa.

OTRO CRIADO SUPLENTE (*que aparece por la puerta del salón*).—Petersen, ahí está un anciano que...

PETERSEN (*rezongando*).—¡Vaya! ¿Quién diantre será a estas horas? (*Por la puerta del salón entra Ekdal, padre. Lleva un gabán deteriorado, con el cuello subido, y guantes de lana. En la mano empuña un bastón a la vez que una gorra de piel, y debajo del brazo oprime un rollo envuelto en papel gris. Usa peluca de color castaño rojizo, y una barbita canosa. Petersen le sale al encuentro.*) ¡Caramba! ¿Cómo viene usted por aquí?

EKDAL.—Es imprescindible que pase a la oficina, Petersen.

PETERSEN.—Ya hace una hora que está cerrada la oficina, y...

EKDAL.—Me lo han dicho abajo, amigo; pero todavía está ahí Graberg. Sea usted amable, Petersen, y déjeme pasar. (*Señalando con el dedo la puerta de escape de la derecha.*) Conozco el camino.

PETERSEN.—Bueno, bueno; pase usted. (*Abre la puerta.*) Pero no deje de salir por el sitio de costumbre, porque hoy tenemos invitados.

EKDAL.—De acuerdo, querido Petersen, y muchas gracia;, amigo mío. (*Entre dientes.*) ¡Imbécil! (*Entra en la oficina y tras él cierra de nuevo la puerta Petersen.*)

JENSEN.—¿Es un empleado administrativo ese individuo?

PETERSEN.—No; solamente hace copias cuando abunda el trabajo. Pero en sus buenos tiempos era todo un caballero el viejo Ekdal.

JENSEN.—Se le nota. No tiene aspecto vulgar.

PETERSEN.—Por supuesto. Era teniente, nada menos.

JENSEN.—¿Conque teniente, eh?

PETERSEN.—Sí; pero después se dedicó a negociar en maderas o algo por el estilo. Cuentan que le hizo una jugarreta en cierta ocasión al amo. Se habían asociado para explotar los bosques de Hoidal, ¿sabe? ¡Oh!, tengo mucha confianza con el viejo Ekdal. Hemos bebido juntos bastantes vasos en la cervecería de la señora Eriksen.

JENSEN.—Pues ahora no debe de estar como para pagarse francachelas el pobre hombre.

PETERSEN.—Claro, Jensen. Ahora soy yo el que convida. Entiendo que debe uno portarse amablemente con un señor a quien le ha ido mal en la vida.

JENSEN.—¿Se declaró en quiebra?

PETERSEN.—Peor todavía; ha estado en la cárcel.

JENSEN.—¿En la cárcel?

PETERSEN.—Sí; le metieron preso. ¡Chitón! Ya van a abandonar la mesa. (*Abren la puerta del comedor dos criados, y aparece la señora Soerby conversando con una pareja de caballeros. Paulatinamente, los siguen todos los comensales, entre ellos el director Werle, Hialmar Ekdal y Gregorio Werle, quienes vienen los últimos.*)

SEÑORA SOERBY (*al pasar*).—Ordene usted, Petersen, que se nos sirva el café en el salón de música.

PETERSEN.—Bien, señora. (*La señora Soerby y sus*

dos acompañantes pasan al salón, torciendo luego a la derecha. Vanse Petersen y Jensen en la misma dirección.)

SEÑORA GORDO Y PÁLIDO (*a un señor calvo*).—¡Menuda comida! ¡Qué tarea!

SEÑOR CALVO.—Es increíble lo que se puede tragar en tres horas con un poco de buena voluntad.

SEÑOR GORDO.—Sí; pero después..., querido chambelán, después...

SEÑOR CALVO.—Me parece que van a servir el café en el salón de música.

SEÑOR GORDO.—¡Estupendo! Por lo visto, la señora Soerby va a tocar algo al piano.

SEÑOR CALVO (*a media voz*).—Supongo que no se olvidará de nosotros las señora Soerby.

SEÑOR GORDO.—No, de ninguna manera; Berta no desaira a sus antiguos amigos. (*Salen ambos por la puerta del foro, riendo.*)

WERLE (*preocupado, en voz baja*).—No creo, Gregorio, que haya reparado nadie en ello.

GREGORIO (*con extrañeza*).—¿En qué?

WERLE.—¿Tampoco lo has notado tú?

GREGORIO.—¿Qué iba a notar?

WERLE.—¡Éramos trece a la mesa!

GREGORIO.—¡Ah! ¿Éramos trece?

WERLE (*echando una ojeada a Hialmar*).—Sí, con él. Antes éramos doce. (*A los invitados.*) Háganme el favor de pasar, señores. (*Salen por la puerta del foro todos ellos, excepto Hialmar y Gregorio.*)

HIALMAR (*que ha oído las palabras anteriores*).—No debías haberme invitado, Gregorio.

GREGORIO.—¡Cómo! ¿Conque se da la fiesta en obsequio mío y no voy a poder invitar a mi mejor amigo?

HIALMAR.—Supongo que no le ha agradado a tu padre. Como no soy asiduo de la casa...

GREGORIO.—Ya me lo ha dicho, por cierto. Pero quería verte y hablarte, porque me marcharé pronto, probablemente. ¡Nos hemos distanciado tanto desde nuestros días escolares! Hace dieciséis o diecisiete años, si no más, que no hemos vuelto a vernos.

HIALMAR.—Ha transcurrido mucho tiempo en efecto, desde entonces.

GREGORIO.—Sí. ¿Y cómo te va? Tienes buena cara y estás casi grueso.

HIALMAR.—¡Hum! No me parece que deba calificárseme de grueso precisamente; pero sí me encuentro más viril.

GREGORIO.—Así será, sin duda. De todos modos, no te has desmejorado.

HIALMAR (*con aire melancólico*).—Es la moral la que padece. En ese aspecto sí que he cambiado. Estarás al corriente de cómo se desmoronó todo para mí y para los míos desde que nos separamos.

GREGORIO (*bajando la voz*).—¿Y qué hace ahora tu padre?

HIALMAR.—Prefiero no hablar de eso, querido. Naturalmente, mi pobre padre vive conmigo, que soy su único apoyo en el mundo. Pero comprenderás cuán doloroso me resulta evocar estas cosas. Hablemos de ti; cuéntame cómo te arreglas allá en la fábrica.

GREGORIO.—Me complazco en mi aislamiento y puedo reflexionar acerca de muchas cuestiones. Ven aquí para que estemos más a gusto. (*Se sienta en un sillón ante la chimenea, brindando otro a Hialmar.*)

HIALMAR (*con emoción*).—No sabes bien, Gregorio, lo agradecido que te estoy por haberme sentado a la mesa de tu padre, lo cual me demuestra que no estás en contra mía.

GREGORIO (*extrañado*).—¿Por qué iba a estar yo en tu contra?

HIALMAR.—Por que se me antojaba que prescindías de mí al principio.

GREGORIO.—¿Al principio de qué?

HIALMAR.—A raíz de la catástrofe. Es lógico... A punto estuvo tu padre de verse complicado en esas historias tan sucias.

GREGORIO.—¿Y deduces que por eso iba a estar en tu contra? ¿Quién te ha inducido a creerlo?

HIALMAR.—Si lo sé, Gregorio, es porque me lo ha dicho tu mismo padre.

GREGORIO (*atónito*).—¿Mi padre? ¡Ah!, ya comprendo... ¿Y por eso no has dado señales de vida en tan larga temporada, sin ponerme dos letras siquiera?

HIALMAR.—Por eso, sí.

GREGORIO.—¿Ni tampoco cuando decidiste hacerte fotógrafo?

HIALMAR.—Tu padre me sugirió la oportunidad de no escribirte ni participarte nada.

GREGORIO (*mirando frente a él, con vaguedad*).—Sí, puede ser que no anduviera descaminado. Pero, vamos a ver, Hialmar, ¿estás contento de tu suerte?

HIALMAR (*con un leve suspiro*).—¿Qué quieres que te diga? Al pronto, según comprenderás, extrañaba el cambio. ¡Era tan distinta mi situación! Bien mirado, todo era distinto. La desventura de mi padre, el oprobio, el deshonor...

GREGORIO (*conmovido*).—Sí, sí; me hago cargo.

HIALMAR.—Había que desistir de continuar mis estudios; no teníamos ni un céntimo. Para colmo, nos acosaban las deudas, sobre todo con tu padre, a lo que parece...

GREGORIO.—¿De modo que...?

HIALMAR.—Entonces concluí que la mejor solución sería romper con el pasado y con cuanto lo recordara. Así me lo aconsejaba tu padre, y como había tenido la bondad de ayudarme...

GREGORIO.—¿Ayudarte él?

HIALMAR.—¿Lo ignorabas? ¿Quién sospechabas que me proporcionaría el dinero necesario para aprender fotografía, aparte de montar un estudio y establecerme? Cuesta bastante hacerlo.

GREGORIO.—¿Y ha corrido mi padre con esos gastos?

HIALMAR.—Claro. querido. Me sorprende que no estés enterado de ello. Creí que te lo escribiría.

GREGORIO.—Pues no me ha comunicado nada. Se le olvidaría. Por lo demás, es simplemente comercial nuestra correspondencia. ¿Conque fue mi padre quien...?

HIALMAR.—Sí, fue él. Por lo visto, no quería que llegase a oídos de nadie el caso; pero fue él. Y gracias a él también pude casarme. ¿No estabas enterado de eso tampoco?

GREGORIO (*asiendo de un brazo a Hialmar*).—Tampoco. Querido Hialmar, no sabes lo que me congratulo de todo esto y cuánto me arrepiento de haberme portado injustamente con mi padre. Sí, porque eso demuestra que tiene sentimiento y alguna conciencia.

HIALMAR.—¿Conciencia, dices?

GREGORIO.—Sí, conciencia, o como quieras calificarlo. Me faltan palabras para expresar mi regocijo por lo que me has contado de mi padre. (*Pausa.*) Así, pues, ¿te casaste, Hialmar? No puedo decir otro tanto yo. Espero que en tu matrimonio seas feliz.

HIALMAR.—Sí, en verdad. Mi mujer es tan buena y tan hacendosa como podría desear el hombre más exigente. Y no carece de educación, en lo que cabe.

GREGORIO (*con cierta extrañeza*).—Me lo figuro.

HIALMAR.—Ya ves, la vida es una escuela. Mi trato cotidiano y nuestras relaciones con personas de mérito... En suma, te aseguro que no reconocerías a Gina.

GREGORIO.—¿Gina?

HIALMAR.—Sí, eso es. ¿No recuerdas que se llamaba Gina?

GREGORIO.—¿Qué Gina?... No la recuerdo en absoluto...

HIALMAR.—Pero ¿se te ha olvidado que estuvo sirviendo durante algún tiempo en esta casa?

GREGORIO (*mirándole*).—¿Te refieres a Gina Hansen?

HIALMAR.—A Gina Hansen, efectivamente.

GREGORIO.—¿La que estuvo al frente del servicio los dos últimos años de la enfermedad de mi madre?

HIALMAR.—La misma. Oye, Gregorio: me consta que tu padre te notificó nuestro casamiento.

GREGORIO (*levantándose*).—Sí que me lo notificó. (*Da unos pasos por la escena.*) Aunque..., aguarda..., creo que sí, ya voy acordándome... Pero son tan concisas las cartas de mi padre... (*Sentándose en el brazo del sillón.*) Escucha, Hialmar... ¡Es curioso! ¿Cómo conociste a Gina..., a tu mujer?

HIALMAR.—Muy sencillamente. Había tanto ajetreo en la casa durante la enfermedad de tu madre, que Gina no pudo aguantar más tiempo; de suerte que se despidió y se fue. Sucedía esto un año antes de morir tu madre... o en el mismo año si no me equivoco.

GREGORIO.—Sí, en el mismo año. Por aquella época estaba yo en la fábrica. Bien; prosigue.

HIALMAR.—Gina se marchó luego con su madre, una mujer muy emprendedora que regentaba una especie de pensión y alquilaba por su cuenta un cuarto bonito y bastante confortable.

GREGORIO.—Y quiso la casualidad que lo alquilaras tú, ¿no?

HIALMAR.—Sí; me lo aconsejó tu padre. Y allí conocí a Gina, como puedes suponer.

GREGORIO.—Y os hicisteis novios.

HIALMAR.—Éramos jóvenes. y a esa edad se enamora uno en seguida.

GREGORIO (*poniéndose en pie para volver a pasearse*).—Y díme: ¿fue entonces cuando empezó a ayudarte mi padre..., vamos, cuando aprendiste la fotografía?

HIALMAR.—Sí, exactamente. Por mi parte. pretendía consagrarme a cualquier actividad y establecerme lo antes posible, a fin de fundar un hogar. Convinimos tu padre y yo en que lo más práctico era la fotografía. Para colmo, ella tenía nociones del retoque, al cual se había dedicado con antelación alguna vez.

GREGORIO.—¡Qué dichosa coyuntura!...

HIALMAR (*incorporándose, satisfecho*).—¿Verdad que sí? Tuvo algo de milagroso.

GREGORIO.—Ya lo creo. Pero a la par mi padre te sirvió de providencia.

HIALMAR (*enternecido*).—No abandonó en la adversidad al hijo de su antiguo amigo. ¡Qué corazón el suyo!

SEÑORA SOERBY (*viniendo cogida del brazo de Werle*).—No replique usted, querido señor. De ningún modo se quedará ahí dentro, con tantas luces que le fatigan la vista.

WERLE (*soltándose el brazo y pasándose la mano por los ojos*).—Me parece que tiene usted razón. (*Petersen y Jensen traen unas bandejas.*)

SEÑORA SOERBY (*a los invitados, que se rezagaban en el salón*).—Pasen, señores. Quien desee beber un vaso de ponche, tómese la molestia de acercarse aquí.

SEÑOR GORDO (*aproximándose a la señora Soerby*). Pero, ¡Dios mío!, ¿es posible, señora, que haya suprimido usted el sagrado derecho de fumar?

SEÑORA SOERBY.—Sí, señor chambelán, queda abolido en los dominios del señor Werle.

SEÑOR CALVO.—¿Y de cuándo data esa conculcación de la ley benévola, señora Soerby?...

SEÑORA SOERBY.—De la última comida, señor chambelán, pues se excedieron algunas personas.

SEÑOR CALVO.—¿Y no está permitido excederse un poquito, amiga Berta?

SEÑORA SOERBY.—Bajo ningún pretexto, señor chambelán Balle. (*La mayoría de los invitados pasa al despacho de Werle, donde toman el ponche que los criados sirven.*)

WERLE (*a Hialmar, quien se inclina sobre una mesa*).—¿Qué mira usted, Ekdal?

HIALMAR.—Hojeaba este álbum, señor director.

SEÑOR CALVO (*que se pasea por la estancia*).—Como es de fotografías, debe de interesarle.

SEÑOR GORDO (*sin moverse del sillón que ocupa*).—¿No ha traído ninguna suya usted?

HIALMAR.—No, ninguna he traído.

SEÑOR GORDO.—¡Qué lástima! Facilita mucho la digestión sentarse a contemplar fotografías.

SEÑOR CALVO.—Además, da motivo para la charla.

SEÑOR MIOPE.—Y se agradece todo lo que contribuya a tal resultado.

SEÑORA SOERBY.—Quieren decir estos caballeros que, cuando se los invita a comer, han de ganarse con sus comentarios la comida.

SEÑOR GORDO.—Donde hay una comida suculenta, es la sobremesa un verdadero placer.

SEÑOR CALVO.—Indudablemente, hay que hacer por la vida.

SEÑORA SOERBY.—Lleva usted razón. (*Continúa el coloquio en tono festivo.*)

GREGORIO (*por lo bajo, a su amigo*).—Debías, Hialmar, intervenir en la conversación.

HIALMAR (*con indiferencia*).—¿Y de qué quieres que hable?

SEÑOR GORDO.—¿No cree usted, señor Werle, que es muy estomacal el *tokay* [1].

WERLE (*apoyado en la chimenea*).—Por lo menos, le garantizo que el *tokay* que han bebido ustedes hoy es de muy buen año. Supongo que lo habrán notado ya.

SEÑOR GORDO.—Sí, y exhala un aroma exquisito.

HIALMAR (*titubeando*).—¿Influyen los años en la calidad del vino?

SEÑOR GORDO (*echándose a reír*).—Tiene gracia. ¡Vaya una pregunta!

WERLE.—No vale la pena obsequiarlo a usted con un vino añejo.

SEÑOR CALVO.—Sepa usted, señor Ekdal, que el *tokay,* como las fotografías, necesita la luz del sol. ¿No cree usted?

HIALMAR.—Sí, para las fotografías se requiere una luz favorable.

SEÑORA SOERBY.—Entonces les ocurre lo mismo que a los chambelanes, quienes siempre buscan el sol que más calienta.

SEÑOR CALVO.—¡Ja, ja! ¡Qué chirigota tan desacreditada!

SEÑOR MIOPE.—Es atrevida la señora.

SEÑOR GORDO.—Y hace chistes a costa nuestra, por si fuese poco. (*Amenazándole con el dedo.*) ¡Berta, Berta!

SEÑORA SOERBY.—Indiscutiblemente, los maduran los años. Cuanto más viejos, mejor.

SEÑOR MIOPE.—¿Me incluye usted entre los viejos?

SEÑORA SOERBY.—No. ¡Qué idea!

SEÑOR CALVO.—Veamos. ¿Y a mí, señora Soerby?

SEÑOR GORDO.—¿Y a mí? ¿En qué año me sitúa?

---

[1] Vino generoso de Hungría que goza de extendida fama. N. del T.

SEÑORA SOERBY.—Pertenecen ustedes a los felices, caballeros. (*Bebe un sorbo de ponche, mientras en torno a ella charlan y ríen los chambelanes.*)

WERLE.—A la señora Soerby no le falta nunca una réplica..., cuando quiere. Vamos, señores, preparen los vasos... Escancie, Petersen... Bebamos a una. Anda, Gregorio. (*Gregorio no se mueve.*) ¿Tampoco alterna con nosotros, Ekdal? Durante la comida no he tenido ocasión de trincar con usted. (*Por la puerta de escape saca la cabeza Graberg.*)

GRABERG.—Dispénseme, señor director; pero no puedo salir por otro sitio.

WERLE.—¿Conque está usted encerrado otra vez?

GRABERG.—Sí, porque se ha llevado las llaves Flakstad.

WERLE.—Bueno; pase por aquí.

GRABERG.—Queda otro, además...

WERLE.—Pues pasen los dos y no se azore. (*Salen de la oficina Graberg y el viejo Ekdal.*) ¡Qué ridiculez! (*Entre los invitados cesan las conversaciones y las risas. Hialmar se estremece al ver a su padre, volviéndose hacia la chimenea para dejar su vaso.*)

EKDAL (*que hace tímidos saludos a uno y otro lado, balbucea conforme sale*).—Les ruego que me excusen esta equivocación. La puerta estaba cerrada..., sí, estaba cerrada. Perdonen ustedes. (*Vase con Graberg por el foro en dirección a la derecha.*)

WERLE (*entre dientes*).—¡Maldito Graberg!

GREGORIO (*boquiabierto, mirando con fijeza a Hialmar*).—Pero ¿no se trata de...?

SEÑOR GORDO.—¿Qué pasa?... ¿Quiénes son esos tipos e...

GREGORIO.—No pasa nada. Son el contable y otro.

SEÑOR MIOPE (*a Hialmar*).—¿Conoce usted a ese individuo?

HIALMAR.—No he reparado en él, realmente.

SEÑOR GORDO (*levantándose*).—Pero ¿qué ha ocurrido? (*Se dirige a otro grupo, que cuchichea.*)

SEÑORA SOERBY (*a Petersen, en voz baja*).—Dele usted algo, una cosa que sea buena, ¿eh?

PETERSEN (*con un mohín de asentimiento*).—Bien, señora. (*Vase.*)

GREGORIO (*emocionado, a Hialmar, en tono confidencial*).—¿De modo que era él?

HIALMAR.—Sí.

GREGORIO.—Y, no obstante, acabas de negar que lo conocieras.

HIALMAR (*murmurando, nervioso*).—¿Cómo iba yo a...?

GREGORIO.—¡Has renegado de tu padre!

HIALMAR (*dolorosamente*)—¡Ah, si estuvieras en mi lugar! (*Va haciéndose más perceptible la charla de los invitados, que hubieron de rumorear hasta el momento.*)

SEÑOR GORDO (*abordando amablemente a Hialmar y Gregorio*).—Resucitan la época estudiantil, ¿eh? ¿Quiere fumar, señor Ekdal? Tome lumbre. ¡Ah!, olvidaba no nos lo permiten.

HIALMAR.—Gracias; no vaya a ser que...

SEÑOR GORDO.—¿Por qué no nos recita usted alguna poesía bonita, señor Ekdal? Antes lo hacía muy bien.

HIALMAR.—Por desgracia, no recuerdo ninguna, en este instante.

SEÑOR GORDO.—Es lamentable. Oye, Baile, ¿cómo podríamos distraernos? (*Pasa con el señor Calvo al salón inmediato.*)

HIALMAR (*apesadumbrado*).—Voy a marcharme, Gregorio. Soy un hombre que ha recibido en su cabeza el golpe mortal del destino. Despídeme de tu padre.

GREGORIO.—Convenido. ¿Vas directo a tu casa?

HIALMAR.—Sí. ¿Por qué me lo preguntas?

GREGORIO.—Porque acaso dentro de un rato vaya a verte.

HIALMAR.—No, no vayas. Mi aposento resulta triste, Gregorio, máxime en contraste con una reunión tan gozosa como esta. Podemos citarnos en cualquier otra parte.

SEÑORA SOERBY (*a media voz, acercándose a Hialmar*).—¿Se va usted ya, Ekdal?

HIALMAR.—Sí.

SEÑORA SOERBY.—Mis saludos a Gina.

HIALMAR.—Gracias.

SEÑORA SOERBY.—Dígale que iré a verla uno de estos días.

HIALMAR.—Se lo diré. (*A Gregorio.*) No te violentes. Prefiero desaparecer sin llamar la atención. (*Se encamina despacio al salón del fondo y vase por la derecha.*)

SEÑORA SOERBY (*a Petersen, que vuelve*).—¿Qué ha dado usted al viejo?

PETERSEN.—Una botella de coñac.

SEÑORA SOERBY.—¿No ha encontrado nada más apetecible?

PETERSEN.—Crea, señora, que el coñac es lo que más le gusta.

SEÑOR GORDO (*desde la puerta del salón, enarbolando un cuaderno de música*).—¿Accede usted a que toquemos una pieza musical a cuatro manos, señora Soerby?

SEÑORA SOERBY.—Claro que sí, con sumo gusto.

LOS INVITADOS.—¡Bravo, bravo! (*Atraviesa ella la estancia dando el brazo al caballero y sale por la derecha del salón, seguida de los demás invitados. Gregorio permanece de pie junto a la chimenea, en tanto que Werle finge buscar algo entre los papeles del escritorio, como si deseara que se vaya su hijo. Al ver que este no hace ademán de marcharse, se dirige a la puerta de entrada.*)

GREGORIO.—Un momento, padre.

WERLE.—¿Qué hay de nuevo?

GREGORIO.—Necesito hablar contigo.

WERLE.—¿No podrías aguardar a que nos quedáramos solos?

GREGORIO.—No, no puedo, porque es probable que no nos veamos a solas en lo sucesivo.

WERLE (*encarándose con él*).—¿Qué estás diciendo? (*Mientras hablan, se oye el piano en el salón de música.*)

GREGORIO.—¿Cómo has dejado que se arruinara tan miserablemente esa familia?

WERLE.—¿Por las trazas, aludes a los Ekdal?

GREGORIO.—A ellos aludo. En otro tiempo era tu amigo íntimo el teniente Ekdal.

WERLE.—Sí, demasiado íntimo, desgraciadamente, pues su deshonra me perjudicó durante varios años enturbiando mi reputación.

GREGORIO (*que atenúa la voz*).—¿Fue el único culpable él?

WERLE.—¿Qué otro iba a ser, si no?

GREGORIO.—Os asociasteis para hacer la compra de bosques y explotar en común la madera...

WERLE.—Pero fue Ekdal quien trazó el plano de los terrenos y falseó los límites. El dirigió la tala fraudulenta en bosques estatales. Estaba al frente de todo, y yo ignoraba sus manejos.

GREGORIO.—Acaso no supiera el propio teniente Ekdal lo que hacía.

WERLE.—Es posible. Pero por algo le condenaron a él y me absolvieron a mí.

GREGORIO.—De sobra sé que contra ti no existían pruebas.

WERLE.—Una absolución significa bastante. ¿A cuento de qué remover ahora esas historias antiguas que tanto me fastidiaron? ¿Has meditado en ello durante los años de tu residencia allá arriba? Te advierto, Gregorio, que acá en la ciudad se han olvidado aquellos sucesos por lo que me conciernen.

GREGORIO.—Pero ¿y. por lo que concierne a esa desdichada familia de los Ekdal?

WERLE.—¿Podía hacer yo por ellos más de lo que hice? Cuando se decretó la libertad de Ekdal, era él un hombre al agua. Hay personas que, después de hundirse no vuelven a la superficie jamás a causa de la perdigonada que llevan consigo. Te doy mi palabra, Gregorio, de que le socorrí con cuanto estaba en mi mano. De exagerar esta protección me habría comprometido a mi vez, despertando toda clase de sospechas y cotorreos.

GREGORIO.—¿Sospechas?... Me doy cuenta, sí.

WERLE.—He proporcionado a Ekdal trabajos de copia en la oficina, y se las pago a un precio mucho más alto que el corriente.

GREGORIO (*sin mirarle*).—No lo dudo...

WERLE.—¿Te burlas? ¿No lo crees? Por de pronto, no anoto en mis libros ninguna de esas partidas. No conviene que haya asientos de tal naturaleza.

GREGORIO (*sonriendo fríamente*).—No; más vale que no consten determinados gastos.

WERLE (*sobresaltado*).—¿Qué insinúas?

GREGORIO (*con aplomo*).—¿Anotaste entre ellos el costo del aprendizaje de Hialmar para la fotografía?

WERLE.—¿Cómo que si lo anoté?...

GREGORIO.—Estoy enterado de que lo costeaste tú, así como de que le ayudaste generosamente a establecerse.

WERLE.—Ya lo ves; y todavía me echas en cara no haberlos auxiliado. Te prevengo que me han costado bastante.

GREGORIO.—Repito que si has anotado en tus libros esos gastos.

WERLE.—¿Por qué me lo preguntas?

GREGORIO.—Tengo mis motivos. Oye: ¿no se identifica aquella fecha de tu desprendimiento en pro del hijo de tu antiguo amigo con la fecha de tu boda?

WERLE.—¿Cómo pretendes que me acuerde al cabo de tantos años?

GREGORIO.—Entonces me escribiste una carta—por supuesto, carta comercial—, y a guisa de postdata me comunicabas que Hialmar Ekdal había contraído matrimonio con una tal señorita Hansen.

WERLE.—Verdad. Se llamaba así exactamente

GREGORIO.—Pero ni por asomo me especificabas en tu carta que la señorita Hansen era nuestra antigua sirvienta.

WERLE (*con una sonrisa zumbona, aunque un tanto forzada*).—No supondría que te interesaba particularmente nuestra ex ama de llaves.

GREGORIO.—Nada... (*Bajando la voz de nuevo.*) Sin embargo, en la casa había alguien a quien sí le interesaba...

WERLE.—¿Qué quieres decir? (*Iracundo.*) Presumo que no te referirás a mí.

GREGORIO (*con la misma entonación le da a la par que firme*).—Pues sí, a ti me refiero.

WERLE.—¿Y te atreves...? ¿Aún te permites...? ¿Cómo ha osado ese fotógrafo ingrato sugerirte que...?

GREGORIO.—Hialmar no me ha dicho ni una sola palabra a este respecto, y hasta colijo que no tiene la menor idea de este asunto.

WERLE.—Por tanto, ¿en qué te fundas? ¿Quién ha podido inculcarte esa aprensión?

GREGORIO.—Me la inculcó mi pobre, mi desventurada madre, la última vez que la vi.

WERLE.—¡Tu madre! Debí haberlo deducido. Siempre estabais acordes. Quien empezó a alejarte de mí fue ella.

GREGORIO.—No fue ella, sino todo lo que hubo de tolerar, todo lo que hubo de sufrir y aceleró su muerte lamentable.

WERLE.—¡Bah!, no hubo de tolerar ni de sufrir más que otras muchas mujeres. Pero sé por experiencia lo inútil que es razonar con personas nerviosas y excitables. Y al presente, enjaretando viejos comadreos y calumnias, has concebido ofensivas sospechas de tu infeliz padre. Sabrás, Gregorio, que ya tienes edad para dedicarte a algo más serio.

GREGORIO.—Sí, ya es hora de hacerlo.

WERLE.—Acaso te tranquilizarás así. ¿Qué ventaja te reporta seguir años y años en esa fábrica, lo mismo que un empleado oscuro, sin percibir un céntimo más que tu sueldo estricto? Es una verdadera locura.

GREGORIO.—¡Ojalá tuviese yo esa seguridad!

WERLE.—Presiento lo que te propones. Aspiras a independizarte y a no deberme nada. Precisamente ahora se te presenta una ocasión de redimirte y debértelo todo a ti mismo.

GREGORIO—¿De veras? ¿Y cómo?

WERLE.—Cuando te escribí conminándote a que vinieses sin tardanza a la ciudad...

GREGORIO.—En resumidas cuentas, ¿qué intentabas? Toda la jornada he estado a la espera de que me lo dijeses.

WERLE.—Quería proponerte una asociación en el negocio.

GREGORIO.—¿Conmigo...? ¿En tu negocio...? ¿Qué asociación...?

WERLE.—Sí, y no sería necesario que de continuo estuviéramos reunidos. Tú desempeñarías tu cargo aquí en la ciudad, y yo me trasladaría a la fábrica.

GREGORIO.—¿Tú?

WERLE.—Sí; ya no estoy en condiciones de trabajar como antes. Debo cuidarme la vista, que se me debilita progresivamente, Gregorio.

GREGORIO.—Siempre has padecido de los ojos.

WERLE.—Pero no tanto como actualmente. Además, en estas circunstancias, entiendo que me convendría desplazarme allá.., por algún tiempo, al menos.

GREGORIO.—No atino a discernir...

WERLE.—Escúchame, Gregorio. A despecho de las muchas discrepancias que nos separan, no podemos dejar de ser padre e hijo. Por ende, se impone que lleguemos a un acuerdo.

GREGORIO.—En apariencia nada más, supongo.

WERLE.—Aun cuando solo sea en apariencia. Reflexiona, Gregorio. ¿No te parece que podríamos conseguirlo?

GREGORIO (*con una mirada glacial*).—Aquí hay gato encerrado.

WERLE.—¡Qué va a haber!

GREGORIO.—Debo de hacerte falta para algún proyecto.

WERLE.—Trabajando de consuno, nos sostendríamos mutuamente.

GREGORIO.—Según todas las probabilidades, sí.

WERLE.—Me complacería que te quedaras una temporada aquí. He estada muy solo toda mi vida, y me pesa más la soledad ahora que tengo más años. Necesito alguien al lado mío.

GREGORIO.—¿No cuentas con la señora Soerby?

WERLE.—Sí, ciertamente, y añadiré que se me ha hecho imprescindible su compañía. Da animación a la casa y la estimo indispensable.

GREGORIO.—Por consiguiente, has realizado tu deseo ya.

WERLE.—Sí; pero temo que no persista esta situación. En su caso, cualquier mujer está a merced de las murmuraciones. Incluso osaré agregar que no es un buen partido.

GREGORIO.—¡Bah! Cuando un hombre obsequia con festines como el de hoy, bien puede reírse de la gente.

WERLE.—Conforme; pero, ¿y ella? No creo que se resigne a prolongar esta situación falsa, y, aun admitiendo que, por apego a mí, se resolviera a desafiar la infamia de las malas lenguas con sus consecuencias, ¿no opinas, Gregorio, dada tu rectitud de criterio, que...?

GREGORIO.—En resumen, piensas casarte con ella.

WERLE.—Y si así fuese, ¿qué habría de malo en eso?

GREGORIO.—Lo mismo me pregunto yo. ¿Qué habría de malo?

WERLE.—Verdaderamente, ¿no te disgustaría la cosa?

GREGORIO.—¿A mí? No, en absoluto.

WERLE.—Me alarmaba que te opusieras por respeto a la memoria de tu madre.

GREGORIO.—No soy un exaltado.

WERLE.—En fin, lo seas o no lo seas, me has quitado de encima un peso enorme y me felicito de tu aprobación a mi designio.

GREGORIO (*mirándolo fijamente*).—Ya se me alcanza para qué requerías mi venida.

WERLE.—Eres muy suspicaz.

GREGORIO.—¿Por qué no hablar con claridad, siquiera cuando estamos solos? (*Irónicamente.*) ¿Conque a eso íbamos a parar? Yo debía venir en persona a la ciudad para halagar a la señora Soerby con mi aquiescencia dentro de casa durante una escenita de familia entre el padre y el hijo. Muy edificante y nuevo.

WERLE.—¡Qué expresiones empleas!

GREGORIO.—¿Cuándo se ha llevado aquí vida de familia? Jamás, que yo recuerde. Pero a estas alturas importaba simularla un poco, porque sería de muy buen efecto el hecho de que el hijo, movido de cariño, se apresurara a asistir a la boda de su padre. Así se apagarían de golpe los rumores relativos a las contrariedades soportadas por la pobre difunta. Su propio huérfano los desmentiría.

WERLE.—¡Gregorio! Se me antoja que a ningún hombre en el mundo despreciarías más que a mí.

GREGORIO (*articulando apenas Las palabras*).—Te conozco demasiado.

WERLE.—Me conoces a través de tu madre. (*Baja la voz lentamente.*) Pero ten en cuenta que a menudo eran parciales sus apreciaciones.

GREGORIO (*con voz trémula*).—Me percato de lo que vas a objetarme. Con todo, ¿a quién achacar la culpa de aquella... debilidad de mi madre? A ti y a todas las... La última fue esa mujercilla a quien casaste con Hialmar cuando te hartaste de ella.

WERLE (*encogiéndose de hombros*).—Pronuncias las palabras oídas a tu madre con frecuencia.

GREGORIO (*sin prestarle atención*).—Y a estas horas se debate entre engaños un hombre ingenuo y pueril, residiendo bajo el mismo techo que una desgraciada, sin saber que está cimentando sobre una mentira, lo que llama él su hogar. (*Se adelanta hacia su padre.*) Cuando vuelvo la vista atrás, cuando medito en tu comportamiento, se me figura que atisbo un campo de batalla sembrado de cadáveres y de vidas deshechas hasta el confín del horizonte.

WERLE.—Me persuado de que nos separe a uno de otro un abismo infranqueable.

GREGORIO (*inclinándose con desdén*).—Es posible. Por eso cojo mi sombrero y me marcho

WERLE.—¿Te vas..., desertas de mi casa?

GREGORIO.—Sí. Al cabo encuentro una misión digna de consagrarle mi existencia.

WERLE.—¿En qué consiste esa misión?

GREGORIO.—Si te lo dijera, lo tomarías a risa.

WERLE.—No se ríe fácilmente, Gregorio, un hombre tan aislado como yo.

GREGORIO (*señalando el salón del foro*).—Mira padre, cómo juegan a la gallina ciega los chambelanes con la señora Soerby. Buenas noches y buena suerte. (*Sale por la derecha del salón. Se oyen carcajadas de los invitados, que van reapareciendo por la pieza del fondo.*)

WERLE (*con ironía, mirando a Gregorio alejarse*).—¡Pobrecillo!... ¡Y todavía dice que no es un exaltado!

(*Telón.*)

Acto segundo

Estudio de Hialmar Ekdal, que ocupa un local grande y abuhardillado. A la derecha, una claraboya en declive con largos vitrales velados por cortinas azules. La puerta de entrada, junto al rincón del mismo lateral, y la del salón, más hacia el primer término. En el lateral izquierdo, otras dos puertas, y en medio de ambas, una estufa de hierro colado. En el tabique del foro hay una anchurosa puerta doble con juego de corredera. Si bien modesto, el estudio resulta acogedor. Entre las puertas de la derecha, un sofá separado de la pared, una mesa y varias sillas. Encima de la mesa, una lámpara encendida, con pantalla, y cerca de la estufa, un sillón deteriorado. Por doquiera, accesorios fotográficos. Al fondo, a la izquierda de la puerta de dos hojas, un estante con varios libros, cubetas y frascos de productos químicos, amén de utensilios diversos. Sobre la mesa, fotos, papeles, pinceles, etc.

Sentada en una silla al lado de esta mesa, cose Gina Ekdal. En el sofá, tapándose los oídos con los pulgares y haciéndose sombra a los ojos con las manos, Eduvigis lee un libro.

GINA (*tras de mirar reiteradamente con inquietud disimulada a la niña*).—Eduvigis... (*Eduvigis no oye, y su madre levanta la voz.*) ¡Eduvigis!

EDUVIGIS (*apartando sus manos y alzando la vista*).—¿Qué dices, mamá?

GINA.—Querida Eduvigis, a esta hora no debes leer.

EDUVIGIS.—Mamá, déjame un poquito aún, nada más que un poquito.

GINA.—No, no; cierra ya el libro. Tampoco le gustaría a papá, pues ni él mismo lee por la noche.

EDUVIGIS (*cerrando el libro*).—Porque a papá no le agrada mucho leer.

GINA (*que interrumpe la labor para coger de la mesa un lápiz y una agenda*).—¿Te acuerdas de cuánto hemos pagado hoy por la mantequilla?

EDUVIGIS.—Una corona con sesenta y cinco céntimos.

GINA.—Justo. (*Apunta.*) Me alarma lo que se gasta en mantequilla aquí. Además, salchichón y queso. Sí, eso es... (*Vuelve a apuntar.*) Y también jamón. ¡Vaya! (*Sumando.*) Total... Exacto.

EDUVIGIS.—Falta la cerveza...

GINA.—Es cierto; la cerveza. (*Apunta de nuevo.*) Supone bastante; pero no hay más remedio.

EDUVIGIS.—Y eso que, como papá comía fuera, hemos suprimido el plato caliente.

GINA.—Por fortuna. Con esto y con el importe de unas fotografías, he podido reunir ocho coronas y media.

EDUVIGIS.—¿De veras? ¿Tanto dinero? (*Pausa. Gina torna otra vez su labor. Eduvigis, con papel y lápiz, se pone a dibujar, protegiéndose de la luz los ojos con la mano izquierda.*)

EDUVIGIS.—¿No te enorgullece, mamá, que hayan invitado a papá a un banquete en casa del director Werle?

GINA.—No ha sido el señor Werle en persona sino su hijo, quien le ha enviado la invitación. (*Breve pausa.*) Con el director no tenemos nada que ver nosotros.

EDUVIGIS.—Estoy impaciente por que llegue papá. Me ha prometido pedir para mí a la señora Soerby algo bueno.

GINA.—Puedes estar segura de que en esa casa no escasean las cosas buenas.

EDUVIGIS (*mientras continúa dibujando*).—Y, por añadidura, se me ha acentuado el apetito. (*Por la puerta de la escalera entra el viejo Ekdal, con un rollo de papeles bajo el brazo y un envoltorio en el bolsillo del gabán.*)

GINA.—Me parece que esta noche viene muy tarde el abuelo.

EKDAL.—Como habían cerrado la oficina, he tenido que aguardar a Graberg y hemos salido por...

EDUVIGIS.—¿Te han dado más copias, abuelo?

EKDAL.—Todo esto. (*Mostrando el rollo.*) Mira.

GINA.—Muy bien.

EDUVIGIS.—¿Y ese paquete que te asoma por el bolsillo...?

EKDAL.—¡Cómo! Nada, tonterías. (*Deja a un lado el envoltorio.*) Con esto ya tengo faena para algún tiempo, Gina. (*Entreabre la puerta del foro.*) ¡Chist! ¡Je, je! Están durmiendo los demás, y él se ha acostado en el cesto.

EDUVIGIS.—¿Crees, abuelo, que en el cesto no se enfriará?

EKDAL.—¿Enfriarse? ¡Qué idea! ¿Con tanto heno? (*Dirigiéndose a la segunda puerta de la izquierda.*) ¿Hay cerillas?

GINA.—Encima de la cómoda. (*Entra Ekdal en su cuarto.*)

EDUVIGIS.—Más vale que le hayan dado tanto trabajo.

GINA.—¡Pobre abuelo! Con ello tendrá algún dinero para atender a sus pequeñas necesidades.

EDUVIGIS.—Así no se pasará todas las mañanas en la cervecería de esa antipática señora Eriksen.

GINA.—Mejor que mejor.

EDUVIGIS.—¿Estarán a la mesa todavía?

GINA.—Es probable. ¡Quién sabe!

EDUVIGIS.—¡Qué de golosinas habrá comido papá! No me cabe duda de que vendrá de buen humor a casa. ¿Verdad, mamá?

GINA.—Sí; pero, en todo caso, convendría poder contarle que habíamos alquilado ya la habitación.

EDUVIGIS.—No es menester esta noche.

GINA.—No estaría de sobra. Para nada nos sirve ese cuarto.

EDUVIGIS.—Digo que no es menester, porque esta noche, de todos modos, vendrá contento papá... Sería preferible poder darle esa buena noticia otro día.

GINA (*mirándola*).—¿Te gusta dar a papá buenas noticias cuando regresa por la noche?

EDUVIGIS.—Sí, en vista de cómo se alegra la casa entonces.

GINA (*pensativa*).—Claro... Es cierto. (*El viejo Ekdal sale de su cuarto y se encamina a la primera puerta de la izquierda. Gina da en su silla media vuelta.*) ¿Necesita algo de la cocina el abuelo?

EKDAL.—Sí pero no te muevas. (*Se escabulle por la puerta.*)

GINA.—Menos mal si no empieza a hurgar en la lumbre. (*Aguarda unos instantes.*) Anda, Eduvigis, ve a enterarte de lo que está haciendo. (*Reaparece Ekdal con un jarrito lleno de agua hirviendo para el ponche.*)

EDUVIGIS.—¿Has ido a buscar agua caliente, abuelo?

EKDAL.—Sí, a eso he ido. Me preparo a escribir, y la tinta se ha espesado como engrudo. ¡Hum...!

GINA.—Pero antes debería comer algo el abuelo. La cena está lista.

EKDAL.—No voy a cenar, Gina. Repito que estoy muy atareado. Procura que nadie entre en mi habitación. Nadie, ¿eh? (*Se retira a su cuarto, mientras se miran Gina y Eduvigis.*)

GINA (*bajando la voz*).—¿Te explicas de dónde habrá sacado el dinero?

EDUVIGIS.—Se lo habrá facilitado Graberg, de fijo.

GINA.—¡Quiá! Graberg me lo remite siempre a mí.

EDUVIGIS.—Pues le habrán fiado una botella en cualquier parte.

GINA.—¡Pobre viejo! No hay quien le fíe. (*Por la derecha entra Hialmar Ekdal, con abrigo y sombrero gris. Gina aparta su labor y se pone de pie.*) ¡Hola! ¿De vuelta tan pronto, Hialmar?

EDUVIGIS (*acercándose de un brinco a su padre*).—¡Qué temprano vienes, papá!

HIALMAR (*quitándose el sombrero*).—A estas horas ya se habrán marchado todos.

EDUVIGIS.—¿Tan de prisa?

HIALMAR.—Naturalmente; no era más que una comida. (*Se dispone a despojarse del gabán.*)

GINA.—Yo te ayudaré.

EDUVIGIS.—Y yo. (*Entre las dos le ayudan a quitarse el abrigo, que Gina cuelga en la pared del foro.*) ¿Había mucha gente, papá?

HIALMAR.—Mucha, no; unas doce o catorce personas a la mesa.

GINA.—Y tú habrás hablado con todos, ¿no?

HIALMAR.—Sí, pero pocas palabras, pues me ha acaparado Gregorio.

GINA.—¿Sigue siendo Gregorio tan feo?

HIALMAR.—No es muy guapo, en realidad. ¿Ha regresado el viejo?

EDUVIGIS.—Se ha encerrado ahí para escribir.

HIALMAR.—¿Ha dicho algo?

GINA.—No. ¿Qué querías que dijera?

HIALMAR.—¿No ha contado que...? Creo que pensaba entrevistarse con Graberg. Voy a entrar en su cuarto.

GINA.—Es preferible que no entres.

HIALMAR.—¿Por qué? ¿Ha indicado que no desea verme?

GINA.—Presumo que no desea ver a nadie.

EDUVIGIS (*haciendo señas*).—¡Chist..., chist!

GINA (*sin percatarse*).—Ha cruzado por aquí en busca de agua caliente.

HIALMAR.—¡Ah! ¿Es que está...?

GINA.—Por las trazas.

HIALMAR.—¡Dios mío! El pobre viejo... ¡Cómo degrada sus canas! Dejémoslo regodearse a su sabor. (*Sale de su cuarto Ekdal, padre, fumando en pipa y vestido de casa.*)

EKDAL (*a Hialmar*).—¿Ya estás aquí? Me había parecido que hablabas...

HIALMAR.—Acabo de venir.

EKDAL.—¿Y no me has visto pasar? Di.

HIALMAR.—No; pero cuando me dijeron que habías atravesado por el despacho, he corrido a tu encuentro.

EKDAL.—¡Hum! Gracias, Hialmar. ¿Y quiénes eran los que estaban allí?

HIALMAR.—¡Oh!, había de todo: el chambelán Flor, el chambelán Baile, el chambelán Kaspersen, el chambelán como se llame... No recuerdo quién más.

EKDAL (*meneando la cabeza.*)—¿Te enteras, Gina? Se ha codeado con unos cuantos chambelanes.

GINA.—Parece refinarse esa casa.

EDUVIGIS.—¿Han cantado o han recitado algo los chambelanes, papá?

HIALMAR.—No; solamente han dicho majaderías. Luego, querían que declamara yo para ellos; pero no he accedido.

EKDAL.—¿No has accedido?

GINA.—Pues debías haberlo hecho.

HIALMAR.—No. ¿Para qué servir de diversión a cualquiera? (*Paseándose*) Yo, al menos, no me presto a ello.

EKDAL.—No, no; Hialmar no se rebaja a tanto.

HIALMAR.—No hay motivo para que yo entretenga a los demás cuando voy a distraerme por mi cuenta. ¡Que hagan ellos el bufón! Para eso van de casa en casa a comer y beber uno y otro día. Bien podían ser útiles en pago de lo que llenan la andorga.

GINA.—Supongo que no se lo habrás manifestado así.

HIALMAR (*tarareando*).—¡La-ra-ra...! Sí que les he soltado algunas pullas.

EKDAL.—¿A los propios chambelanes?

HIALMAR.—Indirectamente. (*Cambiando de tono.*) Después se ha suscitado una pequeña discusión acerca del *tokay*.

EKDAL.—¿El *tokay?* Un vino excelente, por cierto.

HIALMAR (*con gesto de suficiencia*).—Muy bueno puede ser, aunque no son igual de buenas todas las cosechas. Depende de lo que haya lucido el sol a lo largo del año.

GINA.—¡Lo que sabes, Hialmar!

EKDAL.—¿Y empezaron a discutir sobre ese particular?

HIALMAR.—Se apercibían a hacerlo; pero alguien les insinuó que a los chambelanes les ocurría lo mismo, pues a su vez se acogen al sol que más calienta. ¡Chúpate esa!

GINA.—¡Qué ocurrencias las tuyas!

EKDAL.—¡Je, je! Les habrá escocido.

HIALMAR.—Peor para ellos.

EKDAL.—Fíjate, Gina, en lo que ha replicado a los chambelanes cara a cara.

GINA.—Como que no le duelen prendas.

HIALMAR.—Bien; pero importa que no se hable más de este asunto. Esas cosas no deben comentarse. Sin contar con que todos quedamos tan amigos, como es lógico. Por mi parte, yo no tenía intención de molestar a unos caballeros tan joviales y simpáticos.

EKDAL.—No obstante, les diste una lección.

EDUVIGIS (*lagotera*).—¡Qué arrogante estás de frac, papá! Te sienta estupendamente.

HIALMAR.—Sí que me sienta bien. Y parece cortado a mi medida. Acaso un poco estrecho. Ayúdame a quitármelo, Eduvigis. (*Se lo quita.*) Con mi chaqueta estoy más a gusto. ¿Dónde la has colgado, Gina?

GINA.—Aquí la tienes. (*Trae la chaqueta y le ayuda a ponérsela.*)

HIALMAR.—¡Ea! No te olvides de devolver a Molvik el frac mañana por la mañana.

GINA (*llevándose el frac*).—Descuida.

HIALMAR (*desperezándose*).—¡Ah, qué cómodo se está en casa! Por lo demás, este desaliño me sienta mejor. ¿No lo has notado, Eduvigis?

EDUVIGIS.—Sí, papá.

HIALMAR.—¿Y qué te parece si dejo la corbata flotante..., así?

EDUVIGIS.—Concuerda con tu barbita y tu cabello rizado.

HIALMAR.—Rizado precisamente, no; más bien, ondeado.

EDUVIGIS.—Sí, eso es; forma bucles.

HIALMAR.—Ondas, ondas.

EDUVIGIS (*que le tira de la chaqueta tras de una corta vacilación*).—¡Papá!

HIALMAR.—¿Qué quieres?

EDUVIGIS.—¡Oh!, demasiado sabes lo que quiero.

HIALMAR.—Te aseguro que no lo sé.

EDUVIGIS (*sonriendo mimosamente*).—Sí que lo sabes. ¡Vamos, no me atormentes más!

HIALMAR.—Pero, ¿a qué te refieres?

EDUVIGIS (*sacudiéndole*).—Dámelos ya. Se trata de los dulces que me has prometido.

HIALMAR.—¡Qué memoria la mía! Se me ha olvidado esa promesa.

EDUVIGIS.—No; te complaces en hacerme rabiar, papá. Debía darte vergüenza. ¿Dónde los escondes?

HIALMAR.—Te repito que se me ha olvidado. Pero aguarda. Tengo algo para ti, Eduvigis. (*Va en busca del frac y registra los bolsillos.*)

EDUVIGIS (*saltando de gozo y palmoteando*).—¡Mamá, mamá, mira!

GINA.—¿Lo ves? Hay que tener paciencia.

HIALMAR (*sacando un tarjetón*).—Aquí está. Tómalo.

EDUVIGIS.—¿Solo este papelucho?

HIALMAR.—Es la lista del banquete, con todos los manjares que hemos comido. Lee: la palabra *menú* significa minuta.

EDUVIGIS.—¿Y no hay nada más que esto?

HIALMAR.—¿Cómo te voy a decir que se me ha olvidado lo prometido? Por otra parte, no valían la pena esas gulusmerías. Siéntate a la mesa para descifrar los nombres de la minuta, y te detallaré el sabor de cada plato. Ven, Eduvigis.

EDUVIGIS (*con la voz entrecortada de sollozos*).—Bueno. (*Se sienta a la mesa, aunque no lee, mientras su madre le hace señas que no escapan a Hialmar.*)

HIALMAR (*paseándose por la estancia*).—¡Es increíble el cúmulo de cosas a que tiene que atender un padre de familia! Y si se le olvida alguna, le ponen mala cara. En fin, a todo ha de acostumbrarse uno. (*Se para junto a su padre, que está sentado al calor de la estufa.*) ¿Has echado un vistazo ahí dentro?

EKDAL.—¿Cómo no? Se ha acostado en el cesto ya.

HIALMAR.—¡Ah!, ¿se ha acostado? Por lo visto, va habituándose.

EKDAL.—Sí; bien lo sospechaba yo. Sin embargo, habrá que introducir ciertas modificaciones...

HIALMAR.—Se imponen algunos perfeccionamientos, en efecto.

EKDAL.—Es indispensable, ¿sabes?

HIALMAR.—Hablemos de esas reformas. Ven a sentarte conmigo en el sofá.

EKDAL.—Primero voy a cargar la pipa y a desatascarla. ¡Hum! (*Entra en su cuarto.*)

GINA (*a Hialmar, sonriendo*).—¿Has oído? Va a desatascar la pipa. (*Hace ademán de beber.*)

HIALMAR.—Ya, ya, Gina. Dejémosle. ¡Pobre viejo! Las mejoras debemos emprenderlas sin tardanza..., mañana mismo...

GINA.—No, mañana no puedes; te faltará tiempo, Hialmar.

EDUVIGIS (*interrumpiéndola*).—¡Sí, sí, mamá!

GINA.—Hay que retocar esas pruebas, pues ya han venido a recogerlas varias veces.

HIALMAR.—¡Qué condenadas pruebas! Se harán cuando se hagan. ¿Queda algún otro encargo?

GINA.—No, por desgracia. Para mañana no quedan sino esos dos retratos de que estás al tanto.

HIALMAR.—¿Nada más? Era de prever; cuando no se toma interés nadie...

GINA.—Pero ¿qué voy a hacerle yo? He puesto en los periódicos cuantos anuncios he podido.

HIALMAR.—¡Bah, los periódicos! Ya ves de qué valen esos anuncios. ¿Y la habitación? ¿Ha venido a verla alguien?

GINA.—Hasta el momento, no.

HIALMAR.—Me lo suponía; si no se ocupa uno de todo... Conviene desplegar una actividad mayor, Gina.

EDUVIGIS (*acercándose a Hialmar*).—Papá, ¿voy por la flauta?

HIALMAR.—No; nos pasaremos sin la flauta. Me está vedado distraerme en este mundo. (*Paseándose.*) Desde mañana me entregaré al trabajo y no lo abandonaré hasta que se me acaben las fuerzas, descrismándome en la tarea.

GINA.—Pero, querido Hialmar, no sospeches que me he propuesto mortificarte.

EDUVIGIS.—Oye, papá, ¿te apetece una botellita de cerveza?

HIALMAR.—No, de ningún modo; no necesito nada... (*Deteniéndose.*) ¿Cerveza? ¿Has dicho cerveza?...

EDUVIGIS (*con solicitud*).—Sí, papá; cerveza sabrosa y fresquita.

HIALMAR.—Bien; puesto que te empeñas, tráeme una botella.

GINA.—¡Eso es! Organizaremos una pequeña cuchipanda. (*Eduvigis se precipita hacia la puerta de la cocina y su padre la ataja al lado de la estufa, mirándola y acariciándole la cabeza, que apoya en su pecho.*)

HIALMAR.—¡Eduvigis, Eduvigis!

EDUVIGIS (*llorando de alegría*).—¡Papá querido!

HIALMAR.—No me llames así. Vengo de sentarme a la mesa de un ricacho, llena de manjares suculentos, con los cuales me he regalado..., y, para colmo, he sido capaz de olvidarte...

GINA (*sentada junto a la mesa*).—¡Qué simplezas dices, Hialmar!

HIALMAR.—He obrado mal; pero no me guardéis rencor, porque os consta cuánto os quiero, a pesar de todo.

EDUVIGIS (*abrazándole*).—¡Y nosotras también te queremos, papá!

HIALMAR.—Si algunas veces estoy de mal humor, considerad, por Dios, que soy un hombre en el que se ha cebado la desventura. (*Enjugándose los ojos.*) No, hoy por hoy, no voy a tomar cerveza. Tráeme la flauta. (*Eduvigis corre al estante, de donde coge el instrumento.*) Gracias. Flauta en mano, y con vosotras a mi lado... ¡Ah! (*Eduvigis se sienta junto a Gina. Hialmar pasea nerviosamente por el escenario tocando una popular danza bohemia, a la cual imprime un acento melancólico y patético. Luego se interrumpe para tender la mano izquierda a Gina y murmurar, emocionado.*) Aun cuando pasemos estrecheces bajo este humilde techo, es nuestro hogar, ¿verdad, Gina? Y te confieso que aquí me hallo a mis anchas. (*Continúa tocando. De improviso, llaman a la puerta de la escalera.*)

GINA (*levantándose*).—¡Silencio! Alguien viene.

HIALMAR (*colocando la flauta en su sitio*).—¡Qué fastidio! (*Gina abre la puerta.*)

GREGORIO (*en el umbral*).—Usted dispense.

GINA (*retrocediendo un paso*).—¡Oh!

GREGORIO.—¿Vive aquí el fotógrafo señor Ekdal?

GINA.—Aquí vive, sí.

HIALMAR (*avanzando hacia la entrada*).—¡Gregorio! A pesar de todo, has venido. Entra, pues.

GREGORIO (*entrando*).—Ya te he dicho que subiría a verte.

HIALMAR.—¿Esta misma noche? ¿Has abandonado la reunión?

GREGORIO.—La reunión y la casa paterna. Buenas noches, señora Ekdal. ¿No me reconoce usted?

GINA.—Claro que sí. No resulta difícil reconocer al hijo del señor Werle.

GREGORIO.—Como que me parezco a mi madre, y la recordará usted, de seguro.

HIALMAR.—¿Conque te has marchado de tu casa?

GREGORIO.—Sí; me he trasladado a un hostal.

HIALMAR.—¿Cómo es eso? Puesto que has venido, quítate el abrigo y siéntate.

GREGORIO.—Gracias. (*Se quita el abrigo. Ha cambiado de indumento y viste un traje gris de hechura provinciana.*)

HIALMAR.—Acomódate en el sofá, sin cumplidos. (*Se sienta Gregorio en el sofá y Hialmar en una silla inmediata a la mesa.*)

GREGORIO (*mirando en torno suyo*).—¿De modo que estamos en tu domicilio, Hialmar? ¿Habitas aquí?

HIALMAR.—Este es el estudio, según puedes ver.

GINA.—De ordinario permanecemos en él, por ser la pieza más espaciosa.

HIALMAR.—Antes residíamos en una casa mejor; pero esta tiene la ventaja de su amplio desván.

GINA.—Además, nos sobra un cuarto, al otro lado del rellano, e intentamos realquilarlo.

GREGORIO (*a Hialmar*).—¿Es que tienes huéspedes?

HIALMAR.—No, aún no. Te advierto que no es tan sencillo encontrarlos, y hay que buscarlos primero. (*A Eduvigis.*) Niña, trae esa cerveza. (*Eduvigis asiente y se dirige a la cocina.*)

GREGORIO (*a Hialmar*).—¿Es tu hija esta niña?

HIALMAR.—Sí; se llama Eduvigis.

GREGORIO.—¿Hija única?

HIALMAR.—Sí, única, y nuestra mayor satisfacción en este mundo; pero (*baja la voz*) es nuestro mayor tormento a la par, Gregorio.

GREGORIO.—¿Cómo dices?

HIALMAR.—Corre peligro de perder la vista, amigo mío.

GREGORIO.—¿Va a quedarse ciega?

HIALMAR.—Sí, aunque hasta la fecha no se han presentado más que los primeros síntomas, y no es inminente la cosa; pero no tiene cura, según nos ha prevenido el médico.

GREGORIO.—¡Qué terrible desgracia! ¿Y de qué proviene esa desgracia?

HIALMAR (*suspirando*).—Probablemente, será hereditaria.

GREGORIO (*con evidente sorpresa*).—¿Hereditaria?

GINA.—También padecía de la vista la madre de Hialmar.

HIALMAR.—Lo dice mi padre; pero yo no lo recuerdo en absoluto.

GREGORIO.—¡Pobre criatura! ¿Y se da cuenta?

HIALMAR.—Como comprenderás, nos ha faltado valor para revelárselo. Nada se figura. Trinando igual que un pajarillo retozón e inconsciente, vuela en pos de la eterna noche. (*Abrumado.*) ¡Qué tortura para un padre, Gregorio! (*Aparece Eduvigis trayendo una bandeja con cerveza y vasos, que deposita sobre la mesa. Hialmar le acaricia el cabello.*) Gracias, Eduvigis, gracias. (*Eduvigis abraza a su padre y le murmura algo al oído.*) No, tostadas ahora, no. (*Mira a Gregorio.*) A no ser que las desees tú.

GREGORIO (*por cortesía*).—No, no; gracias.

HIALMAR (*sonriendo con tristeza*).—Por si acaso, trae algunas, Eduvigis. Bien doraditas, ¿eh? Y con bastante mantequilla. (*Eduvigis aprueba, muy contenta, y vuelve a la cocina.*)

GREGORIO (*luego de seguirla con la mirada*).—No obstante, tiene aspecto muy saludable.

GINA.—Sí, a Dios gracias, de nada más se resiente.

GREGORIO.—A juzgar por su aire, cuando se desarrolle, va a parecerse mucho a la señora Ekdal. ¿Qué edad tiene?

GINA.—Cumplirá catorce años pasado mañana.

GREGORIO.—Para su edad, está muy crecida.

GINA.—Del año anterior a este, ha dado un buen estirón.

GREGORIO.—Al ver cómo crecen los niños, se nota uno que va para viejo. ¿Cuánto tiempo hace que están ustedes casados?

GINA.—Llevamos casados... Sí, justamente, va a hacer quince años.

GREGORIO.—¿Tanto tiempo?

GINA (*mirándolo con atención*).—Tanto tiempo, sí.

HIALMAR.—Exactamente; quince años, menos unos meses. (*Cambiando de conversación.*) Se te habrá antojado muy larga esa temporada que pasaste en la fábrica, Gregorio.

GREGORIO.—Al principio, sí, pero no después. Casi no sé en qué he empleado mis días durante esa temporada. (*El viejo Ekdal se presenta a la puerta de su cuarto, sin pipa y con una usada gorra de uniforme a la cabeza, arrastrando los pies.*)

EKDAL.—Bueno, Hialmar, ya podemos hablar de eso. ¡Hum! ¿De qué se trataba?

HIALMAR (*acercándose a él*).—Padre, tenemos visita. Es Gregorio Werle. ¿No le conoces?

EKDAL (*mirando a Gregorio, que se ha puesto de pie*).—¿El hijo de Werle? Bien; ¿y qué quiere de mí?

HIALMAR.—Nada. Ha venido a verme.

EKDAL.—Entonces, ¿no acontece nada anormal?

HIALMAR.—No, nada absolutamente.

EKDAL (*accionando con ambos brazos*).—De sobra sabes que no tengo miedo; pero...

GREGORIO (*encarándose con él*).—Deseaba únicamente traerle a la memoria, teniente Ekdal, los antiguos terrenos de caza.

EKDAL.—¿De caza?

GREGORIO.—Sí, cerca de la fábrica, en los aledaños de Hoidal.

EKDAL.—¡Ah!, ya lo recuerdo. Yo frecuentaba mucho aquel lugar antaño.

GREGORIO.—Era usted un cazador famoso en aquella época.

EKDAL.—Lo fui, ciertamente. Veo que mira usted mi uniforme. Aquí puedo llevarlo sin pedir permiso. Con tal que no lo lleve puesto en la calle... (*Eduvigis trae una fuente con las tostadas y la deja sobre la mesa.*)

HIALMAR.—Siéntate, padre, y toma un vaso de cerveza. Tú, Gregorio, sírvete lo que gustes. (*Ekdal tartamudea palabras ininteligibles y, dando traspiés, se dirige al sofá, sentándose. Gregorio lo hace en la silla más próxima, y enfrente de él, Hialmar. Gina permanece sentada, cosiendo, a alguna distancia de la mesa. Eduvigis se mantiene de pie al lado de su padre.*)

GREGORIO.—¿Recuerda, teniente Ekdal, que por el verano y por Navidad nos reuníamos con usted allá arriba Hialmar y yo?

EKDAL.—¿Usted?... Pues no, no lo recuerdo. Pero sí tengo presente que he sido un gran cazador. Me temían los osos, de los que he matado nueve.

GREGORIO (*contemplándole, compadecido*).—¿Y a estas alturas no va usted nunca a cazar?

EKDAL.—¡Oh!, no diga semejante cosa. Todavía voy de cuando en cuando. Claro que en otras condiciones de las de antes. Por lo que atañe al bosque, ¿sabe?... el bosque... el bosque... (*Bebe.*) ¿Cómo está hoy el bosque de allá arriba?

GREGORIO.—No tan espeso como en su época. Se han talado numerosos árboles.

EKDAL (*atenuando la voz, asustado*).—Eso de talar es una tarea peligrosa. Acarrea malas consecuencias, porque el bosque se venga.

HIALMAR (*llenándole el vaso*).—Toma, padre, echa otro trago.

GREGORIO.—¿Cómo es posible que usted, tan aficionado a la caza y al aire libre, se encierre entre cuatro paredes en la ciudad?

EKDAL (*risueño y mirando de reojo a Hialmar*).—No se figure que lo pasamos tan mal aquí. No, no lo pasamos nada mal.

GREGORIO.—Pero ¿no añora usted lo que tanto le placía allá? Aquellos efluvios perfumados y acariciadores, aquella existencia en plena naturaleza, sobre la antiplanicie, entre una fauna variada...

EKDAL (*con una sonrisa*).—¿Se lo enseñamos, Hialmar?

HIALMAR (*vivamente y algo azorado*).—No, padre; esta noche, no.

GREGORIO (*a su amigo*).—¿Qué quiere enseñarme?

HIALMAR.—Nada, en suma... Ya lo verás otro día.

GREGORIO (*reanudando la charla con el abuelo*).—Venía a proponerle, teniente Ekdal, que se desplazara usted a la fábrica conmigo. Estoy persuadido de que no tardaré en regresar. Quizá haya asimismo allí trabajo de hacer copias, y aquí no cuenta usted con algo que pueda endulzarle la vida.

EKDAL (*mirándole con extrañeza*).—¿Que aquí no cuento con algo que...?

GREGORIO.—Cuenta usted con su hijo, por supuesto, y a su vez él cuenta con la familia que se ha creado. Pero un hombre como usted, a quien siempre ha atraído la naturaleza ruda y silvestre...

EKDAL (*dando en la mesa un puñetazo*).—¡A hora sí que hay que enseñárselo, Hialmar!

HIALMAR.—Oye, padre: ¿entiendes que debemos...? Además, está muy oscuro...

EKDAL.—¡Bah, bobadas! Hay luna. (*Se incorpora.*) Déjame pasar y ayúdame, hombre.

EDUVIGIS.—Sí, sí, papá; hazle caso.

HIALMAR (*levantándose también*).—Vamos, ¡ea!

GREGORIO (*a Gina*).—Pero ¿de qué hablan?

GINA.—¡Oh!, no crea usted que es nada extraordinario. (*Ekdal y Hialmar se dirigen al tabique del foro, descorriendo cada cual una hoja de la puerta. Eduvigis ayuda a su abuelo. Gregorio se pone de pie junto al sofá. Gina, tranquila, no interrumpe su labor. Por la abertura se atisba un desván grande y alargado, de forma irregular, con las vigas al descubierto y tubos de chimenea. Por los tragaluces del techo penetran los rayos de la luna, bañando en claridad algunos rincones, mientras a otros los envuelve densa sombra.)*

EKDAL (*a Gregorio*).—Acérquese lo más que pueda.

GREGORIO (*acercándose*).—Vamos a ver eso.

EKDAL.—Mírelo despacio. ¡Hum!

HIALMAR (*turbado*).—Son manías de mi padre, ¿comprendes?

GREGORIO (*que desde la puerta mira al interior*).—¡Ah!, ¿cría usted gallinas, teniente Ekdal?

EKDAL.—¡Sí, sí, gallinas! De momento están durmiendo. Pero a la luz del día verá qué clase de gallinas son.

EDUVIGIS.—Y también tenemos...

EKDAL.—¡Chitón, chitón! No digas nada aún.

GREGORIO.—A juzgar por lo que veo, también tienen palomas.

EKDAL. También tenemos palomas, sí. Ahí, debajo del alero, está el palomar, porque les gusta anidar en lo alto, ¿sabe?

HIALMAR.—No todas son palomas comunes.

EKDAL.—¡Qué han de ser comunes! Tenemos palomas mensajeras, y una pareja de reales. Pero venga usted por acá. ¿Ve ese agujero abierto en la medianería?

GREGORIO.—Sí, lo veo. ¿Para qué sirve?

EKDAL.—En ese cobertizo, amigo, duermen los conejos por la noche.

GREGORIO.—¡Cómo! ¿Tienen conejos?

EKDAL.—Pues sí, ¡caray! ¿Por qué no íbamos a tener conejos? ¿Has oído, Hialmar, esa pregunta? Le sorprende que tengamos conejos. hijo. ¡Hum! Y falta lo principal... A eso vamos. Apártate, Eduvigis. Póngase aquí y mire para abajo. Verá un cesto lleno de heno.

GREGORIO.—Y en el heno veo una especie de pájaro.

EKDAL.—¿Dice una especie de... pájaro?

GREGORIO.—Es un pato, ¿no?

EKDAL (*amostazado*).—¡Y tanto que lo es!
HIALMAR.—Pero ¿qué clase de pato?
EDUVIGIS.—No es un pato vulgar.
EKDAL.—¡Chitón!
GREGORIO.—Ni tampoco es un pato turco.
EKDAL.—No, señor Werle, no es un pato turco tampoco: ¡es un pato salvaje!
GREGORIO.—¡Un pato salvaje! ¿Ni más ni menos?
EKDAL.—Sí, amiguito; ese «pájaro», según le llamaba usted, ¡es un pato salvaje! Y es nuestro, por añadidura.
EDUVIGIS.—Mío, porque es mi pato.
GREGORIO.—¿Y cómo puede vivir aquí arriba, en esta buharda?
EKDAL.—Observe usted que dispone de un barreño para chapuzarse.
HIALMAR.—Cada dos días se le cambia el agua.
GINA (*a su marido*).—Querido Hialmar, esto empieza a enfriarse.
EKDAL.—¡Hum, hum! Habrá que cerrar. No es cosa de interrumpir su sueño, verdaderamente. Empuja la corredera, Eduvigis. (*Hialmar y ella juntan las hojas del portón.*) Lo verá usted mejor otro día. (*Se sienta en el sillón, al lado de la estufa.*) Son asombrosos esos patos salvajes, ¿eh?
GREGORIO.—¿De qué recurso se ha valido usted para cazarlo vivo, teniente Ekdal?
EKDAL.—Si no lo he cazado yo. Ha llegado a nosotros por mediación de un personaje de la ciudad.
GREGORIO (*un poco desconcertado*).—¿Alude usted a mi padre acaso?
EKDAL.—Sí, precisamente a su padre... ¡Hum!
HIALMAR.—Lo has acertado en seguida, Gregorio.
GREGORIO.—Como antes me has dicho que te colmaba de atenciones, he colegido que...

GINA.—Pero no es el propio señor Werle quien nos ha regalado el pato.

EKDAL.—De todas maneras, Gina, a Juan Werle debemos el obsequio. (*Encarándose con Gregorio.*) Estaba él cazando en una barca, ¿sabe? Al verlo disparó; pero, como tiene mala vista, no consiguió más que herirlo.

GREGORIO.—¿Le metió en el cuerpo alguna perdigonada?

HIALMAR.—No más de dos o tres perdigones.

GREGORIO.—Y se zambulló en el agua, ¿verdad?

EDUVIGIS.—Y en el ala; así que no puede volar.

EKDAL (*medio dormido y con la voz pastosa*).—Naturalmente. Siempre hacen lo mismo los patos salvajes; se sumergen hasta el fondo, amigo, aferrándose con el pico a cualquier accidente del fango, y ya no salen más a la superficie.

GREGORIO.—Pues su pato salvaje sí que volvió, teniente Ekdal.

EKDAL.—Volvió porque su padre de usted tenía un perro muy fino, que se sumergió detrás del pato y lo sacó a flote.

GREGORIO (*a Hialmar*).—¿Y os lo cedió a vosotros?

HIALMAR.—No de buenas a primeras. Por lo pronto estuvo en casa de tu padre, y, como no se amoldaba a la domesticidad, ordenaron a Petersen que lo matara.

EKDAL (*amodorrado*).—Sí..., a Petersen, ese idiota... ¡Hum!

HIALMAR.—Figúrate cómo pasó a nuestras manos. Cuando se enteró del asunto mi padre, que conoce algo a Petersen, supo darse maña para hacerse dueño del pato.

GREGORIO.—¿Y está en vuestra buhardilla tan contento?

HIALMAR.—Muy contento, sí. ¡Hasta ha engordado! Y todavía no lleva aquí tiempo suficiente para olvidar la índole salvaje que le caracteriza...

GREGORIO.—Lo he comprobado. Pero procura que no vea ya más cielo ni mar. Y debo irme, porque tu padre está durmiéndose.

HIALMAR.—¡Qué importa!

GREGORIO.—Se me ocurre una idea. Habías dicho que tenías una habitación por realquilar. ¿Disponible?

HIALMAR.—Sí. ¿Por qué lo preguntas? ¿Puedes proporcionarnos alguien que la ocupe?

GREGORIO.—¿Me la alquilarías a mí?

HIALMAR.—¿A ti?

GINA.—Escuche, señor Werle...

GREGORIO.—Si me la alquiláis, me instalaré mañana por la mañana.

HIALMAR.—Nosotros, con sumo gusto...

GINA.—Señor Werle, considere que no es un cuarto adecuado a una persona de su condición...

HIALMAR.—¿Cómo puedes decir eso, Gina?

GINA.—Porque no es un cuarto espacioso y claro, ni de lujo...

GREGORIO.—No peco de muy escrupuloso, señora Ekdal.

HIALMAR.—Pues a mí me parece un cuarto bonito y no muy mal amueblado.

GINA.—Piensa en los dos individuos que residen abajo.

GREGORIO.—¿Qué individuos son esos?

GINA.—Uno ha sido preceptor.

HIALMAR.—Un tal Molvik, licenciado en teología.

GINA.—El otro, un doctor apellidado Relling.

GREGORIO.—¿Relling? Me suena. Ejerció de médico en Hoidal durante cierto tiempo.

GINA.—Son un par de perdularios que van de juerga con frecuencia. Se retiran muy tarde, y en ocasiones hasta se permiten...

GREGORIO.—A todo se hace uno. Espero no ser menos que el pato salvaje.

GINA.—Reflexione antes de adoptar una determinación.

GREGORIO.—No la encuentro a usted muy propicia a alojarme en su casa, señora Ekdal.

GINA.—¡Nada de eso! Ni lo sospeche siquiera.

HIALMAR.—En realidad, Gina, me extraña tu actitud. (*A Gregorio.*) ¿Conque proyectas quedarte en la ciudad por el momento?

GREGORIO.—Por el momento sí lo he proyectado.

HIALMAR.—Pero sin albergarte en casa de tu padre. ¿Qué te propones, pues?

GREGORIO.—¡Ojalá lo supiera yo para tranquilidad mía! Pero cuando lleva uno la cruz de llamarse Gregorio y Werle para colmo... ¿Has oído nunca nombre más horrible?

HIALMAR.—Rotundamente, no opino como tú.

GREGORIO.—¡Qué asco, puaf! Escupiría en el rostro a quien llevara ese nombre. Pero he de resignarme a ser Gregorio... y Werle.

HIALMAR.—¡Ja, ja! Si no fuese Gregorio Werle, ¿qué te agradaría ser?

GREGORIO.—Si de mí dependiera elegir, sería un perro astuto.

GINA.—¿Un perro?

EDUVIGIS (*sin poder reprimirse*).—¡Oh, no!

GREGORIO.—Sí, un perro muy astuto, como los que se tiran al agua persiguiendo a los patos salvajes que se sumergen y se aferran a las plantas brotadas en el cieno.

HIALMAR.—Si he de serte franco, Gregorio, no comprendo ni una sola palabra de lo que estás hablando.

GREGORIO.—Como que apenas tiene sentido. Pues bien: mañana por la mañana me instalaré aquí. (*A Gina.*) No voy a molestarla por demás, puesto que me basto a mí mismo. (*A Hialmar.*) El resto lo debatiremos mañana. Buenas noches, señora Ekdal. (*Con un mohín saluda a Eduvigis.*) Buenas noches.

GINA.—Buenas noches, señor Werle.

EDUVIGIS.—Buenas noches.

HIALMAR (*encendiendo una bujía*).—Aguarda un segundo, que voy a alumbrarte, porque temo que esté apagada la escalera. (*Vanse por la puerta exterior Gregorio y Hialmar.*)

GINA (*con la mirada perdida y la costura sobre el regazo*).—¡Qué extravagancias dice! ¡Pues no ha afirmado que le gustaría ser un perro!

EDUVIGIS.—No lo tomes al pie de la letra... Yo tengo la impresión de que pretendía decir otra cosa.

GINA.—¿Que otra cosa iba a ser?

EDUVIGIS.—No lo sé; pero parecía que se expresaba con indirectas.

GINA.—¿Tú crees? Bien mirado, es muy extraño...

HIALMAR (*reapareciendo por donde se ha ido*).—Todavía estaba encendida la escalera. (*Apaga la bujía y la pone encima de la mesa.*) ¡Vaya, por fin puedo tomar un bocado! (*Empieza a comerse una de las tostadas.*) ¿Te das cuenta, Gina? Cuando sabemos desenvolvernos...

GINA.—¿Desenvolvernos en qué sentido?

HIALMAR.—Ya ves. Es una suerte haber podido alquilar la habitación, máxime tratándose de Gregorio, un antiguo y fiel amigo.

GINA.—No sé qué decirte, a fe mía.

EDUVIGIS.—No receles, mamá. Vamos a divertirnos bastante.

HIALMAR.—Eres indescifrable. Antes tenías el mayor empeño en realquilar ese cuarto, y cuando lo has logrado, no estás satisfecha.

GINA.—Sí, Hialmar; pero habría preferido que fuese a otro. ¿Cómo crees que lo tomará el director?

HIALMAR.—Tómelo como quiera. ¿Qué le importo eso al viejo Werle?

GINA.—Comprenderás que ha debido de haber entre

ellos un disgusto, cuando el hijo abandona la casa de su padre. No ignoras que congenian mal.

HIALMAR.—¿Y qué?

GINA.—Que el director puede pensar a estas horas que eres tú el que has levantado los cascos a su hijo.

HIALMAR.—Si lo piensa, ¡qué hacer! Reconozco que debo al director Werle muchos favores; pero no por ello voy a doblegarme a él incondicionalmente.

GINA.—Considera, querido Hialmar, lo que podrá perjudicar a tu padre esa cuestión, y que tal vez se enajene las pequeñas ganancias que le proporciona Graberg.

HIALMAR.—Casi me felicitaría de que fuese así. ¿No te parece humillante que un hombre de mis circunstancias vea trabajar todavía a su padre cuando ya peina canas? Pero día llegará... (*Toma otra tostada.*) Me he impuesto en la vida una misión, y la cumpliré.

EDUVIGIS.—Sí, sí, papá.

HIALMAR (*bajando la voz*).—La cumpliré plenamente, porque día llegará en que... Por eso me complace que hayamos alquilado la habitación, pues así gozaré de mayor independencia, la cual se hace imprescindible al hombre que se impone en la vida una misión. (*Se vuelve hacia su padre.*) Duerme, pobre anciano, y confía en tu hijo, que tiene hombros robustos. Y más adelante, cuando despiertes... (*A Gina.*) ¿Lo dudas?

GINA (*levantándose*).—No, no lo dudo. Vamos a acostar al abuelo cuanto antes.

HIALMAR.—Sí, vamos. (*Transportan con toda precaución al viejo dormido.*)

(*Telón.*)

Acto tercero

Estudio de Hialmar Ekdal, donde penetra la luz de la mañana a través de la claraboya del techo. Se han descorrido las cortinas.

Sentado a la mesa, Hialmar retoca unas pruebas fotográficas, y hay otras esparcidas ante él. A los pocos momentos entra Gina, con el abrigo y el sombrero puestos, trayendo al brazo una cesta de la compra.

HIALMAR.—¿Ya estás de vuelta, Gina?

GINA.—Sí; tengo que afanarme. (*Coloca la cesta encima de una silla y se quita el sombrero y el abrigo.*)

HIALMAR.—¿Has echado un vistazo a la habitación de Gregorio?

GINA.—Claro que sí. ¡Y cómo la ha puesto! No ha tardado en hacer una de las suyas.

HIALMAR.—¿A qué te refieres?

GINA.—Ya sabes que afirmó que se bastaría a sí mismo. Pues ha querido encender la estufa, y, como había dejado cerrada la llave de paso, se ha llenado de humo el cuarto. ¡Uf, qué peste!

HIALMAR.—¡Vaya una ocurrencia!

GINA.—Todavía falta lo peor. Porque, para apagar las llamas, ha vertido en la lumbre el jarro del lavabo, y ha quedado el suelo hecho una porquería.

HIALMAR.—¡Qué atrocidad!

GINA.—He encargado a la portera que lo friegue, pues no hay quien pise ahí hasta la tarde.

HIALMAR.—¿Y adónde ha ido él entre tanto?

GINA.—Ha dicho que iba a dar un paseo.

HIALMAR.—Después de marcharte tú he pasado un rato a verle.

GINA.—Lo sé, y también sé que le has invitado a almorzar.

HIALMAR.—Como es el primer día, no podíamos zafarnos de tomar a media mañana un piscolabis. ¿Tienes cualquier cosilla de comer?

GINA.—La buscaré.

HIALMAR.—Procura que esté abundante, porque creo que a la vez subirán Relling y Molvik. Me he encontrado en la escalera con Relling, ¿sabes?, y no he podido menos de...

GINA.—¿Conque, además, van a venir esos dos?

HIALMAR.—No te apures. ¿Qué importa un par de invitados más?

EKDAL (*asomando la cabeza por la puerta de su cuarto*).—Escucha, Hialmar... (*Al reparar en Gina.*) ¡Ah!

GINA.—¿Necesita usted algo, abuelo?

EKDAL.—No, no; da lo mismo. ¡Hum!... (*Retrocede a su cuarto.*)

GINA (*recogiendo la cesta*).—Cuida de que no salga.

HIALMAR.—Así lo haré. Oye, Gina: entiendo que no estará de sobra una ensalada de arenques. Presumo que Relling y Molvik anduvieron de juerga anoche, y...

GINA.—Con tal que no se presenten aquí antes de la hora...

HIALMAR.—No, seguramente que no. Te quedará tiempo.

GINA.—Bien pero, mientras, no dejes tú de trabajar.

HIALMAR.—Trabajando estoy, mujer. Trabajando todo lo que puedo.

GINA.—Lo digo en beneficio tuyo, para que tengas terminada la tarea antes de que vengan. (*Se dirige con la cesta a la cocina, y Hialmar prosigue su labor de retoque despaciosamente y a disgusto. Ekdal entreabre de nuevo la puerta de su cuarto, hablando en voz queda.*)

EKDAL.—¿Corre mucha prisa lo que estás haciendo?

HIALMAR.—Sí...; me urge rematar estas fotos.

EKDAL.—Entonces, nada. Si tienes tanto que hacer... ¡Hum! (*Vuelve a su cuarto, aunque deja entornada la puerta.*)

HIALMAR (*que continúa trabajando en silencio durante unos minutos, abandona el pincel y se encamina hacia la puerta*).—¿Estás muy ocupado, padre?

EKDAL (*rezongando, desde dentro*).—Si tú lo estás, bien puedo estarlo yo a mi vez, ¡diantre!

HIALMAR.—Bueno, bueno. (*Retorna otra vez a su trabajo.*)

EKDAL (*reapareciendo en la puerta al cabo de unos instantes*).—¡Hum! En fin, Hialmar, no estoy tan atareado como para no atenderte.

HIALMAR.—¿No escribías?

EKDAL.—¡Diablo! Que aguarde Graberg un día o dos. La cosa no es cuestión de vida o muerte, a la verdad.

HIALMAR.—No, y tampoco eres tú un esclavo de nadie.

EKDAL.—Sobre todo, hemos de arreglar algo ahí dentro (*señalando el desván.*)

HIALMAR.—Precisamente, eso iba a decirte. ¿Quieres que entremos? ¿Abro?

EKDAL.—No estaría de más.

HIALMAR.—Y lo que se haga hoy quedará hecho.

EKDAL.—De acuerdo. Debe estar arreglado mañana por la mañana. Será mañana, ¿eh?

HIALMAR.—Sí, mañana, indefectiblemente. (*Hialmar y Ekdal abren la puerta, una hoja cada uno. Por el traga-*

luz del techo entra el sol. Vuelan de acá para allá unas palomas, mientras otras se, posan, arrullándose, en las vigas. Al fondo se oye cacarear un rato a las gallinas.) Ahora ya puedes entrar, padre.

EKDAL (*entrando*).—Y tú, ¿no entras?

HIALMAR.—Al fin y al cabo, si lo hiciera... (*Se percata de que a la puerta de la cocina está Gina.*) ¿Yo? No, no tengo tiempo; necesito trabajar. Voy a accionar el artilugio. (*Tira de una cuerda para que descienda una especie de telón confeccionado en su mitad inferior con tiras de lona vieja, y en la superior, con una red de pesca, lo cual oculta la buharda por abajo. Acto seguido vuelve a la mesa.*) A ver si puedo disponer de alguna tranquilidad.

GINA.—¿Otra vez anda enredando por ahí dentro?

HIALMAR.—¿Preferirías que fuese a la taberna de la señora Eriksen? (*Sentándose.*) ¿Deseas algo? Parece que...

GINA.—Solo quería preguntarte si te conviene que sirvamos el almuerzo aquí.

HIALMAR.—Sí. Supongo que no habremos citado tan temprano a ningún cliente.

GINA.—No aguardo a nadie más que a una pareja de novios que van a retratarse juntos.

HIALMAR.—¡Caray! ¿Y no podrán retratarse juntos otro día?

GINA.—Verás, querido Hialmar: por si acaso, les dije que vinieran después de comer, cuando tú duermes la siesta.

HIALMAR.—Entonces, muy bien. Puesto que no hay inconveniente, almorzaremos aquí.

GINA.—Entendido. Pero, como no se va a poner la mesa en seguida, todavía puedes trabajar un poco.

HIALMAR.—Notarás que aprovecho el tiempo para trabajar lo más posible.

GINA.—Así te quedarás libre luego, y sin preocupaciones. (*Vuelve a meterse en la cocina. Breve pausa. Desde la buhardilla, detrás de la red, habla el anciano.*)

EKDAL.—¡Hialmar!

HIALMAR.—¿Qué ocurre?

EKDAL.—Opino que no va a haber otra solución que cambiar de sitio el barreño.

HIALMAR.—Sí, lo mismo pensaba yo. EKDAL (*alejándose de la puerta*).—¡Hum, hum, hum! (*Hialmar trabaja un poco aún, mira de soslayo el desván y medio se incorpora. A todo esto, por la puerta de la cocina ha salido Eduvigis.*)

HIALMAR (*precipitándose a trabajar*).—¿Qué quieres?

EDUVIGIS.—Solamente quiero acompañarte, papá.

HIALMAR (*a raíz de una pausa corta*).—No dejas de husmearlo todo. ¿Te ha recomendado tu madre que me vigiles?

EDUVIGIS.—No. ¡Vaya una idea!

HIALMAR.—¿Qué está haciendo tu madre?

EDUVIGIS.—Está aderezando la ensalada de arenques. (*Se acerca a la mesa.*) Papá, ¿puedo ayudarte en algo?

HIALMAR.—No; mejor será que trabaje yo solo en tanto que me queden fuerzas. Lo de menos, Eduvigis, es que tu padre quebrante su salud.

EDUVIGIS.—¡Oh, papá, no digas eso! (*Curiosea por el estudio, se para ante el desván y atisba.*)

HIALMAR.—Oye: ¿qué le trae tan atareado al abuelo?

EDUVIGIS.—Por lo visto, intenta abrir otro paso para que vaya el pato al barreño.

HIALMAR.—Jamás lo conseguirá él solo. ¡Y yo, obligado a no moverme de aquí!

EDUVIGIS (*arrimándose a su padre*).—Dame el pincel, papá; eso sé hacerlo yo.

HIALMAR.—¡Qué terquedad! No tardaría en cansársete la vista.

EDUVIGIS.—No lo creas. Dame el pincel.

HIALMAR.—Tómalo. Será por un minuto o dos.

EDUVIGIS.—Es igual. (*Toma el pincel.*) Así. (*Sentándose.*) A ver el modelo.

HIALMAR.—Cuida de no fatigarte los ojos. ¿Entiendes? No deseo cargar con esa responsabilidad... La culpa será tuya.

EDUVIGIS (*retocando la foto*).—Sí, mía nada más.

HIALMAR.—Te das muy buena maña, Eduvigis. Solo me retrasaré unos minutos, ¿eh? (*Se escurre por un lado de la cortina para pasar al desván. Eduvigis, sentada, continúa trabajando. Se oye discutir dentro a Hialmar con su padre. Luego asoma la cabeza por la red.*) Eduvigis, alcánzame las tenazas y el martillo, que están en el estante. (*Se retira adentro.*) Escucha, padre. Permíteme antes que te explique mi proyecto. (*Eduvigis busca las herramientas y se las entrega.*) Sí, estas son; gracias. Se requería que viniera yo, ¿sabes? (*Desaparece de la puerta. Se oyen martillazos y el rumor impreciso de palabras. Eduvigis permanece mirándolos. A la sazón llaman por la escalera, sin que ella se percate.*)

GREGORIO (*que ha entrado por la puerta entornada y que viene sin abrigo ni sombrero, deteniéndose en el umbral*).—¿No hay nadie?

EDUVIGIS (*volviéndose y saliéndole al encuentro*).—Buenos días. Pase usted.

GREGORIO.—Con permiso. (*Mira hacia el desván.*) Parece que tenemos obreros ahí.

EDUVIGIS.—Son papá y el abuelo. Los aviso en seguida.

GREGORIO.—No, no te molestes. Aguardaré aquí. (*Se sienta en el sofá.*)

EDUVIGIS.—¡Está todo esto tan desordenado...! (*Va a recoger las pruebas.*)

GREGORIO.—Déjalas. ¿Retocas esas fotografías?

EDUVIGIS.—Sí, un poquito, por ayudar a papá.
GREGORIO.—No quisiera importunarte.
EDUVIGIS.—Nada de eso. (*Prosigue trabajando en las pruebas.*)
GREGORIO (*contemplándola en silencio*).—¿Ha dormido bien anoche el pato salvaje?
EDUVIGIS.—Supongo que sí; gracias.
GREGORIO (*con la cara vuelta hacia el desván*).—Hoy, a la luz del sol, resulta muy distinto que ayer a la luz de la luna.
EDUVIGIS.—Sí, cambia mucho con las horas. Por la mañana es diferente que por la tarde, y cuando llueve, diferente que cuando está claro.
GREGORIO.—¿Te has fijado en eso?
EDUVIGIS.—Es fácil de observar.
GREGORIO.—¿Te gusta ver al pato salvaje?
EDUVIGIS.—Cuando puedo, sí.
GREGORIO.—No debe de sobrarte mucho tiempo, porque presumo que irás al colegio.
EDUVIGIS.—No, ahora no, pues papá teme que me perjudique la vista.
GREGORIO.—Entonces ¿te dará él mismo lecciones?
EDUVIGIS.—Me lo ha prometido; pero no ha tenido ocasión de hacerlo aún.
GREGORIO.—¿Y no puede ocuparse de ti otra persona?
EDUVIGIS.—El preceptor Molvik, que no siempre está en sus cabales...
GREGORIO.—¿Se emborracha?
EDUVIGIS.—¡Y tanto!
GREGORIO.—Así te quedará espacio para otras actividades. Y me imagino que ese desván se te antojará un mundo aparte.
EDUVIGIS.—Sí, por completo. Hay ahí tantas cosas extraordinarias...

GREGORIO.—¿De veras?

EDUVIGIS.—Figúrese. Encierra grandes armarios repletos de libros, y con estampas muchos de ellos...

GREGORIO.—¡Ah!

EDUVIGIS.—Además, hay un bargueño antiguo con numerosos cajoncitos y tableros, y un reloj de chimenea con figulinas que salen cuando da la hora; pero no funciona.

GREGORIO.—Por consiguiente, se ha parado el tiempo en la morada del pato salvaje...

EDUVIGIS.—Eso es. También hay cajas viejas con la tapa pintada, sin contar más objetos, y, sobre todo, como le digo, libros.

GREGORIO.—Y tú los leerás, ¿verdad?

EDUVIGIS.—¡Oh, sí! En cuanto me es posible. Sin embargo, la mayoría están escritos en inglés, y no los entiendo, aunque hojeo las láminas. Uno muy grande se titula: *Harrison history of London,* y tiene infinidad de grabados; sumará cien años de antigüedad, por lo menos. En la primera página está la muerte con un reloj de arena, y una doncella; esa página no me gusta nada. Pero otras representan iglesias, castillos y barcos navegando por el mar.

GREGORIO.—Cuéntame cómo os habéis proporcionado esas cosas tan bonitas.

EDUVIGIS.—Las trajo un viejo capitán mercante que venía antes aquí. Le llamaban el holandés Errante[2], ignoro por qué, pues no era holandés.

GREGORIO.—¿Conque no?

EDUVIGIS.—Y como ha desaparecido, se quedó todo en casa.

---

[2] La leyenda escandinava del Holandés Errante inspiró a Wagner *El buque fantasma*. Se trata de una especie de Judío Errante marino al gusto septentrional. N. del T

GREGORIO.—Escúchame: cuando te metes ahí y miras esas estampas, ¿no te dan ganas de viajar y ver con tus propios ojos el mundo verdadero?

EDUVIGIS.—¡Oh, no! Deseo no moverme de aquí para ayudar a mamá y a papá.

GREGORIO.—¿Retocando pruebas fotográficas?

EDUVIGIS.—Y otras tareas. Especialmente, me agradaría grabar láminas como las que ilustran los libros ingleses.

GREGORIO.—¡Ah! ¿Y qué dice a eso tu padre?

EDUVIGIS.—Sospecho que papá no opina lo mismo que yo. Dice que debo aprender a hacer cestas y asientos de rejilla; pero a mí no me gusta ese oficio.

GREGORIO.—Tampoco a mí.

EDUVIGIS.—No obstante, a papá le asiste razón, porque, si yo aprendiera a tejer mimbres, podría hacer un cesto para el pato salvaje.

GREGORIO.—Eso sí. Eres la más indicada para el caso, realmente.

EDUVIGIS.—Como que es mío el pato.

GREGORIO.—Sin la menor duda.

EDUVIGIS.—A pesar de ser mío, se lo cedo a papá y al abuelo en cuanto me lo piden.

GREGORIO.—Eso está muy bien. ¿Y para qué te lo piden?

EDUVIGIS.—Para atenderlo y abrirle caminos.

GREGORIO.—Al parecer, el pato salvaje es el niño mimado del desván.

EDUVIGIS.—Claro que sí. Es un ave de lo más salvaje, que no se comunica con los demás animalitos y da pena su aislamiento.

GREGORIO.—No tiene familia, como los conejos.

EDUVIGIS.—Las gallinas, aunque no la tengan, se juntan para comer, y el pobrecito está separado de sus semejantes. Además, se ha de tener en cuenta otra circunstancia: la de que nadie la conoce ni sabe de dónde procede.

GREGORIO.—Y ha vivido en el fondo de los mares.

EDUVIGIS (*mirando a Gregorio y reprimiendo una sonrisa*).—¿Por qué dice usted «en el fondo de los mares»?

GREGORIO.—¿Pues cómo voy a decirlo?

EDUVIGIS.—Podría haber dicho «en el fondo del mar» o «en el fondo del agua».

GREGORIO.—¿Y por qué no «en el fondo de los mares»?

EDUVIGIS.—No lo sé. Me choca oír decir «en el fondo de los mares».

GREGORIO.—¿Y por qué? Exponme tus razones.

EDUVIGIS.—No me atrevo; es una estupidez.

GREGORIO.—No lo considero así. Vamos, dime por qué has sonreído.

EDUVIGIS.—Porque siempre que pienso en la diversidad de objetos hacinados ahí dentro, me arguyo que bien podría llamarse «el fondo de los mares» tamaño revoltijo Ya ve que es una estupidez.

GREGORIO (*mirándola fijamente*).—¿Estás segura?

EDUVIGIS.—¿De que esto es un desván?

GREGORIO.—Sí. ¿Lo sabes de fijo? (*Eduvigis lo contempla, boquiabierta. Viene Gina de la cocina con mantel y cubiertos. Gregorio se levanta.*) Temo haberme presentado demasiado pronto.

GINA.—¡Qué más da aquí que en otra parte! Todo estará listo al momento. Eduvigis, recoge lo que hay encima de la mesa. (*Eduvigis recoge todo, y no tarda en poner la mesa Gina. Mientras, Gregorio se ha sentado en el sillón.*)

GREGORIO.—Tengo entendido que sabe usted retocar, señora Ekdal.

GINA (*tras una ojeada distraída*).—Pues sí.

GREGORIO.—¡Qué coincidencia tan dichosa!...

GINA.—¿Cuál?

GREGORIO.—La de que Hialmar fuese fotógrafo.

EDUVIGIS.—También sabe fotografiar mamá.

GINA.—He necesitado aprender.

GREGORIO.—¿Lleva usted el peso del negocio?

GINA.—Cuando a Hialmar le falta tiempo, sí.

GREGORIO.—Está tan ocupado con su anciano padre...

GINA.—Además, no resulta un trabajo digno de un hombre como Hialmar retratar al primero que llegue.

GREGORIO.—Así opino yo; pero, puesto que ha elegido esa profesión...

GINA.—Se le evidenciará a usted, señor Werle, que Hialmar no es un fotógrafo cualquiera.

GREGORIO.—Con todo... (*Suena un disparo dentro del desván, y Gregorio se sobresalta.*) ¿Qué pasa?

GINA.—¡Otra vez de tiroteos!

GREGORIO.—¿Tiroteos?

GINA.—Sí; están cazando.

GREGORIO (*que se aproxima a la puerta de la buharda*).—¿Estás cazando, Hialmar?

HIALMAR (*desde dentro*).—¿Ya has venido? No me había enterado, y me he puesto a... (*Dirigiéndose a su hija.*) Has debido avisarme, Eduvigis. (*Sale al estudio.*)

GREGORIO.—¿Disparas en el desván?

HIALMAR (*mostrando una pistola de dos cañones*). — Con esto únicamente.

GINA.—Tanto el abuelo como tú acabaréis por causar alguna desgracia con vuestra *pintola*.

HIALMAR (*colérico*).—Estoy harto de enseñarte que este arma se pronuncia «pistola».

GINA.—Es igual.

GREGORIO.—¿De suerte que también te has hecho cazador, Hialmar?

HIALMAR.—Disparamos de cuando en cuando a los conejos. Por mi cuenta, me presto a ello para complacer a mi padre, ¿comprendes?

GINA.—¡Qué raros son los hombres! Siempre buscan algo con qué recrearse.

HIALMAR (*iracundo*).—¿Qué tiene de particular que busquemos algo con qué recrearnos?

GINA.—Exactamente, es lo que he dicho yo.

HIALMAR.—Está bien. (*A Gregorio.*) Tenemos la fortuna de que el emplazamiento de este desván no permite oír los tiros. (*Deposita la pistola en el estante.*) No toques la pistola, Eduvigis; acuérdate de que está cargado uno de los cañones.

GREGORIO (*acechando por la red*).—Veo que también tienes un fusil.

HIALMAR.—El antiguo fusil de mi padre, que no funciona ya por habérsele roto el cerrojo. Nos gusta montarlo y desmontado, limpiarlo y engrasarlo. Por supuesto, es mi padre quien se entretiene así.

EDUVIGIS (*encarándose con Gregorio*).—Ahora puede ver usted al pato salvaje.

GREGORIO.—Estaba mirándolo. Parece que una de las alas le cuelga un poco.

HIALMAR.—No es de extrañar, puesto que estaba herido.

GREGORIO.—Y cojea de una pata, creo.

HIALMAR.—Sí, algo quizá.

EDUVIGIS.—Por esa pata le atrapó el perro.

HIALMAR.—Aparte de eso, no tiene daño mayor. Es realmente asombroso, si se considera que lleva en el cuerpo una perdigonada y que ha estado entre los colmillos de un perro.

GREGORIO (*con una sonrisa de inteligencia a Eduvigis*).—Y que ha permanecido en el fondo de los mares.

EDUVIGIS (*sonriendo*).—Sí.

GINA (*conforme pone la mesa*).—¡Maldito pato salvaje! Hemos de molestarnos para verle contento.

HIALMAR.—¿Estará el almuerzo pronto?

GINA.—En seguida. Ven a ayudarme, Eduvigis. (*Vanse a la cocina Gina y Eduvigis.*)

HIALMAR (*a media voz*).—Más valdría que no te quedaras ahí fijándote en mi padre; no le gusta. (*Gregorio se aleja de la puerta del desván.*) E importa que cierre la puerta antes que vengan los otros. (*Sube la cortina y cierra la puerta.*) Este artilugio es iniciativa mía. Me divierte aprovechar restos inservibles para convertirlos en utensilios prácticos. Era de todo punto necesario, porque Gina no admite en el estudio gallinas ni conejos.

GREGORIO.—Me lo figuro. ¿Y tu mujer lleva aquí la batuta?

HIALMAR.—De ordinario, le encomiendo las faenas más sencillas, para poder yo confinarme en el salón y entregarme a meditaciones de mayor trascendencia.

GREGORIO.—¿Qué meditaciones son esas, Hialmar?

HIALMAR.—Me sorprendía que no lo hubieras preguntado antes. ¿No has oído hablar de mi invento?

GREGORIO.—¿De tu invento? No.

HIALMAR.—¿Conque no has oído comentarlo? Me hago cargo de que en los bosques desiertos donde vivías...

GREGORIO.—¿Has realizado un invento?

HIALMAR.—Todavía no lo he conseguido en definitiva; pero estoy ultimándolo. Ya habrás supuesto que, al optar por dedicarme a la fotografía, no era para retratar a cualquier clase de gente.

GREGORIO.—NO, por cierto. Lo mismo acaba de indicarme tu mujer.

HIALMAR.—He jurado consagrarme a este oficio para promoverlo al rango de un arte y una ciencia Entonces resolví intentar tan serio descubrimiento.

GREGORIO.—¿En qué consiste ese descubrimiento? ¿De qué se trata?

HIALMAR.—No me pidas pormenores aún, amigo mío.

Hemos de dar tiempo al tiempo, ¿sabes? Y no sospeches que me impulsa el egoísmo, pues no trabajo en beneficio propio. ¡Oh, no! Me he impuesto una misión, y no la abandono de día ni de noche.

GREGORIO.—¿Qué misión te has impuesto?

HIALMAR.—¿Olvidas al viejo encanecido?

GREGORIO.—¿A tu pobre padre? Pero ¿qué puedes hacer por él a estas alturas?

HIALMAR.—Puedo rehabilitarlo y animarlo devolviendo al apellido Ekdal su prestigio y su honorabilidad.

GREGORIO.—¿Es esa la meta de tus investigaciones?

HIALMAR.—Sí; quiero salvar al náufrago. Porque hubo de naufragar al desencadenarse sobre su cabeza la tormenta. Ya no era el mismo cuando se iniciaron esas atroces indagaciones. En la tragedia de la familia Ekdal ha desempeñado un papel la pistola que estás viendo.

GREGORIO.—¿Esa pistola, dices?

HIALMAR.—Al enterarse de la sentencia que lo condenaba a presidio..., tenía la pistola en su mano.

GREGORIO.—¿Y quiso...?

HIALMAR.—Sí; pero le faltó valor. Tenía el alma debilitada, arruinada. ¿Te das cuenta? ¿Concibes que se amilane así un militar y un cazador de osos?

GREGORIO.—Lo concibo perfectamente.

HIALMAR.—Y más tarde intervino de nuevo esa pistola en la historia de la familia. Cuando vestía ya el traje de presidiario y estaba recluido bajo llaves, ¡qué días tan tremendos pasé! Había cerrado todas las ventanas, y, si miraba afuera mientras lucía el sol, no podía hacerme a tal idea. Escuchaba a la muchedumbre reír y charlar de menudencias, y no me lo imaginaba, antojándoseme que todo debía interrumpirse, al igual que la claridad en un eclipse.

GREGORIO.—Otro tanto sentía yo cuando murió mi madre.

HIALMAR.—En aquel momento encañonaba Hialmar Ekdal contra su pecho la pistola.

GREGORIO.—¿También tú...?

HIALMAR.—Sí.

GREGORIO.—Pero no disparaste.

HIALMAR.—No; me vencí a mí mismo en el instante supremo. Me resigné a vivir; pero créeme que se requería valor para optar por la vida en semejante trance.

GREGORIO.—Todo depende de cómo se enfoque la cuestión.

HIALMAR.—No cabe duda; pero acerté, pues voy a rematar mi invento sin tardanza. El doctor Relling confía, como yo, en que entonces se le permitirá a mi padre llevar, como antes, su uniforme. Será mi única exigencia en premio.

GREGORIO.—¿Es lo del uniforme lo que te impele, pues, a...?

HIALMAR.—Sí, esa es mi mayor ambición. No puedes figurarte lo que padezco por eso. Cada vez que celebramos una fiesta íntima, como el aniversario de nuestra boda o un acontecimiento análogo..., se presenta el viejo con su uniforme de teniente, evocador de los días dichosos. Mas, apenas llaman a la puerta, huye todo lo deprisa que se lo consienten sus cansadas piernas, porque, naturalmente, no se atreve a que le vea nadie, y se encierra en su cuarto. Tal escena lacera el corazón de un hijo.

GREGORIO.—¿Y cuánto tiempo has de invertir para terminar tu invento?

HIALMAR.—¡Por Dios, no me pidas detalles como ese del tiempo! No es un descubrimiento algo que podamos supeditar a nuestras aspiraciones. Depende mucho de la inspiración, de la oportunidad, y no hay posibilidades de prever cuándo ha de sobrevenir.

GREGORIO.—Pero, en todo caso, ¿adelantas?

HIALMAR.—¡Ya lo creo! No transcurre una sola jornada sin que avance en su consecución, que me absorbe. Todas las tardes, después de comer, me aíslo en el salón para meditar con calma. Aun así, conviene no acelerarse, que de nada sirve, según afirma el doctor Relling.

GREGORIO.—¿Y no te asalta la idea de si te distraerán todos esos ajetreos de la buhardilla, apartándote más o menos de tu objetivo?

HIALMAR.—¡No, no!, muy al contrario. No digas eso, hombre. Sería contraproducente obsesionarse con preocupaciones reiteradas. Necesito algo que me airee. La inspiración y la oportunidad acuden a su debida hora... cuando acuden.

GREGORIO.—¿No habrá en ti, querido Hialmar, algo de pato salvaje?

HIALMAR.—¿De pato salvaje?... ¿En qué te basas?

GREGORIO.—Te has hundido y te aferras a las algas del fondo.

HIALMAR.—¿Aludes a ese tiro casi mortal que nos hirió en un ala a mi padre y a mí?

GREGORIO.—Sí, a eso mismo. No pretendo decir que estés herido, sino que te has enfangado en una charca malsana. Llevas contigo una dolencia latente y te sumerges para morir a la sombra.

HIALMAR.—¿Yo, morir? ¿Morir en la sombra? No, Gregorio, desecha esos absurdos.

GREGORIO.—Tranquilízate y cuenta conmigo. A mi vez me he impuesto una misión.

HIALMAR.—No lo niego; pero te ruego que no me compliques en tus divagaciones. Te garantizo que, sin perjuicio de mi melancolía característica, me restan energías para afrontarlo todo y disfrutar de la vida como cualquier mortal.

GREGORIO.—Ese es otro efecto del veneno.

HIALMAR.—Escucha, querido Gregorio: no me hables más de venenos ni de dolencias, pues detesto esa clase de conversaciones. En casa no tocamos el tema de tales calamidades.

GREGORIO.—Lo creo sin esfuerzo.

HIALMAR.—No me aprovecha eso nada. Y aquí no se respira ninguna atmósfera pantanosa, a despecho de lo que insinúas. No me ilusiono respecto a la humildad del hogar donde se desenvuelve este pobre fotógrafo, como tampoco respecto a mi modesta profesión. Pero soy un inventor y un padre de familia, lo cual me sobrepone a las miserias de mi estado, ¿lo oyes? ¡Ah!, ya traen el almuerzo. (*Entran Gina y Eduvigis con varias botellas de cerveza, un frasco de aguardiente, etcétera. Al mismo tiempo vienen por la puerta de la escalera Relling y Molvik, ambos sin sombrero ni abrigo, y vestido de negro el segundo.*)

GINA (*ordenando la mesa*).—Esos dos sí que llegan puntuales.

RELLING.—A Molvik le ha dado en la nariz un tufillo de ensalada de arenques, ¡y cualquiera lo detenía! Repito los buenos días, Ekdal.

HIALMAR.—Gregorio, te presento al licenciado Molvik y al doctor... Pero si ya conoces a Relling.

GREGORIO.—Sí, de vista.

RELLING.—¡Anda!, el hijo del señor Werle. Allá arriba, en Hoidal, disputamos en cierta ocasión. ¿Se aloja usted aquí ahora?

GREGORIO.—Desde esta mañana.

RELLING.—Molvik y yo residimos abajo; de modo que, en caso necesario, tiene usted a su alcance un médico y un teólogo.

GREGORIO.—Gracias. Podría acaecerme alguna desdicha, pues anoche éramos trece a la mesa.

HIALMAR.—¡Ay!, no hables más de esas cosas funestas.

RELLING.—Serénate, Ekdal, porque no va contigo nada.

HIALMAR.—Así lo espero por mi familia. Pero sentémonos, comamos, bebamos y alegrémonos.

GREGORIO.—¿No aguardamos a tu padre?

HIALMAR.—No; prefiere almorzar más tarde en su habitación. (*Los cuatro hombres se sientan a la mesa, comiendo y bebiendo, servidos por Gina y Eduvigis, que van y vienen alrededor.*)

RELLING.—Señor Ekdal, anoche se emborrachó Molvik a más no poder.

GINA.—No habrá sido la primera vez.

RELLING.—¿No nos oyó usted cuando lo traje a casa?

GINA.—No, nada he oído.

RELLING.—Más vale, porque era un espectáculo lastimoso.

GINA.—¿Es verdad, Molvik?

MOLVIK.—Tendamos un velo sobre los incidentes de la noche anterior. Esos contratiempos no obedecen a mi voluntad, a mi buena voluntad.

RELLING (*a Gregorio*).—Le asalta una especie de sugestión, que me contagia, y entonces he de irme de parranda con él. Porque sabrá usted que el licenciado Molvik es un demoníaco.

GREGORIO.—¡Hum!

RELLING.—Las criaturas demoníacas no están conformadas para seguir la línea recta y tienen que desviarse de cuando en cuando. Bueno, ¿y continúa usted aguantando allá arriba en aquella lúgubre y siniestra fábrica?

GREGORIO.—He aguantado hasta la fecha.

RELLING.—¿Y logró usted por fin que accedieran a aquella demanda suya?

GREGORIO.—¿Qué demanda? (*Acordándose.*) ¡Ah!, sí.

HIALMAR.—¿Ibas con demandas al prójimo?

GREGORIO.—¡Bah!, niñerías.

RELLING.—¡Claro que iba con demandas! Recorría todas las casas de los hacendados solicitando lo que llamaba la «contribución al ideal».

GREGORIO.—Por aquella época era yo muy joven.

RELLING.—Indudablemente, era muy joven usted, y no conseguiría ser atendida aquella «contribución al ideal» mientras estuvo allá.

GREGORIO.—No, ni tampoco después.

RELLING.—Deduzco que tomaría usted la sensata determinación de transigir en parte.

GREGORIO.—¡Yo no transijo nunca cuando trato con hombres que merezcan el nombre de tales!

HIALMAR.—Lo estimo muy digno; un poco más de mantequilla, Gina.

RELLING.—Y un pedacito de tocino para Molvik.

MOLVIK.—¡Oh, no, nada de tocino! (*Llaman en la puerta del desván.*)

HIALMAR.—Abre. Eduvigis, que quiere salir el abuelo. (*Eduvigis entreabre el portón, por donde sale viejo Ekdal con una piel de conejo recién desollado, cerrando luego ella tras él.*)

EKDAL.—Buenos días, señores. ¡Menuda caza he hecho cobrando esta estupenda pieza!

HIALMAR.—¡Y la has desollado sin mí!

EKDAL.—Incluso la he salado. Me agrada la carne de conejo, que es tierna y dulzona, con un regusto de azúcar. Buen apetito, señores. (*Entra en su cuarto.*)

MOLVIK.—Dispensen ustedes; pero no puedo más y necesito bajar sin demora.

RELLING.—Bebe un trago de gaseosa, infeliz.

MOLVIK (*con premura*).—¡Oh, oh! (*Vase por la puerta exterior.*)

RELLING (*a Hialmar*).—Brindemos a la salud del cazador veterano.

HIALMAR (*chocando su vaso con el de Relling*).—Sí, a la salud del deportista con un pie en la tumba.

RELLING.—Por sus cabellos grises. (*Bebe.*) A propósito, ¿tiene el pelo gris o blanco?

HIALMAR.—Ni blanco ni gris. Sin contar con que ya apenas le quedan cabellos.

RELLING.—En resumidas cuentas, bien se puede ir con peluca por el mundo. En cuanto a ti, sí que eres un hombre feliz, Ekdal; te mueve una misión a la cual te consagras.

HIALMAR.—Y me consagro a ella plenamente.

RELLING.—Para colmo, te secunda una mujercita que entra y sale con sigilo, contoneando las caderas y cuidando de tu persona.

HIALMAR.—Sí, Gina (*contemplándola con un ademán cariñoso*), eres una excelente compañera a lo largo del camino de la vida.

GINA.—¿Queréis hacerme el favor de suprimir declamaciones que me afecten?

RELLING.—Y, además, Ekdal, cuentas con tu pequeña Eduvigis.

HIALMAR (*conmovido*).—¡Oh, la niña, la niña sobre todo! Acércate, Eduvigis. (*Le acaricia la cabellera.*) ¿Qué día es mañana?

EDUVIGIS (evadiéndose).—¡Cállate y no reveles nada!

HIALMAR.—Se me parte el corazón cuando pienso que se circunscribirá todo a una fiestecita en el desván.

EDUVIGIS.—¡Pues si eso es lo que más me complace!

RELLING.—Confía, Eduvigis, en que tu padre dará cima a su magnífico descubrimiento.

HIALMAR.—Ya verás, Eduvigis. He resuelto asegurar tu porvenir, y serás dichosa mientras vivas. Exigiré para ti algo..., sí, algo. Será la única recompensa del pobre inventor.

EDUVIGIS (*rodeándole con sus brazos el cuello*).— ¡Oh, padre, mi querido papá!

RELLING (*a Gregorio*).—¿No le enternece estar sentado a la mesa bien surtida de una familia satisfecha?

HIALMAR.—Sinceramente, paladeo estas sobremesas con verdadera fruición.

GREGORIO.—Por mi cuenta, me ahogan los miasmas de una charca pantanosa.

RELLING.—¿Miasmas de una charca pantanosa?

HIALMAR.—No insistas en esas majaderías.

GINA.—Le aseguro, señor Werle, que aquí no se respira olor a charca, pues todos los días aireo las habitaciones.

GREGORIO (*abandonando la mesa*).—No aireará usted la fetidez a que me refiero.

HIALMAR.—¿Fetidez?

GINA.—Sí. ¿Qué dices tú a eso, Hialmar?

RELLING.—Perdone. ¿No será usted mismo quien traiga esa fetidez de allá?

GREGORIO.—No me extraña que califique usted de fetidez lo que a esta casa traigo.

RELLING (*yendo hacia Gregorio*).—Escuche, señor Werle, hijo: albergo una vaga sospecha de que aún conserva usted en el bolsillo la «contribución al ideal» sin mácula.

GREGORIO.—La guardo dentro de mi pecho.

RELLING.—Guárdela donde se le antoje, ¡caramba! Pero no la saque a relucir en mi presencia.

GREGORIO.—¿Y si lo hiciese, a despecho suyo?

RELLING.—Bajaría usted de cabeza la escalera; se lo prevengo.

HIALMAR (*incorporándose*).—Vamos, Relling...

GREGORIO.—Pruebe usted a echarme.

GINA (*interponiéndose*).—Modérese, Relling. Y a usted, señor Werle, le advierto que a quien ha emporcado la estufa tantísimo, no le asiste el menor derecho de nombrar ninguna fetidez aquí. (*Llaman a la puerta.*)

EDUVIGIS.—Mamá, está llamando alguien.

HIALMAR (*malhumorado*).—¡Ya empiezan a dar que hacer!

GINA.—Yo abriré. (*Abre la puerta y se queda estupefacta, estremeciéndose y retrocediendo.*) ¡Oh!, ¿usted?... (*Pasa al estudio al director Werle, envuelto en un abrigo de pieles.*)

WERLE.—Les ruego que me excusen; pero parece ser que mi hijo reside en esta casa.

GINA (azorada).—Sí, señor.

HIALMAR (*saliendo al encuentro de Werle*).—¿Usted gusta, señor director?

WERLE.—Gracias; no deseo más que hablar con mi hijo.

GREGORIO.—Aquí estoy. ¿Para qué me buscas?

WERLE.—Deseaba hablar contigo en tu cuarto.

GREGORIO.—¿En mi cuarto? (*Se apercibe a irse con su padre.*)

GINA.—¡No, por Dios! Ese cuarto no está presentable.

WERLE.—Pues en el descansillo de la escalera; necesito hablarte a solas.

HIALMAR.—Pueden hacerlo sin desplazarse, señor director. Ven conmigo al salón, Relling. (*Vanse Hialmar y Relling por la derecha, y Gina se retira a la cocina con Eduvigis.*)

GREGORIO (*luego de una pausa*).—Bueno; ya estamos solos.

WERLE.—Anoche formulaste algunas insinuaciones y, al enterarme de que has venido a instalarte en el domicilio de los Ekdal, me inclino a presumir que te guía algún mal designio contra mí.

GREGORIO.—Mi designio es quitar la venda de los

ojos a Hialmar Ekdal para que conozca sin rodeos su verdadera situación.

WERLE.—¿Es esa la misión que pregonabas?

GREGORIO.—Sí; no me has dejado otra.

WERLE.—Por consiguiente, ¿soy yo quien te ha conturbado el ánimo, Gregorio?

GREGORIO.—Has amargado toda mi existencia. No aludo a tu conducta con mi madre. De ti proceden esos remordimientos de conciencia que me persiguen y me torturan.

WERLE.—¡Ah!, ¿media en ello tu conciencia?

GREGORIO.—Debí rebelarme en contra tuya cuando hiciste caer en una celda al teniente Ekdal. Debí ponerme en guardia, pues me temía lo que iba a suceder.

WERLE.—De ser así, ¿por qué enmudeciste?

GREGORIO.—Porque mi cobardía me trabó la lengua.. Te tenía un miedo tremendo entonces, y hasta mucho después.

WERLE.—Y, por las trazas, se te ha pasado ese miedo ya.

GREGORIO.—Gracias a Dios. Si es irreparable el daño que causamos al viejo Ekdal entre todos, me propongo salvar a Hialmar de la mentira que le envuelve, del engaño en que zozobrará pronto.

WERLE.—¿Estimas que con ello ejecutarás una buena acción?

GREGORIO.—Estoy convencido en absoluto.

WERLE.—¿Acaso crees que te agradecerá esa prueba de amistad el fotógrafo Ekdal?

GREGORIO.—Sí, porque es un hombre íntegro.

WERLE.—Ya lo veremos.

GREGORIO.—Por lo demás, si he de continuar soportando la vida, tengo que recurrir a un remedio que alivie mi conciencia enferma.

WERLE.—No se aliviará nunca. Tu conciencia está dañada desde la niñez. Es un achaque heredado de tu madre, el único legado suyo.

GREGORIO (*esbozando una sonrisa irónica*).—Todavía no has podido digerir la desilusión que te llevaste con su capital cuando te disponías a apropiártelo.

WERLE.—No nos apartemos de la cuestión. ¿De manera que estás decidido a encauzar al fotógrafo Ekdal por una pista que se te antoja segura?

GREGORIO.—Firmemente decidido.

WERLE.—En ese caso, podía haberme ahorrado una caminata hasta aquí. Harto colijo la inutilidad de preguntarte si deseas volver a casa.

GREGORIO.—En efecto, sería inútil.

WERLE.—¿No te avienes tampoco a asociarte conmigo?

GREGORIO.—Tampoco.

WERLE.—Pues bien, como voy a casarme, te entregaré la mitad de mi hacienda, que te corresponde.

GREGORIO (*con viveza*).—¡No, no quiero nada!

WERLE.—¿Nada quieres?

GREGORIO.—Nada; me lo veda mi conciencia.

WERLE (*al cabo de otra pausa*).—¿Te reintegrarás a la fábrica?

GREGORIO.—No; ceso en tu servicio.

WERLE.—¿Y a qué vas a dedicarte en lo sucesivo?

GREGORIO—Exclusivamente a cumplir mi misión.

WERLE.—¿Y de qué te sustentarás cuando la hayas cumplido?

GREGORIO.—Poseo algunos ahorros de mi sueldo.

WERLE.—¿Y hasta cuándo durarán?

GREGORIO.—Calculo que durarán lo que yo dure.

WERLE.—¿Qué significa eso?

GREGORIO.—Me niego a responder más.

WERLE.—Entonces, adiós, Gregorio.

GREGORIO.—Adiós. (*Vase Werle.*)

HIALMAR (*entreabriendo la puerta por donde había salido*).—¿Se ha marchado ya?

GREGORIO.—Sí. (*Entran Hialmar y Relling a la vez que Gina y Eduvigis.*)

RELLING.—¡Nos ha fastidiado el almuerzo!

GREGORIO.—Vístete, Hialmar, y daremos un paseo juntos.

HIALMAR.—Con mucho gusto. ¿Qué pretendía tu padre? ¿Algo relativo a mí?

GREGORIO.—Ven. Tenemos que debatir un asunto. Voy a ponerme el abrigo. (*Sale por la puerta de la escalera.*)

GINA.—No debes ir con él, Hialmar.

RELLING.—No vayas, no; quédate con nosotros.

HIALMAR (*cogiendo su sombrero y su abrigo*).—¡Cómo! Un amigo de la infancia me requiere para abrirme su corazón en la mayor intimidad, y me sugerís que le desaire...

RELLING.—¡Qué demonio! ¿No comprendes que está loco, desequilibrado, mal de la cabeza?...

GINA.—Sí que es verdad. Lo mismo que su madre, que a ratos padecía ataques de esos.

HIALMAR.—Una razón más para que no le desatienda un amigo. (*A Gina.*) Procura que esté la comida a punto. Hasta después. (*Vase por la escalera.*)

RELLING.—Es lástima que no se largara al infierno ese individuo desde un pozo de las minas de Hoidal.

GINA.—¡Jesús! ¿Por qué dice usted eso?

RELLING (*entre dientes*).—Tengo mis motivos.

GINA.—¿Cree usted que el hijo del señor Werle está loco de remate?

RELLING.—No; por desgracia, no está más loco que la generalidad.

GINA.—¿Y qué mal le aqueja?

RELLING.—Se lo explicaré, señora Ekdal. Padece fiebre aguda de justicia.

GINA.—¿Fiebre de justicia?

EDUVIGIS.—¿Y esa es una enfermedad?

RELLING.—Bastante grave, y una enfermedad nacional, aunque solo se manifiesta de manera esporádica. (*Saludando a Gina con una inclinación.*) Muy reconocido por el almuerzo. (*Abre la puerta de la escalera y vase.*)

GINA (*recorriendo con alarma el escenario*).—¡Oh! Este Gregorio Werle ha sido siempre un sujeto de cuidado.

EDUVIGIS (*mirando a su madre con extrema atención desde la mesa en que está apoyada*).—Es demasiado singular todo esto.

(*Telón.*)

ACTO CUARTO

El estudio de Hialmar Ekdal, como en los dos actos anteriores, aunque ahora está en medio de la estancia una cámara fotográfica, cubierta con un paño negro, sobre un trípode, y dos sillas, además de algún que otro utensilio, porque acaba de hacerse una fotografía. Alumbra el escenario una luz vespertina que disminuye paulatinamente conforme va anocheciendo.

A la puerta de la escalera habla Gina con alguien a quien no se ve por hallarse en la parte exterior. Con la mano derecha sostiene una placa húmeda aún.

GINA—Sí, pueden contar con ello. Aquí se cumple lo que se promete. Para el lunes tendrán lista la primera docena. Buenas tardes. (*Oyense por la escalera unos pasos que bajan. Gina cierra la puerta, coloca la placa en su envoltura, encerrándola dentro de la cámara fotográfica, y restablece el orden del estudio.*)

EDUVIGIS (*viniendo de la cocina*).—¿Se han ido ya?

GINA (*mientras lo ordena todo*).—Sí; gracias a Dios, he logrado librarme de ellos.

EDUVIGIS.—¿Te explicas que aún no haya regresado papá?

GINA.—¿Estás segura de que no se ha entretenido abajo con Relling?

EDUVIGIS.—No, abajo no. Hace un momento he ido por la escalera de servicio a preguntar, y me consta que no estaba.

GINA.—Va a enfriarse la comida.

EDUVIGIS.—¡Y con la puntualidad de papá a las horas de comer!

GINA.—Vendrá en seguida. No te apures.

EDUVIGIS.—¡Ojalá venga pronto! Se me antoja todo tan singular hoy...

GINA (*con una exclamación de desahogo*).—¡Ahí viene ya! (*Hialmar Ekdal se deja ver a la puerta de la escalera que abre Gina. Eduvigis corre a saludar a su padre.*)

EDUVIGIS.—¡Papá! Te aguardábamos con impaciencia.

GINA (*mirándole de reojo*).—Te has retrasado bastante, Hialmar.

HIALMAR (*sin mirarla*).—Es muy tarde, sí. (*Gina y Eduvigis quieren ayudarle a quitarse el abrigo; pero él lo impide y se lo quita solo.*)

GINA.—¿Has comido con Werle?

HIALMAR (*colgando el abrigo*).—No.

GINA (*dirigiéndose a la cocina*).—Voy a traerte la comida.

HIALMAR.—Déjala. Por ahora no tengo apetito.

EDUVIGIS.—¿Es que no te sientes bien, papá?

HIALMAR.—Ni bien ni mal. He dado con Gregorio un paseo muy largo.

GINA.—No debías haberle acompañado. No tienes costumbre de andar.

HIALMAR.—¡Bah! El hombre ha de acostumbrarse a tantas cosas en este mundo, que poco importa una más o una menos. (*Pasea por el estudio.*) ¿Ha venido alguien mientras yo estaba fuera?

GINA.—Solamente los dos novios de marras.

HIALMAR.—¿Y ningún encargo?

GINA.—No, tampoco hoy.

EDUVIGIS.—De fijo, los habrá mañana, papá.

HIALMAR.—Así sea, porque desde mañana voy a trabajar en serio.

EDUVIGIS.—¿Mañana? ¿Acaso no te acuerdas de qué día es mañana?

HIALMAR.—¡Ah, sí, es verdad! Entonces, desde pasado mañana. En lo sucesivo quiero hacer todo yo solo.

GINA.—¿Y qué ventaja te reportará eso, Hialmar? No sé por qué razón vas a amargarte la existencia. Yo me basto para atender a la fotografía, y así podrás ocuparte de tu invento.

EDUVIGIS.—Y del pato salvaje, papá, además de las gallinas, de los conejos y de...

HIALMAR.—¡Basta de tonterías! A partir de mañana no volveré a poner los pies en el desván.

EDUVIGIS.—Pero, papá, ¿no me has prometido que mañana tendríamos festejo?

HIALMAR.—En efecto. Quedamos, pues, en que desde pasado mañana. ¡Con qué gusto retorcería el pescuezo a ese maldito pato salvaje!

EDUVIGIS (*atemorizada*).—¿Por qué al pato salvaje?

GINA.—¡Qué atrocidad!

EDUVIGIS (*tirándole de la ropa*).—No olvides, papá, que el pato salvaje es mío.

HIALMAR.—Únicamente me detiene eso. Si no tengo corazón para estrangularlo, por ti es, Eduvigis. Sin embargo, comprendo que hago mal. No debía tolerar que bajo mi techo haya nada procedente de esas manos.

GINA.—Pero ¿qué tiene que ver ese regalo del idiota de Petersen a tu padre, para...?

HIALMAR.—Hay determinados derechos..., los derechos del ideal, como quien dice, y determinadas obligaciones a las cuales no puede sustraerse uno sin envilecer su alma.

EDUVIGIS (*siguiendo a Hialmar en sus paseos*).—¿Y el pato salvaje, el pobrecito pato?

HIALMAR (*parándose*).—Te repito que lo perdono por ti, y que no se le tocará ni a una sola pluma. Por tanto, no te preocupes respecto a él. Pero, eso sí, existen deberes de mayor importancia, y hay que cumplirlos. Bueno, Eduvigis; ha llegado la hora de tu salida, porque ya se ha puesto el sol, según te conviene.

EDUVIGIS.—Se me han quitado las ganas de salir.

HIALMAR.—Saldrás, no obstante. Guiñas mucho los ojos. No te sienta bien este aire enrarecido, y se ha cargado la atmósfera aquí dentro.

EDUVIGIS.—Bueno; bajaré deprisa por la escalera de servicio y pasearé un rato. ¿Dónde están mi abrigo y mi sombrero? ¡Ah!, en mi cuarto. Prométeme, papá, que no harás ningún daño al pato durante mi ausencia.

HIALMAR.—Ni una pluma le arrancaré. (*Abrazándola.*) Tú y yo, nosotros, Eduvigis... Anda, vete. (*Eduvigis hace una ligera inclinación de cabeza y vase por la puerta de la cocina. Hialmar sigue recorriendo el estudio sin alzar del suelo los ojos.*) Gina...

GINA.—¿Qué hay?

HIALMAR.—Desde mañana..., digo, desde pasado mañana quiero llevar las cuentas de la casa por mí mismo.

GINA.—¿Que quieres llevar tú las cuentas?

HIALMAR.—Sí; por lo menos, necesito comprobar los ingresos.

GINA.—¡Ay, Dios mío!, se comprueban sin dificultad.

HIALMAR.—No lo creería nadie. Diríase que en tus manos cunde por demás el dinero. (*Se para y la mira con fijeza.*) ¿Cómo te arreglas para conseguirlo?

GINA.—A Eduvigis y a mí nos basta con tan poco...

HIALMAR.—¿Es cierto que en casa del director Werle pagan las copias a mi padre con generosidad?

GINA.—Por mi parte, ignoro si le pagan con generosidad o no, pues desconozco el precio habitual de las copias.

HIALMAR.—En resumen, dime cuánto suelen darle por ellas.

GINA.—Depende de cada copia; pero viene a ganar lo que nos cuesta su manutención, más lo que importan sus gastillos.

HIALMAR.—¿Lo que nos cuesta? De eso no me habías dicho nada.

GINA.—Ni pensaba hacerlo. ¡Estabas tan orgulloso de mantenerlo tú!

HIALMAR.—Y, en realidad, le mantenía el director Werle.

GINA.—El director Werle tiene dinero de sobra para eso.

HIALMAR.—Enciéndeme la lámpara.

GINA (*encendiéndola*).—Bien mirado, no podemos saber si quien le favorece es el director en persona o Graberg quizá.

HIALMAR.—¿Graberg? Te escurres por la tangente.

GINA.—¡Yo qué sé! Solo suponía...

HIALMAR.—¡Hum!

GINA.—Considera que no he sido yo quien ha proporcionado ese trabajo al abuelo. Fue Berta Soerby cuando ingresó en la casa.

HIALMAR.—Parece que te tiembla la voz.

GINA (*colocando la pantalla de la lámpara*).—¿Que me tiembla la voz?

HIALMAR.—Y también las manos. ¿Me equivoco?

GINA (*con resolución*).—Habla francamente. ¿Qué te ha contado de mí ese tipo?

HIALMAR.—¿Es verdad o probable que mediase algo entre tú y el señor Werle cuando servías en su casa?

GINA.—No es verdad. Por aquella época, no. Claro que

el director me cortejaba, y la señora, sospechando lo que no existía, promovió un escándalo mayúsculo, hasta el punto de llegar a pegarme y a tirarme del pelo. Entonces me marché de allí sin tardanza.

HIALMAR.—Por lo visto, fue más adelante.

GINA. Me refugié en mi casa. Mi madre, Hialmar, no era tan escrupulosa como la juzgabas tú, y no cesaba de argüirme que, habiéndose quedado viudo el director..., ¿comprendes?

HIALMAR.—¿Y qué más?

GINA.—A la postre, mejor será que lo sepas todo. No cesó hasta obtener lo que deseaba.

HIALMAR (*juntando las manos*).—¡Vaya una madrecita para mi hija! ¿Cómo has podido ocultarme semejante cosa?

GINA.—Reconozco que obré mal; debí habértelo contado antes.

HIALMAR.—Debiste sincerarte en seguida, a tiempo para que yo me percatase de la mujer que eras.

GINA.—¿Y no te habrías casado conmigo?

HIALMAR.—¿Te atreves a imaginarlo siquiera?

GINA.—Precisamente por eso me faltó valor para decírtelo. De sobra sabes cuánto te quería, y tampoco iba a labrar por mí misma mi propia desventura.

HIALMAR (*dando pasos inciertos*).—¡Y esta es la madre de mi Eduvigis! Pensar que cuanto me rodea (*asesta un puntapié a una silla*) he de agradecérselo a un predecesor afortunado, a ese licencioso señor.

GINA.—¿Te pesan los catorce o quince años de nuestra convivencia?

HIALMAR (*apostándose frente a* ella).—Declárame si no te ha avergonzado cada día y cada hora esa urdimbre de mentiras que tejías en mi derredor, como una araña su tela. ¡Respóndeme! ¿No has vivido torturada por el remordimiento y por la angustia?

GINA.—Bastante tenía encima, Hialmar de mi alma, con ocuparme de la casa y atender el trajín cotidiano.

HIALMAR.—¿Y jamás se te ha ocurrido echar a tu pasado una mirada reflexiva?

GINA.—No. Pongo a Dios por testigo de que casi logré olvidar aquellos antiguos yerros.

HIALMAR.—¡Qué insensibilidad, qué indiferencia tan inhumana! Eso es lo que me subleva sobre todo. ¡Y ni un asomo de arrepentimiento!

GINA.—Pero ¿qué habría sido de tí si no hubieras tropezado con una mujer como yo?

HIALMAR.—¿Conque una mujer como...?

GINA.—Sí, como he sido de continuo, más decidida y más práctica que tú, lo cual no puedes negar. No en balde te llevo dos años, ciertamente.

HIALMAR.—¿Qué habría sido de mí, dices?

GINA.—Comenzabas a descarriarte cuando nos conocimos; no te empecines en contrariarme.

HIALMAR.—¿Y calificas de descarrío eso? No sabes lo que es un hombre sumido en la desesperación, máxime con un temperamento tan impulsivo como el mío.

GINA.—Bueno, bueno. No voy a contestarte ni tengo ganas de discutir ahora esas cuestiones. Lo esencial es que fuiste un hombre de bien por haber contado con un hogar y una familia. Vivíamos tranquilos y dichosos. Eduvigis y yo íbamos a comprarnos alguna ropa y empezábamos a comer un poco mejor...

HIALMAR.—¡Sí, la tranquilidad de una mentira empantanada!

GINA.—¿Por qué habrá venido aquí ese antipático sujeto para meterse en lo que no le atañe?

HIALMAR.—Por mi parte, me hallaba a gusto en mi casa, aunque me confortaba una ilusión. ¿Cómo he de recobrar la serenidad necesaria para llevar a buen término mi descubrimiento? Si zozobra conmigo, será tu pasado, Gina, el que lo aniquile.

GINA (*próxima a llorar*).—Hialmar, no digas esas cosas. Mi único anhelo ha sido contribuir a tu bien.

HIALMAR.—¿Y a qué habrá de quedarse reducido mi ensueño de padre de familia? Mientras me echaba en el sofá de ahí al lado para meditar acerca de mi invención, me invadía el presentimiento de que agotaría mis postreras fuerzas. Sospechaba que el día que poseyera el privilegio de invención sería el de mi muerte, y anhelaba que vivieses con comodidades y despreocupada, respetándote todos como a la viuda del difunto inventor que...

GINA (*enjugándose las lágrimas*).—¡No hables así, Hialmar! ¡Dios me libre de vivir si has muerto tú!

HIALMAR.—¡Qué importa cuando se ha desmoronado todo! (*Gregorio Werle abre desde fuera con sigilo la puerta y acecha el interior.*)

GREGORIO.—¿Puedo pasar?

HIALMAR.—Sí, pasa.

GREGORIO (*que entra con el rostro radiante de júbilo y les tiende las manos*).—Queridos amigos míos... (*Se interrumpe con extrañeza y mira a uno después de otro. En un aparte a Hialmar.*) ¿No lo has hecho todavía?

HIALMAR.—Sí, lo he hecho ya.

GREGORIO.—¿De modo que lo has hecho?

HIALMAR.—Pasando la hora más amarga de mi vida.

GREGORIO.—Aunque asimismo la más pura, ¿no?

HIALMAR.—En todo caso, se ha aclarado la situación.

GINA.—¡Dios le perdone, señor Werle!

GREGORIO (*mostrando la mayor sorpresa*).—No comprendo...

HIALMAR.—¿No comprendes qué?

GREGORIO.—Esa situación aclarada debía constituir el

punto de partida de una nueva existencia conyugal, cimentándose en la verdad y redimiéndose de cualquier mentira.

HIALMAR.—Lo sé, sí; lo sé demasiado.

GREGORIO.—Yo estaba persuadido de que a mi llegada iba a presenciar una transfiguración del esposo y de la esposa. En cambio, os veo sombríos, tristes...

GINA.—Así es. (*Retira la pantalla de la lámpara.*)

GREGORIO.—Usted no me entiende, señora Ekdal, y ha de transcurrir bastante tiempo para que... Pero a ti, Hialmar, debía haberte sugerido mayor alteza de miras esta explicación definitiva.

HIALMAR.—Por supuesto..., vamos, hasta cierto punto.

GREGORIO.—Y nada puede superar la nobleza del perdón a una pecadora a quien el amor rescata.

HIALMAR.—No creas que resulta tan fácil digerir el mal trago que me has obligado a apurar.

GREGORIO.—A un hombre vulgar, no; pero a un hombre como tú...

HIALMAR.—Sí, me doy cuenta. ¡Dios mío! Pero no me apremies, Gregorio. La cosa exige que se vaya despacio, ¿sabes?

GREGORIO.—Te asemejas a un pato salvaje, Hialmar. (*Entra Relling por la puerta de la escalera, que ha quedado entornada.*)

RELLING.—¡Vaya! ¿Otra vez está en danza el pato salvaje?

HIALMAR.—El trofeo de caza del director Werle tiene en el ala una perdigonada.

RELLING.—¿Hablabais del director Werle?

HIALMAR.—De él... y de nosotros.

RELLING (*en voz baja, a Gregorio*).—¡Váyase usted con viento fresco!

HIALMAR.—¿Qué decías?

RELLING.—Manifestaba mi sincera aspiración de que

se marche a su cuarto este charlatán, porque, si continúa aquí, acabará volviéndonos locos a ambos.

GREGORIO.—No se alarme, señor Relling. Aquí nadie se vuelve loco. A Hialmar le conocemos lo bastante para que nos inspire confianza. Y en cuanto a su mujer, harto se nota que conserva un fondo de honestidad y buen sentido.

GINA (*llorosa*).—De ser así, ha debido usted aceptarme sin complicar las cosas.

RELLING (*a Gregorio*).—¿Pecaría de indiscreto si le preguntara qué ha venido usted a hacer en esta casa?

GREGORIO.—Intento que haya una verdadera unión conyugal.

RELLING.—¿Luego supone usted que no la integra el matrimonio Ekdal?

GREGORIO—Concedo que sea un matrimonio análogo a muchos más; pero ha conseguido ser una verdadera unión conyugal aún.

HIALMAR.—¿Nunca has pensado en la contribución al ideal, Relling?

RELLING.—¡Desecha esas sandeces, amigo! Vamos a ver, señor Werle: ¿quiere usted decirme cuántas uniones conyugales verdaderas ha encontrado a lo largo de su vida?

GREGORIO.—En puridad, ninguna.

RELLING.—Yo, tampoco.

GREGORIO.—No obstante, he visto muchos matrimonios que contradicen esa unión, y he percibido de cerca los estragos que pueden producir para desdicha de una pareja humana.

HIALMAR.—Lo terrible es que se derrumbe bajo los pies de un hombre el fundamento moral en que se basa.

RELLING.—Como yo no me he casado jamás, vamos a decir, no estoy en condiciones de disertar acerca de ese extremo. Pero no me cabe la menor duda de que la unión conyugal la componen también los hijos. Por tanto, dejad ya de una vez en paz a vuestra niña.

HIALMAR.—¡Eduvigis, pobre Eduvigis mía!

RELLING.—Hacedme el favor de no mezclar para nada a Eduvigis en todo esto. Vosotros sois personas mayores que pueden ahondar en su conciencia y malograrla si gustáis. Pero hay que andar con pies de plomo por lo que a Eduvigis se refiere, cuidando de no ocasionarle un grave contratiempo.

HIALMAR.—¿Un contratiempo?

RELLING.—Sí, y aun podría acontecer que lo provocara ella misma para su mal... y de los demás acaso.

GINA.—Pero ¡qué ideas se le ocurren a usted, señor Relling!

HIALMAR.—¿Corren sus ojos algún peligro inmediato?

RELLING.—No se trata de eso al presente. Sin embargo, Eduvigis atraviesa una edad crítica, y hay que desconfiar de lamentables reacciones.

GINA.—Es muy posible. Hace algún tiempo que ha adquirido la mala costumbre de revolver en la hornilla de la cocina para jugar a los incendios, y temo que el día menos pensado prenda fuego a la casa.

RELLING.—Ya lo ve usted. ¡Por algo lo decía yo!

GREGORIO (*atajándole*).—¿Cómo se explicaría eso?

RELLING (*con aspereza*).—¿Cómo va a explicarse, alma de cántaro? Simplemente, por la edad ingrata.

HIALMAR.—Mientras me tenga Eduvigis a mí, mientras yo viva... (*Llaman a la puerta.*)

GINA.—¡Silencio, Hialmar! Hay alguien detrás de la puerta. (*En voz alta.*) ¡Adelante! (*Entra la señora Soerby en traje de calle.*)

SEÑORA SOERBY.—Buenas noches.

GINA (*avanzando hacia ella*).—¿Tú por acá, Berta?

SEÑORA SOERBY.—Yo, sí. ¿Molesto?

HIALMAR.—De ninguna manera. Una persona que venga de esa casa...

SEÑORA SOERBY (*a Gina*).—Si he de ser franca, no esperaba encontrarte acompañada a estas horas. Me he escabullido deprisa para charlar un ratito contigo antes de despedirme.

GINA.—¡Cómo! ¿Te marchas?

SEÑORA SOERBY.—Sí, salgo mañana temprano para Hoidal. Esta tarde se ha ido el director. (*A Gregorio.*) Traigo saludos de parte suya para usted.

GINA.—¡Ah!, muy bien.

HIALMAR.—¿De suerte que el director Werle se ha marchado, y le sigue usted?

SEÑORA SOERBY.—Sí. ¿Qué opina de ello, Ekdal?

HIALMAR.—Que no se fíe demasiado. Y punto en boca.

GREGORIO.—Voy a ponerte al corriente, Hialmar. Mi padre se casa con la señora Soerby.

HIALMAR.—¿Se casa con ella?

GINA.—¿De veras, Berta? ¡Por fin!

RELLING (*con acento un tanto trémulo*).—Presumo que no estarán hablando en serio ustedes.

SEÑORA SOERBY.—De lo más en serio, amigo Relling.

RELLING.—¿Se propone usted contraer segundas nupcias?

SEÑORA SOERBY.—Efectivamente. Werle ya tiene los papeles preparados para acelerar el asunto, y se celebrará la boda sin boato alguno en la fábrica de allá arriba.

GREGORIO.—La felicito, señora, como buen hijastro que soy.

SEÑORA SOERBY.—Y yo se lo agradezco si me felicita de buena fe. Espero que el suceso sea para bien mío y de Werle.

RELLING.—No recele en exceso. Según tengo entendido, el señor Werle no se emborracha nunca, y supongo que tampoco la emprenderá a golpes con su esposa, como lo hacía el difunto veterinario.

SEÑORA SOERBY.—Deje usted descansar en paz a Soerby que también tenía sus buenas cualidades.

RELLING.—Espero que sean mejores las del director Werle.

SEÑORA SOERBY.—Por lo menos, no ha estropeado lo que hay de bueno en él. Quienes se conducen así, pagarán pronto o tarde las consecuencias de su conducta.

RELLING.—Esta noche me agregaré a Molvik.

SEÑORA SOERBY.—No, Relling; le ruego que no lo haga.

RELLING.—No me queda otro remedio. (*A Hialmar.*) Ven con nosotros, si quieres.

GINA.—No, gracias. Hialmar no se mete en esos trotes.

HIALMAR (*por lo bajo* y *de mal talante*).—¿No te callarás?

RELLING.—Adiós, señora Werle. (*Vase por la puerta de la escalera.*)

GREGORIO (*a la señora Soerby*).—Por lo visto, se conocen bastante usted y el doctor Relling.

SEÑORA SOERBY.—Sí, nos conocimos hace muchos años, y por aquel entonces pudieron haber tenido nuestras relaciones distinto desenlace.

GREGORIO.—Fue una suerte para usted que no se formalizaran.

SEÑORA SOERBY.—Claro que sí. Siempre he tenido la cautela de no rendirme a mis sentimientos. Ninguna mujer puede sacrificarse incondicionalmente.

GREGORIO.—¿Y no le asusta a usted que yo revele esas antiguas relaciones a mi padre?

SEÑORA SOERBY.—Se las he revelado yo misma.

GREGORIO.—¡Ah!, ¿sí?

SEÑORA SOERBY.—Su padre está enterado por mí de cuanto me concierne. Me apresuré a hacerlo apenas advertí sus intenciones respecto a mi persona.

GREGORIO.—Demuestra usted una franqueza extraordinaria.

SEÑORA SOERBY.—He sido franca siempre. A las mujeres nos da el mejor resultado.

HIALMAR.—¿Qué dices a eso, Gina?

GINA.—Que no somos iguales todas las mujeres. Unas obran de un modo, y otras, de otro.

SEÑORA SOERBY—Así es, Gina; pero estimo lo más seguro obrar como he obrado yo. Tampoco me ha ocultado nada Werle, por su parte. Y sobre todo nos ha unido eso. A estas fechas nos hablamos con tanta sinceridad como los niños, lo cual había echado de menos él hasta hoy. Un hombre de su temple, lleno de robustez y de salud, se había visto reducido a oír reconvenciones en su juventud y en los años más granados de su vida, con la agravante, según me ha confesado, de que a menudo se referían a culpas imaginarias tales reconvenciones.

GINA.—La cosa es evidente.

GREGORIO.—Si van a dialogar sobre ese tema las señoras, prefiero ausentarme.

SEÑORA SOERBY.—No, hombre; quédese. Ni una palabra más pronunciaré. Solo me interesaba hacerle saber que jamás he recurrido a embustes ni subterfugios. No faltará quien juzgue que he sido muy afortunada, y llevará alguna razón para pensarlo. Con todo, en esta circunstancia no recibo más de lo que doy. Me comprometo a no abandonar nunca a mi esposo, a quien seré muy útil, incluso indispensable, cuando no pueda valerse por sí mismo, como en breve acontecerá.

HIALMAR.—¿Por qué no ha de poder valerse?

GREGORIO (*a la señora Soerby, aparte*).—Basta, basta; no conviene que hable usted de eso ahora.

SEÑORA SOERBY.—Huelga disimularlo más, conforme procura hacerlo el infeliz. No tardará en quedarse ciego.

HIALMAR (*con un escalo frío*).—¿Ciego? ¡Qué raro! ¿También él va a quedarse ciego?

GINA.—¡Se lo han quedado tantos!

SEÑORA SOERBY.—Figúrese lo que significa eso para un hombre de negocios. Por mi cuenta, intentaré ayudarle como mejor sepa. ¡Ea!, lamento mucho irme; pero tengo un cúmulo de quehaceres. ¡Ah!, el señor Werle me encargó decirles que, si lo necesitan para algo, se dirijan a Graberg.

GREGORIO.—Estoy convencido de que no aceptará ese ofrecimiento Hialmar Ekdal.

SEÑORA SOERBY.—Pues me parecía que antes sí...

GINA.—No, Berta; en la actualidad no quiere Hialmar nada del director.

HIALMAR (*con lentitud y arrastrando las palabras*). Salude en mi nombre a su futuro esposo y anúnciele que pienso entrevistarme con el contable Graberg...

GREGORIO.—¿Osarás dar ese paso?

HIALMAR.—...Que pienso entrevistarme con el contable Graberg para pedirle nota de lo que debo a su jefe. Quiero pagar esa deuda de honor. ¡Ja, ja, ja! ¡Deuda de honor esa! Bien; no se hable más de la cuestión. Me dispongo a pagarlo todo con un cinco por ciento de interés.

GINA.—Reflexiona, Hialmar. ¿Con qué dinero vas a devolver esa suma?

HIALMAR.—¿Tendrá usted la bondad de participar a su prometido que me afano sin tregua en mi invento? Y añadirá que afianza mi tesón para ese trabajo forzado el anhelo de liberarme de una obligación penosa que me agobia. Tal es la finalidad de mi invento, cuyos beneficios invertiré en saldar los anticipos aportados por su futuro esposo.

SEÑORA SOERBY.—En esta casa ha sobrevenido algo insólito.

HIALMAR (*secamente*).—Sí, algo ha sobrevenido.

SEÑORA SOERBY.—Bueno; adiós. Habría preferido charlar un poco más contigo, Gina; pero lo aplazaremos para otra ocasión. (*Hialmar y Gregorio la despiden sin palabras, y Gina la acompaña hasta la salida.*)

HIALMAR.—No traspongas el umbral, Gina. (*Vase la señora Soerby, y Gina cierra la puerta.*) Notarás, Gregorio, que al cabo me he eximido de esa deuda oprobiosa.

GREGORIO.—Si no aún, te eximirás de ella sin demora.

HIALMAR.—Entiendo que ha sido correcta mi actitud.

GREGORIO.—Eres el hombre que yo me imaginaba.

HIALMAR.—Hay trances en los cuales no cabe prescindir de las exigencias del ideal. Como padre de familia, no lo conseguiré sin esfuerzos ni sinsabores. Ya supondrás lo enojoso que es para un hombre desprovisto de capital, como yo, satisfacer el montante de una deuda enterrada bajo el polvo del olvido, digámoslo así. ¡Qué importa esa pequeñez! También recaba sus derechos el hombre en que me he transformado.

GREGORIO (*poniéndole una mano sobre el hombro*). Querido Hialmar, ¿no te alegras de que haya venido yo?

HIALMAR.—Sí.

GREGORIO.—¿Y no te felicitas al ver cómo se ha aclarado todo?

HIALMAR (*impacientándose un tanto*).—Sí, verdaderamente, aun cuando en esto hay algo que pugna con mi concepto de la justicia.

GREGORIO.—¿Qué es ello?

HIALMAR.—Pues que..., en realidad, no sé si debo permitirme hablar tan crudamente de tu padre...

GREGORIO.—Habla sin ambages.

HIALMAR.—Lo que más me saca de quicio es que tu padre contraiga, como no lo hice yo, una auténtica unión conyugal.

GREGORIO.—Pero ¿cómo has deducido esa conclusión?

HIALMAR.—Naturalmente. Tu padre y la señora Soerby van a refrendar un contrato matrimonial que se apoya en una confianza recíproca. No media ningún engaño entre uno y otro. No empaña sus relaciones misterio alguno. Se han otorgado mutuamente una absolución plenaria de sus faltas anteriores.

GREGORIO—Bien; ¿y qué?

HIALMAR.—Que precisamente sobre la base de esas mismas miserias que has hallado aquí se apoya una perfecta unión conyugal. ¿No te extraña?

GREGORIO.—Es muy diferente el caso. No pretenderéis compararos vosotros con esa pareja... En fin, ya me entiendes.

HIALMAR.—A pesar de todo, una voz interior me dice que no es justo eso. Cualquiera colegiría de ello que en la tierra no existe ninguna equidad.

GINA.—¡Por Dios, Hialmar, no argumentes así!

GREGORIO.—¡Se acabó! No dilucidemos más esa cuestión.

HIALMAR.—Bajo otro aspecto, adivino la mano de la justicia en el hecho de que va a quedarse ciego...

GINA—¡Bah!, no es tan inminente esa ceguera.

HIALMAR.—Cierto. Aun así, a nosotros, al menos, se nos patentiza lo equitativo de que se quede ciego quien un día cegó a un ser confiado.

GREGORIO.—Por desgracia, no es ese el único a quien cegara.

HIALMAR.—Pero ahora le tapa los ojos un arcano destino inexorable.

GINA.—¡Oh!, ¿cómo te atreves a expresarte en unos términos tan duros? Me das miedo.

HIALMAR.—No está de más sondear de cuando en cuando el lado tenebroso de la existencia. (*Abre la puerta de la escalera desde el exterior Eduvigis, gozosa y sofocada, con el abrigo y el sombrero puestos.)*

GINA.—¿De vuelta ya?

EDUVIGIS.—No pensaba alejarme, y he hecho bien, porque al regreso he coincidido en el portal con...

HIALMAR.—Con la señora Soerby, de fijo.

EDUVIGIS.—Sí.

HIALMAR (*paseándose*).—¡Ojalá sea la última vez! (*Pausa. Eduvigis mira a derecha y a izquierda, como para averiguar lo que ocurre en torno, y se acerca a su padre, mimosa.*)

EDUVIGIS.—Papá...

HIALMAR.—¿Qué, Eduvigis?

EDUVIGIS.—La señora Soerby me ha entregado una cosa.

HIALMAR (*deteniéndose*).—¿A ti?

EDUVIGIS.—Sí, mi regalo de mañana.

GINA.—Todos los años te regala algo Berta ese día.

HIALMAR.—¿En qué consiste el regalo?

EDUVIGIS.—No se puede descubrir todavía. Mañana por la mañana me lo traerá mamá a la cama.

HIALMAR.—¿Otro tapujo más?

EDUVIGIS (*con premura*).—No te enfades, que te lo enseñaré. Es una carta grande. Mira. (*Del bolsillo del abrigo extrae un sobre cerrado.*)

HIALMAR.—¿Una carta?

EDUVIGIS.—Sí, nada más que una carta. Sospecho que mañana llegará el resto. ¡Una carta, ya ves! La primera que recibo. Y en el sobre pone: «Señorita Eduvigis Ekdal.» ¡Esa soy yo!

HIALMAR.—Déjame examinar la carta.

EDUVIGIS (*dándosela*).—Tómala y examínala.

HIALMAR.—Es la letra del director Werle.

GINA.—¿Estás seguro, Hialmar?

HIALMAR.—Constátalo tú misma.

GINA.—Pero si yo no entiendo nada de eso.

HIALMAR.—¿Puedo abrir y leer esta carta, Eduvigis?

EDUVIGIS.—Por supuesto, si lo deseas.

GINA.—No, esta noche no, Hialmar. Es para mañana por la mañana.

EDUVIGIS (*en voz baja a su madre*).—Déjale que la lea. Estoy convencida de que contendrá alguna buena noticia. A ver si al leerla se le disipa el mal humor y vuelve a animarse la casa.

HIALMAR.—¿Puedo abrirla, entonces?

EDUVIGIS.—Sí, papá, te lo ruego. Ya verás cómo nos prepara una sorpresa divertida.

HIALMAR.—Veamos. (*Rompe el sobre, saca un papel, lo lee y se muestra perplejo.*) ¿A qué obedece esto?

GINA.—¿Qué dice?

EDUVIGIS—Sí, papá, comunícanoslo.

HIALMAR.—Poco a poco. (*Vuelve a leer, palidece y se reprime.*) Es una donación, Eduvigis.

EDUVIGIS.—¿Sí, eh? ¿Y qué me dona?

HIALMAR.—Léelo tú. (*Eduvigis se acerca a la lámpara y lee durante unos momentos. Hialmar refunfuña, apretando los puños.*) Esos ojos..., esos ojos. ...; además, ¡esa carta!

EDUVIGIS (*interrumpiendo su lectura*).—Por las trazas, esta carta es para el abuelo.

HIALMAR (*arrebatándosela nerviosamente*).—Oye, Gina..., ¿te explicas esto?

GINA.—¿Cómo voy a explicarme lo que desconozco?

HIALMAR.—Aquí el director Werle participa a Eduvigis que ya no necesita su abuelo atarearse escribiendo copias, y que en adelante percibirá cien coronas mensuales de la oficina.

GREGORIO.—¡Hola, hola!

EDUVIGIS.—¡Cien coronas, mamá! Lo he leído yo misma.

GINA.—¡Menuda suerte le ha tocado al abuelo!

HIALMAR.—Cien coronas mientras las necesite, o sea, hasta que se extinga.

GINA—¡Por fin puede holgar a su sabor el pobre viejo!

HIALMAR.—¿Y lo demás? ¿No has leído lo demás, Eduvigis? Esa donación pasará a ti después.

EDUVIGIS.—¿A mí? ¿Tanto dinero?

HIALMAR.—Podrás disfrutarlo tu vida entera. ¿Te percatas, Gina?

GINA.—Sí, ya lo he oído.

EDUVIGIS.—Voy a tener mucho dinero. (*Tirando de la manga a Hialmar.*) Papá, ¿no te alegras?

HIALMAR (*evitándola*).—¿Alegrarme yo? (*Se pasea, irritado.*) ¡Qué perspectiva se ofrece a mi vista! ¿A cuento de qué dota con tanta esplendidez a Eduvigis?

GINA.—Pues porque mañana es su cumpleaños.

EDUVIGIS.—Será para ti todo, papá. Comprenderás que os lo daré a mamá y a ti.

HIALMAR.—A mamá, sí. Le corresponde.

GREGORIO.—Esto es una añagaza contra ti, Hialmar.

HIALMAR.—¿Otra añagaza?

GREGORIO.—Cuando estaba aquí esta mañana, me ha dicho: «Hialmar Ekdal no es el hombre que te figuras».

HIALMAR.—El hombre que...

GREGORIO.—Y ha añadido: «Ya lo comprobarás.»

HIALMAR.—Lo que ibas a comprobar es cómo me compraba con dinero, ¿no?

EDUVIGIS.—Pero, mamá, ¿qué ocurre?

GINA—Anda. ve a quitarte el abrigo y el sombrero. (*Vase Eduvigis, llorosa, por la puerta de la cocina.*)

GREGORIO.—Escucha, Hialmar: no tardará en demostrarse quién tiene razón, si él o yo.

HIALMAR (*rasgando con calma el papel en dos pedazos que deja encima de la mesa*).—Ahí está mi respuesta.

GREGORIO.—No esperaba yo menos.

HIALMAR (*encarándose con Gina, que permanece de pie junto a la estufa, y en tono ronco*).—¡Basta de mentiras! Si no mantenías con él ningún trato ya cuando.., empezaste a amarme, según dices, ¿por qué nos proporcionó los medios de casarnos?

GINA.—Me figuro que sería para que lo admitiéramos en casa.

HIALMAR.—¿Nada más? ¿No le guiaría otro objetivo?

GINA.—Se me escapa lo que quieres decir.

HIALMAR.—Deseo asegurarme de si tu hija tiene derecho a habitar en mi domicilio.

GINA (*irguiéndose, con ojos que fulguran de indignación*).—¿Y tú me lo preguntas?

HIALMAR.—¡Responde sí o no! ¿Es Eduvigis hija mía o de...? ¡Pronto!

GINA (*provocándole con una mirada glacial*).—No lo sé.

HIALMAR (*cuya voz tiembla un tanto*).—¿No lo sabes?

GINA.—¡Qué he de saberlo! Una mujer como yo...

HIALMAR (*serenamente, y volviéndole la espalda*). En ese caso, no tengo nada que hacer aquí.

GREGORIO.—Recapacítalo bien, Hialmar.

HIALMAR (*poniéndose el abrigo*).—Un hombre como yo no lo recapacita.

GREGORIO.—Por el contrario, has de recapacitarlo mucho. Si aspiras a realizar el sacrificio supremo que conduce a la purificación total, se impone que continuéis viviendo en común los tres.

HIALMAR.—¡Jamás! A eso no me resigno. Mi sombrero. (*Se lo pone.*) Se ha derrumbado mi hogar. (*Solloza.*) ¡Ya no tengo hija, Gregorio!

EDUVIGIS (*que aparece por la puerta de la cocina*). ¿Cómo dices? (*Corriendo hacia él.*) ¡Papá, papá!

GINA.—¡Solo faltaba esto!

HIALMAR.—¡No me toques, Eduvigis! Márchate. ¡No puedo más! ¡Ah, esos ojos!... (*Inicia una retirada.*)

EDUVIGIS (*agarrándose a él*).—¡No, no, no me abandones!

GINA (*en un grito*).—¡Mira a la niña, Hialmar, mira a la niña!

HIALMAR.—¡No puedo ni quiero! Necesito alejarme de esta atmósfera. (*Acaba desasiéndose de Eduvigis con brusquedad y sale por la puerta de la escalera.*)

EDUVIGIS (*desesperada al verle marchar*).—¡Nos abandona, mamá, nos abandona y no volverá nunca!

GINA.—No llores, Eduvigis. Sí que volverá a nosotras.

EDUVIGIS (*arrojándose de bruces en el sofá, entre sollozos*).—No, no volverá ya nunca a casa.

GREGORIO (*a Gina*).—Mi designio era loable; créame, señora.

GINA.—No lo dudo, y que Dios lo absuelva.

EDUVIGIS (*en el sofá*).—No lo resisto. ¡Me muero! ¿Qué le habré hecho yo? Procura que vuelva.

GINA.—Sí, sí, tranquilízate. Voy a buscarle ahora mismo. (*Poniéndose el abrigo y el sombrero.*) Creo que estará con Relling. Pero no llores. ¿Me prometes no llorar?

EDUVIGIS (*bañada en llanto*).—No, no lloraré más si papá vuelve.

GREGORIO (*atajando a la salida a Gina*).—¿No será preferible que sostenga su lucha interior solo?

GINA.—No, más tarde. Ante todo hay que calmar a la niña. (*Vase por la escalera.*)

EDUVIGIS (*sentándose y secando sus lágrimas*).—Cuénteme usted qué ha sucedido. ¿Por qué no quiere nada conmigo mi padre?

GREGORIO.—Hasta que seas mayor no debes preguntar esas cosas.

EDUVIGIS (*sollozando de nuevo*).—Pero no podré soportar esta angustia hasta que sea mayor. Me figuro lo que pasa. Por lo visto, no soy hija de papá, ¿verdad?

GREGORIO (*azorado*).—¿Cómo puede ser eso?

EDUVIGIS.—Mamá me habrá encontrado por ahí, y quizá no se lo haya dicho a papá hasta ahora. He leído en los libros episodios análogos.

GREGORIO.—Y aunque así fuese...

EDUVIGIS.—Podría seguir queriéndome lo mismo y aún más. También nos dieron el pato salvaje y, no obstante, yo lo quiero con toda el alma.

GREGORIO (*valiéndose de esta oportunidad para cambiar de conversación*).—El pato salvaje..., sí, eso es. Vamos a hablar del pato salvaje, Eduvigis.

EDUVIGIS.—¡Pobre pato! Tampoco a él puede verlo. A última hora se le antoja retorcerle el pescuezo.

GREGORIO.—Estoy persuadido por completo de que no lo hará.

EDUVIGIS.—Pero lo ha proyectado, y no me agrada eso. Cada noche rezo por el pato salvaje para que Dios le preserve de la muerte y de cualquier desdicha.

GREGORIO (*mirándola*).—¿Acostumbras a rezar cada noche?

EDUVIGIS.—Sí.

GREGORIO.—¿Quién te ha enseñado?

EDUVIGIS.—Una vez estuvo enfermo de gravedad papá y le aplicaron sanguijuelas al cuello, por lo cual decía que estaba a dos dedos de morir...

GREGORIO.—Prosigue.

EDUVIGIS.—Al acostarme, empecé a rezar por él, y desde entonces he continuado haciéndolo.

GREGORIO.—¿Y ahora rezas por el pato salvaje?

EDUVIGIS.—Me parecía que el pobrecito lo necesitaba con urgencia. ¡Vino acá tan enfermo!

GREGORIO.—¿Y por la mañana también rezas?

EDUVIGIS.—No; por la mañana, no.

GREGORIO.—¿Por qué?

EDUVIGIS.—Por la mañana hay luz y no me acosa el miedo.

GREGORIO.—¿Y si tu padre se obstina en retorcerle el pescuezo a ese pato tan querido por ti?

EDUVIGIS.—No. Dijo que no debía hacerlo, y que le perdonaba para complacerme. Entonces se portó bien papá.

GREGORIO (*acercándose a Eduvigis*).—¿Y si le sacrificaras el pato tú por iniciativa propia?

EDUVIGIS (*levantándose*).—¿El pato salvaje?

GREGORIO.—Si le sacrificaras hoy voluntariamente lo que para ti es lo más preciado en la tierra.

EDUVIGIS.—¿Cree usted que daría buen resultado?

GREGORIO.—Prueba a hacerlo, Eduvigis.

EDUVIGIS (*en voz baja y reluciéndole los ojos*).—Sí que probaré.

GREGORIO.—¿Tendrás bastante valor?

EDUVIGIS.—Pediré al abuelo que lo mate.

GREGORIO.—Conforme; pero no digas a tu madre ni una palabra de esto.

EDUVIGIS.—¿Y por qué no?

GREGORIO .—Porque no lo comprendería.

EDUVIGIS.—¿Que sacrifiquemos al pato salvaje?... Mañana por la mañana probaré. (*Entra Gina, y Eduvigis interpela.*) ¿Lo has encontrado?

GINA.—No; pero me han dicho que había ido en busca de Relling, y que ha salido con él.

GREGORIO.—¿Se ha cerciorado usted de esa salida?

GINA.—Me lo ha dicho la portera, y que con ellos iba Molvik.

GREGORIO.—¡Cuánto necesita su alma combatir a solas!

GINA (*quitándose el abrigo y el sombrero*).—¡Son tan desconcertantes los hombres! ¡Sabe Dios adónde le llevará Relling! He echado una ojeada a la cervecería de la señora Eriksen, y no estaban allí.

EDUVIGIS (*conteniendo el llanto*).—¡Dios mío! Si no volviera...

GREGORIO.—Volverá; ya verás cómo vuelve. Yo me encargo de traerle mañana conmigo. Duerme tranquila, Eduvigis. Buenas noches. (*Vase por la puerta exterior.*)

EDUVIGIS (*abrazada a su madre*)—¡Oh, mamá, mamá!

GINA (*acariciándola con pena*).—¡Ay, qué razón tenía Relling! Siempre suceden esas calamidades cuando se empeña un loco en emprender por cuenta suya la reparación de desgracias ajenas.

(*Telón.*)

Acto quinto

Estudio de Hialmar Ekdal. Por los cristales inclinados del techo, ahora cubiertos de nieve, se filtra una gélida luz matinal.

Gina sale de la cocina con delantal de peto, una escoba en la mano y un paño para el polvo, encaminándose al salón. A la vez entra Eduvigis, muy acelerada, por la puerta exterior.

GINA.—¿Y qué?

EDUVIGIS.—Sí, mamá; deduzco que estará en casa de Relling...

GINA.—¿Lo ves?

EDUVIGIS.—...porque la portera me ha dicho que anoche, cuando volvió Relling, venía con otras dos personas.

GINA.—Ya lo presumía yo.

EDUVIGIS.—¿Y qué adelantas con eso si no quiere subir a casa?

GINA.—Por sí o por no, voy a bajar para hablarle. (*El viejo Ekdal, con bata y zapatillas, asoma la cabeza por la puerta de su cuarto, fumando en una pipa encendida*)

EKDAL.—Oye, Hialmar... ¿No está Hialmar por aquí?

GINA.—No, ha salido.

EKDAL.—¿Tan temprano y nevando? Bien, bien; daré la vuelta solo, y es lo mismo. (*Avanza hacia el desván, cuyo portón abre, ayudado por Eduvigis, que cierra después de dejarlo dentro.*)

EDUVIGIS (*por lo bajo*).—¿Qué sucederá, mamá, cuando se entere el abuelo de que papá piensa abandonarnos?

GINA.—El abuelo no ha de saber nada. Por una coyuntura providencial, no estaba aquí durante la escena de ayer.

EDUVIGIS.—Sí pero...

GREGORIO (*quien aparece por la puerta de la escalera, no cerrada del todo*).—¿Qué, están sobre la pista?

GINA.—Se halla en casa de Relling, por las trazas.

GREGORIO.—¿En casa de Relling? Es inconcebible que saliera con esos dos sujetos.

GINA.—Pues es lo que ha hecho.

GREGORIO.—¡Él, que necesitaba soledad y un recogimiento absoluto!

GINA.—Ya ve. (*Por la misma puerta que Gregorio, se presenta ahora Relling.*)

EDUVIGIS (*corriendo hacia él*).—¿Está en su casa mi papá?

GINA (*al mismo tiempo*).—¿Le ha visto usted?

RELLING.—Sí, en casa está, naturalmente.

EDUVIGIS.—¡Y no nos ha dicho usted nada!

RELLING.—Porque soy... un animal. Pero antes he tenido que atender al otro animal, al demoníaco, y luego me he dormido a pierna suelta.

GINA.—¿Cómo se expresa Hialmar hoy?

RELLING.—De ninguna manera.

GINA.—¿No habla?

RELLING.—Ni media palabra.

GREGORIO.—Ya, ya; me doy perfecta cuenta.

GINA.—Y entonces, ¿qué hace?

RELLING.—Está tendido en el sofá, roncando a más y mejor.

GINA.—Sí, Hialmar ronca ruidosamente.

EDUVIGIS.—¿Conque duerme? ¿Cómo podrá dormir?

RELLING.—¡Claro que sí, caramba!

GREGORIO.—Es comprensible, después de la batalla íntima que ha sostenido.

GINA.—Además, no está acostumbrado a andar de bureo por la noche.

EDUVIGIS.—Acaso sea conveniente que duerma un poco, mamá.

GINA.—También yo lo creo. Entretanto, más vale que no nos adelantemos a despertarlo. Muchas gracias, Relling. Por lo pronto, voy a arreglar algo la casa, y luego... Eduvigis, ven a ayudarme. (*Ambas pasan al salón.*)

GREGORIO (*a Relling*).—¿Puede usted detallarme la transformación operada de momento en el espíritu de Hialmar Ekdal?

RELLING.—Por mi parte, no he advertido ninguna transformación.

GREGORIO.—¡Cómo! ¿Durante una crisis en la que va a cimentarse toda su vida sobre una base nueva? ¿Pretende usted que un carácter cual el de Hialmar...?

RELLING.—¿Él? ¿Un carácter, él? Si alguna vez ha sido apto para esas deformaciones que llama usted carácter, puedo asegurarle que se lo extirparon total y radicalmente en su niñez.

GREGORIO.—Pues me sorprendería que con una educación tan cariñosa como la que ha recibido...

RELLING.—¿Alude a esas dos tías solteronas e histéricas que lo criaron?

GREGORIO.—No dude usted que eran unas mujeres que jamás descuidaron las exigencias del ideal. Al parecer, se complace en burlarse todavía.

RELLING.—No, nada de eso. Por lo demás, estoy muy al corriente, pues con frecuencia me ha vomitado bocanadas de retórica acerca de sus dos mamás espirituales. En realidad, no creo que tenga que agradecerles mucho. La fatalidad de Ekdal consiste en que le conceptuaban un portento cuantos le han rodeado.

GREGORIO.—¿Y no lo es en los pliegues de su alma, cuando menos?

RELLING.—Yo no lo he notado nunca. Ni me extraña que lo creyera su padre, porque, en resumidas cuentas, el anciano teniente ha sido toda su vida tonto de remate.

GREGORIO.—Siempre ha sido un hombre de corazón infantil. Usted no está capacitado para apreciar eso.

RELLING.—Sí, sí; pero, cuando el pobre Hialmar estudiaba, todos sus compañeros de colegio lo tenían por una futura lumbrera. Como era guapito y atractivo..., blanco y sonrosado..., conforme gustan a las jovenzuelas, y, por añadidura, con un temperamento sensible y un timbre de voz seductor... Para colmo, recitaba muy bien poesías y máximas ajenas.

GREGORIO (*irritado*).—¡Y se permite usted hablar de Hialmar Ekdal en ese tono!

RELLING.—Sí, con su venia. Tal es por dentro el ídolo ante quien cae usted de hinojos.

GREGORIO.—A pesar de todo, no creía estar tan ciego como para eso.

RELLING.—¡Oh!, no me extraña, pues también es un enfermo usted.

GREGORIO.—A ese respecto, no le falta razón.

RELLING.—No, no me falta. Su caso es más complejo. Por un lado, esa enojosa fiebre de equidad, y por otro, lo cual resulta más enojoso aún, ese prurito de adoración que le impele a admirar cualquier cualidad de que usted carezca.

GREGORIO.—Ciertamente, no descubro en mí lo que anhelo.

RELLING.—Le han obnubilado a usted esas gigantescas moscas de colores brillantes que se le antoja ver revolotear y oír zumbar a su alrededor. Ha llamado de nuevo a la cabaña de un humilde labrador para reclamarle el pago de la contribución al ideal. Y no se ha percatado de que en esta casa son insolventes todos.

GREGORIO.—¿Y cómo concebir que, sustentando usted una idea tan poco lisonjera de Hialmar Ekdal, le agrade un continuo contacto con él?

RELLING.—¡Vaya! Aunque me esté mal decirlo, al fin y al cabo, soy médico, y juzgo que debo cuidar un tanto a los enfermos que residen en mi vecindad.

GREGORIO.—¡Caray! ¿De modo que asimismo está enfermo Hialmar Ekdal?

RELLING.—Si bien se mira, todo el mundo está enfermo, desgraciadamente.

GREGORIO.—¿Y qué tratamiento aplica usted a Hialmar?

RELLING.—Mi tratamiento ordinario. Procuro mantener en el paciente la mentira vital.

GREGORIO.—¿La mentira vital? No debo de haber entendido bien.

RELLING.—Sí he dicho la mentira vital. Porque esa mentira constituye una especie de estimulante, ¿comprende?

GREGORIO.—¿Y quiere usted explicarme qué mentira inculca a Hialmar para que le estimule?

RELLING.—No, señor. Yo no descubro mis secretos a los empíricos. Sería capaz de agravar a mi cliente más aún. Pero es un método infalible. A Molvik se lo aplico también. Gracias a mí, se ha convertido en «demoníaco». Se trata de un sedal que hube de echarle al cuello.

GREGORIO.—¡Ah!, ¿conque no es demoníaco?

RELLING.—¿Qué significa en sí la palabra «demoníaco»? Comporta una estupidez inventada por mí para prolongarle la vida. Si no se creyera demoníaco, ese inocente puerco —no es más que eso, un puerco inocente—, se habría rendido a la convicción de su inferioridad y a la desesperación desde largo tiempo atrás. ¡Y no hablemos del viejo teniente!... Ese supo administrarse el remedio por su cuenta.

GREGORIO.—¿El teniente Ekdal? ¡Cómo!

RELLING.—Pues sí. ¿Qué le parece que un cazador de osos se dedique a cazar conejos en una buhardilla? Ningún tirador es más dichoso en la tierra que el pobre anciano mientras le dejan revolver en ese cuarto trastero. Los cuatro o cinco árboles de Navidad secos que conserva con esmero, se le figuran nada menos que el espeso bosque de Hoidal con toda su grandiosidad. El gallo y sus gallinas se truecan en corpulentas aves posándose sobre las copas de robustos abetos. Y los conejos que brincan por el desván de un rincón a otro, se han tornado osos feroces a los cuales caza el antiguo aficionado al aire libre.

GREGORIO.—¡Pobre viejo! Se ha visto obligado a empequeñecer el ideal de su juventud.

RELLING.—Escuche, señor Werle: le aconsejo que no emplee esa palabra exótica «ideal», que en buen noruego equivale a «embuste».

GREGORIO.—A su juicio, ¿expresan una sola cosa ambos vocablos?

RELLING.—Entre uno y otro no hay más diferencia que entre fiebre tifoidea y tifus.

GREGORIO.—Doctor Relling, no cejaré en mi empresa hasta haber arrancado de sus garras a Hialmar.

RELLING.—¡Peor para él! Si quita usted a un hombre vulgar la mentira, le quitará la felicidad a la vez. (*A Eduvigis, que viene del salón.*) ¡Hola, madrecita del pato salvaje! Voy a ver si tu padre, tendido en el sofá, continúa meditando todavía acerca de su trascendental invento. (*Se marcha por la puerta de la escalera.*)

GREGORIO (*acercándose a Eduvigis*).—Veo en tu cara que nada has hecho aún.

EDUVIGIS.—¿De qué?... ¡Ah!, ¿lo del pato salvaje? No.

GREGORIO.—Si no me engaño, te has sentido sin arrestos para...

EDUVIGIS.—No, no es eso. Es que esta mañana, al despertarme y acordarme de lo que hablamos anoche, me pareció tan descabellado...

GREGORIO.—¿Descabellado?

EDUVIGIS.—Sí, aunque no sé por qué... Anoche, de primera intención, lo estimé una idea maravillosa; pero hoy, al levantarme y recordarlo, entiendo que carece de sentido común.

GREGORIO.—Es muy lógico que, habiéndote criado entre estas cuatro paredes, se malograran tus mejores cualidades.

EDUVIGIS.—No me importaría hacerlo. Con tal que vuelva papá...

GREGORIO.—¡Oh!, si abrieras los ojos para ver lo que enaltece la vida, si tuvieras un auténtico espíritu de sacrificio resuelto y gozoso, regresaría al lado tuyo. En fin, no he perdido del todo la confianza en ti, Eduvigis. (*Vase a su vez por la puerta de la escalera. Eduvigis da unos pasos, pensativa, y, en esto, llaman desde dentro al portón del desván, que entreabre ella. Sale el viejo Ekdal, y Eduvigis lo cierra de nuevo.*)

EKDAL.—¡Hum!, ¿sabes que no es muy divertido realmente dar uno solo la vueltecita matinal?

EDUVIGIS.—¿Te apetecería ir de caza, abuelo?

EKDAL.—Hoy no hace un día a propósito. Está muy oscuro.

EDUVIGIS.—¿No te gusta cazar más que conejos?

EKDAL.—¡Je, je! Tienes miedo de que lo mate; pero ten la seguridad de que no lo haré.

EDUVIGIS.—Como que no podrías. Dicen que resulta muy difícil matar a un pato salvaje.

EKDAL.—¿Calificarás a los conejos de piezas deleznables?

EDUVIGIS.—Y el pato salvaje, ¿qué?

EKDAL.—¿Que no podría yo? ¡Y bien que podría!

EDUVIGIS.—¿Cómo te las compondrías, abuelo?... Si en lugar de mi pato fuese otro pato cualquiera, vamos.

EKDAL.—Le apuntaría a la pechuga, que es lo más certero, ¿sabes? Y hay que disparar a contrapelo, no como se atusan las plumas.

EDUVIGIS.—¿Y entonces, abuelo, se mueren?

EKDAL.—¡Y tanto que se mueren... si afina uno bien la puntería! Bueno; voy a vestirme. Ya estás enterada, ¿eh? (*Entra en su habitación. Eduvigis, tras de mirar por la puerta del salón un segundo, se dirige al estante, y, poniéndose de puntillas, alcanza la pistola de dos cañones y la observa despacio. Sale del salón Gina con la escoba y el paño del polvo. Eduvigis suelta rápidamente la pistola, sin que lo advierta su madre.*)

GINA.—No enredes con las cosas de papá, Eduvigis.

EDUVIGIS (*separándose del estante*).—Estaba desempolvándolas.

GINA.—Mejor sería que fueses a la cocina para ver si se ha calentado el café ya; quiero llevarle la bandeja cuando baje a buscarlo. (*Sale Eduvigis, y Gina se apercibe a barrer y aviar el salón. Pausa. Hialmar abre la puerta de la escalera desde el exterior, titubeando. Trae puesto el abrigo, sin sombrero, y, como no se ha aseado, tiene revuelto el cabello y mira con ojos adormilados e inexpresivos. Gina, escoba en mano, se queda parada.*) ¡Ah, eres tú. Hialmar! ¡Por fin vuelves a casa!

HIALMAR (*entrando, con voz sorda*).—Vuelvo para marcharme en seguida.

GINA.—Sí, sí; lo presiento. Pero ¡cómo vienes, santo Dios!

HIALMAR.—¿Cómo vengo?

GINA.—Con el abrigo nuevo hecho una lástima.

EDUVIGIS (*desde la puerta de, la cocina*).—Oye, mamá, ¿quieres que...? (*Repara en Hialmar, lanza un grito de alegría y echa a correr hacia él.*) ¡Papá, papá!

HIALMAR (*dándole la espalda con un ademán de repulsión*).—¡Vete, vete! (*A Gina.*) Aléjala de mí cuanto antes.

GINA (*por lo bajo*).—Ve al salón, Eduvigis. (*Eduvigis obedece en silencio.*)

HIALMAR (*tirando nerviosamente de un cajón de la mesa*).—Quiero llevarme mis libros. ¿Dónde están?

GINA.—¿Qué libros?

HIALMAR.—Mis libros científicos, mujer, las publicaciones técnicas que me sirven para mi invento.

GINA (*revolviendo en el estante*).—¿Son estos volúmenes sin encuadernar?

HIALMAR.—Estos, sí.

GINA (*amontonando sobre la mesa unos cuantos folletos*).—¿Llamo a Eduvigis para que te corte las páginas?

HIALMAR.—No me hace falta.

GINA (*luego de una pausa breve*).—¿Conque persistes en abandonarnos, Hialmar?

HIALMAR (*conforme ojea los folletos*).—Por descontado.

GINA.—Está bien.

HIALMAR (*iracundo*).—No puedo quedarme aquí con el corazón destrozado por lo que me circunda.

GINA.—¡Dios te perdone esos malos pensamientos!

HIALMAR.—¿Qué te justificaría?

GINA (*atajándole*).—Quien debe justificarse eres tú.

HIALMAR.—¿Con un pasado como el tuyo? Hay ciertos imperativos.., que definiré como imperativos del ideal...

GINA.—¿Y el abuelo? ¿Qué será de ese pobre viejo?

HIALMAR.—Conozco mi deber. Conmigo se marchará mi padre. Voy a la ciudad para tomar algunas disposiciones. Y... (*Titubeando.*) ¿No habéis encontrado un sombrero por la escalera?

GINA.—No. ¿Lo has perdido?

HIALMAR.—No me cabe duda de que anoche lo traía puesto. Pero esta mañana no lo he visto por ninguna parte.

GINA.—¡Bendito sea Dios! ¿Adónde te habrán arrastrado esos dos tarambanas?

HIALMAR.—No me preguntes nada. ¿Crees que me hallo en condiciones de desentrañar pormenores?

GINA.—¡Y menos mal, Hialmar, que no te has enfriado! (*Entra en la cocina.*)

HIALMAR (*hurgando en el cajón y repasando los papeles, habla en voz baja para sus adentros.*)—¡Qué bribón eres, Relling! ¡Libertino, seductor canallesco! Merecías que te apuñalaran... (*Al clasificar unas cartas antiguas, se encuentra con la que rasgó la noche anterior, la toma y contempla los dos trozos, ocultándolos con presteza al reaparecer Gina.*)

GINA (*que deposita en la mesa una bandeja con un servicio de café*).—Aquí tienes una taza de café caliente con tostadas, y arenques salados.

HIALMAR (*mirando la bandeja a hurtadillas*).—¿Arenques? ¡Jamás en esta casa! La verdad, es que hace veinticuatro horas no he comido nada caliente; pero ¡qué más da! ¡Mis notas, mis memorias empezadas!... A ver, ¿dónde están mi diario y mi documentación? (*Abre la puerta del salón y retrocede dos pasos.*) ¡Otra vez me la encuentro aquí!

GINA.—¡Dios mío, en algún sitio ha de estar la criatura!

HIALMAR (*a Eduvigis*).—¡Lárgate! (*Se hace a un lado para dejar pasar a la niña, que sale al estudio, presurosa. Con la mano en el picaporte, a Gina.*) Agradecería que durante los últimos momentos que permanezca en lo que fue mi hogar se me evitara una presencia intrusa. (*Entra en el salón.*)

EDUVIGIS (*con voz trémula, arrojándose en los brazos de su madre*).—¿Lo dice por mí?

GINA.—Anda, Eduvigis, aguarda en la cocina. Pero no; prefiero que te retires a tu cuarto. (*Se dirige al salón.*) Un poco de paciencia, Hialmar. No revuelvas la cómoda, que yo te indicaré dónde está cada cosa.

EDUVIGIS (*quedándose momentáneamente quieta, ansiosa y sobresaltada, mientras se muerde los labios para no llorar y crispa las manos, con acento ronco*).—¡El pato salvaje! (*Se aproxima al estante sigilosamente y coge la pistola. Luego entreabre el portón del desván y se desliza dentro, no sin cerrar detrás de sí.*)

HIALMAR (*saliendo del salón con una brazada de papeles y cuadernos deshojados que coloca encima de la mesa*).—¿Qué voy a hacer con ese maletín? Tengo que llevarme muchas cosas.

GINA (*siguiéndole sin soltar el maletín*).—Llévate solo una camisa y unos calzoncillos, dejando lo demás por ahora.

HIALMAR.—¡Uf, qué ajetreo tan molesto! (*Se quita el abrigo y lo tira al sofá.*)

GINA.—Se te va a enfriar el café.

HIALMAR.—¡Hum! (*Maquinalmente, bebe un trago de café, y otro a continuación.*)

GINA (*desempolvando el respaldo de una silla*).—Lo que te resultará difícil va a ser proporcionarte un local tan espacioso como este para los conejos.

HIALMAR.—Pero ¿voy a tener que cargar también con los conejos?

GINA.—Por supuesto; no es de creer que el abuelo se resigne a prescindir de ellos.

HIALMAR.—Pues habrá de acostumbrarse. Yo voy a renunciar a cosas de mayor importancia.

GINA (*quitando el polvo del estante*).—¿Quieres que meta la flauta en el maletín?

HIALMAR.—No, nada de flautas. Alcánzame, en cambio, la pistola.

GINA.—¿Vas a llevarte la *pintola*?

HIALMAR.—Sí, porque es mía, y cargada.

GINA (*buscándola*).—Aquí no está. La habrá cogido el abuelo.

HIALMAR.—Andará por el desván.

GINA.—Sí, andará por el desván, seguramente.

HIALMAR.—¡Tan solo, y...! (*Toma una tostada, se la come y apura la taza de café.*)

GINA.—Si no hubiéramos alquilado la habitación, habrías podido trasladarte a ella.

HIALMAR.—¿Yo? ¿Residir bajo el mismo techo que...? ¡Jamás, jamás!

GINA.—¿No podrías instalarte en el salón por un par de días? Estarías aislado por completo con tus papeles.

HIALMAR.—¡Por nada del mundo continuaré en esta vivienda!

GINA.—¿Y abajo, en el piso de Relling y Molvik?

HIALMAR.—No me nombres a esos infames. Con solo pensar en ellos, me dan bascas. ¡Ay! No tendré más remedio que aventurarme entre la nieve y la ventisca, suplicando de casa en casa un rincón para mi padre y para mí.

GINA.—Pero ¿cómo vas a irte, Hialmar, sin el sombrero que has perdido?

HIALMAR.—¡Esos dos abortos del vicio! Y no tengo sombrero. (*Toma otra tostada.*) Se impone adoptar nueva resolución. No debo poner en peligro mi existencia sin más ni más. (*Husmea en la bandeja.*)

GINA.—¿Necesitas algo?

HIALMAR.—Mantequilla.

GINA.—En seguida te la traeré. (*Pasa a la cocina.*)

HIALMAR (*levantando la voz*).—No la traigas. Comeré pan seco.

GINA (*volviendo con la mantequilla y la cafetera*).—Aquí la tienes. Está bastante fresca. (*Le rellena la taza de café.*)

HIALMAR (*que se ha sentado en el sofá y unta más mantequilla en las tostadas, comiendo y bebiendo sin hablar durante un rato*).—¿Dices que podría instalarme en el salón por un par de días sin que me importunara nadie, nadie en absoluto?

GINA.—Pues claro que podrías si lo desearas.

HIALMAR.—Es que no veo el modo de transportar en tan escaso tiempo los bártulos de mi padre.

GINA.—Y antes habrás de participarle que ya no quieres vivir con nosotras.

HIALMAR (*apartando la taza*).—Sí, es verdad. Tendré que remover una vez más ese fango. Me hace falta tiempo para reorganizarme, para airearme; no puedo ultimarlo todo en un día.

GINA.—No, y con esta borrasca, menos aún.

HIALMAR (*fijándose en la carta del director Werle*).—Acabo de ver que todavía rueda por acá este papelote.

GINA.—Como que no lo he tocado.

HIALMAR.—Por lo que a mí atañe, nada tengo que ver con ese escrito.

GINA.—Pues, por lo que me incumbe, ten la certeza de que no pienso utilizarlo.

HIALMAR.—En todo caso, esa no es una razón para

dejar que se pierda. Con semejante desorden, podría suceder que...

GINA (*en tono tajante*).—Yo me cuidaré de guardarlo donde no se extravíe, Hialmar.

HIALMAR.—Por lo pronto, la donación corresponde a mi padre, y él dispondrá sobre el particular.

GINA (*suspirando*).—Efectivamente. ¡Pobre abuelo!

HIALMAR.—Por precaución..., ¿no tenemos un tarro de goma?

GINA (*hurgando en el estante*).—Aquí está el tarro.

HIALMAR.—¿Y un pincel?

GINA.—Con el pincel. (*Le entrega ambas cosas.*)

HIALMAR (*cogiendo unas tijeras*).—Basta pegar una tira de papel por detrás, para... (*La corta y la pega.*) No me asiste derecho a apropiarme lo que no es mío, sobre todo si se trata de un pobre anciano sin dinero... Por cierto, que ni de un anciano ni de otro. Toma y deja que se seque, guardándolo en cuanto esté seco. No quiero verlo más.

GREGORIO (*que acaba de entrar por la puerta de la escalera*).—¡Cómo! ¿Tú aquí, Hialmar?

HIALMAR (*levantándose con presteza*).—Estaba rendido de cansancio.

GREGORIO.—A pesar de que has desayunado, por lo visto.

HIALMAR.—También el cuerpo tiene sus exigencias.

GREGORIO.—Vamos a ver, ¿qué has decidido?

HIALMAR.—Un hombre como yo no puede optar más que por una solución. Estoy recogiendo mis elementos imprescindibles; pero para eso se requiere tiempo.

GINA (*con alguna impaciencia*).—¿Te arreglo el salón o meto tu equipaje en el maletín?

HIALMAR (*molesto, mirando a Gregorio de reojo*). Mete el equipaje... y arregla el salón.

GINA (*cogiendo el maletín*).—De acuerdo; meteré la camisa y lo demás. (*Pasa al salón y cierra la puerta.*)

GREGORIO (*luego de una breve pausa*).—Jamás imaginé que acabara esto así. ¿Es realmente indispensable que abandones tu domicilio?

HIALMAR.—¿Qué quieres que haga? (*Recorriendo, agitado, el estudio.*) No me acomodo a la desdicha, Gregorio. Han de rodearme la calma, el bienestar y la seguridad.

GREGORIO.—Puedes disfrutarlos. Al menos, inténtalo. Ahora pisas un terreno firme para empezar a edificar encima. Te bastará con apercibirte a ello. Y considera que tu invento constituye asimismo un ideal digno de tus esfuerzos.

HIALMAR.—¡Oh, no me hables del invento! Quizá tarde mucho en terminarlo.

GREGORIO.—¿De veras?

HIALMAR.—¿Qué crees? En resumidas cuentas, no sé qué voy a inventar. Ya estaba descubierto en esa rama todo antes de iniciar yo mis investigaciones. Te advierto que, cuanto más lo medito, más difícil se me antoja.

GREGORIO.—¡Con lo que te has afanado!

HIALMAR.—Fue ese juerguista de Relling quien me sugirió la idea.

GREGORIO.—¿Relling?

HIALMAR.—Sí, Relling fue quien me impulsó primero, afirmándome que yo tenía talento sobrado para descubrir algo en la especialidad de la fotografía.

GREGORIO.—¡Ah! Entonces, ¿Relling te ha...?

HIALMAR.—¡Y qué feliz he sido por virtud de esa idea! No me regocijaba únicamente el mero invento, sino más bien que nada la confianza que había despertado en Eduvigis. Ella me prestaba crédito con toda la fe y toda la candidez de su alma infantil. Es decir, así me lo figuraba, ¡necio de mí!

GREGORIO.—¿Eres capaz de suponer que se amoldara Eduvigis a tamaña simulación contigo?

HIALMAR.—¡Qué importa su confianza o su desconfianza! Lo esencial es que en mi camino se ha atravesado Eduvigis.

GREGORIO.—¡Eduvigis! ¿Cabe en lo posible que sospeches de ella? ¿Cómo va a atravesarse en tu camino?

HIALMAR (*sin replicar*).—¡Con el cariño ilimitado que consagré a esa criatura! ¡Qué gozo el mío cada vez que regresaba yo a mi humilde hogar y me salía ella al encuentro clavándome sus hermosos ojos en peligro! ¡Cuán crédulo e insensato he sido! La quise tanto, que me había forjado un sueño poético con la ilusión de que me idolatraba más que a nadie.

GREGORIO.—¿Crees que no era sino un sueño?

HIALMAR.—¿Cómo voy a averiguarlo? De Gina no puedo sacar en limpio nada. Por añadidura, no sabe ver la faceta ideal de los acontecimientos. Contigo, Gregorio, puedo desahogar mi pecho, por el contrario. Me atormenta una duda horrible. ¡Pensar que acaso nunca sintió Eduvigis un cariño verdadero por mí!

GREGORIO.—Tal vez te lo demuestre ella misma. (*Al acecho.*) ¿Qué es eso? Diríase que grazna el pato salvaje.

HIALMAR.—Sí que cloquea. Estará mi padre en el desván.

GREGORIO.—¡Ah! ¿Hay alguien en el desván? (*Radiante de alegría.*) Te repito que Eduvigis va a darte una prueba de cariño.

HIALMAR.—¿Qué prueba va a darme? Sus protestas de cariño no me ablandarán.

GREGORIO.—Ten la certidumbre de que Eduvigis no conoce el fraude.

HIALMAR.—¡Ay!, justamente, es de eso de lo que dudo, Gregorio. ¡Cualquiera sabe lo que habrán tratado aquí tantas veces Gina y la señora Soerby! Y Eduvigis no se tapona los oídos con algodón. ¡Quién garantizaría que la tal donación no estuviera concertada de antemano! Hasta he notado algo sospechoso...

GREGORIO.—¿Cómo puedes apreciar tan mezquinamente las cosas?

HIALMAR.—Se me ha caído de los ojos la venda. Observa y verás como esa donación no es más que un comienzo. La señora Soerby siempre tuvo por Eduvigis una gran predilección. Ahora cuenta con recursos para hacer lo que guste en favor de la niña, y cuando quieran me la arrebatarán.

GREGORIO.—Eduvigis no te abandonará nunca.

HIALMAR.—No lo aseguraría yo como tú. Si la atrajeran con promesas espléndidas... ¡Y yo, que la adoraba tanto, cifrando mi mayor felicidad en tomarla de la mano con mimo y guiarla cual a través de las tinieblas se guía a un pequeñuelo que se asusta en la oscuridad! Ya tengo la persuasión, la inquebrantable persuasión de que nada significa para ella el mísero fotógrafo de sotabanco. Todo se ha reducido a una estratagema a fin de convivir con él hasta el momento oportuno.

GREGORIO.—Y yo estoy persuadido de que no sientes lo que dices, Hialmar.

HIALMAR.—Para mi mal, lo terrible es que a la postre ignoro lo que debo sentir, y continuaré ignorándolo. Con sinceridad, ¿no estimas verosímil lo que he dicho? ¡Bah, Gregorio! Temo que confíes con exceso en la contribución al ideal. Si se presentaran los otros, los de las promesas espléndidas, para incitarle: «Ven a nuestro lado, donde te espera la opulencia...»

GREGORIO (*vivamente*).—Por ende, ¿tú temes que...?

HIALMAR.—Si yo le preguntara: «Eduvigis: ¿estás pronta a sacrificarme tu vida?»... (*Ríe, sarcástico*), ya verías lo que me contestaba. (*Se oye un disparo en el desván.*)

GREGORIO (*con alborozo*).—¡Hialmar!

GINA (*apareciendo*).—Oye, Hialmar, te habrás percatado de que el abuelo mueve en el desván más bullicio que de costumbre.

HIALMAR.—Voy a enterarme.

GREGORIO (*muy conmovido*).—Aguarda un poco, hombre. ¿Sabes lo que es?

HIALMAR.—Por supuesto.

GREGORIO.—No, no lo sabes. Pero yo sí lo sé: es la prueba.

HIALMAR.—¿Qué prueba?

GREGORIO.—Un sacrificio pueril. Ha engatusado a tu padre para que mate al pato salvaje.

HIALMAR.—¿Matar al pato salvaje?

GINA.—¡Vaya una atrocidad!

HIALMAR.—¿Y con qué objeto?

GREGORIO.—Ha acabado por sacrificarte lo que más le gustaba en el mundo. Con ello se prometía que volvieras a quererla.

HIALMAR (*enternecido*).—¡Qué niña esta!

GINA.—¡Cómo se las ha ingeniado!

GREGORIO.—En suma, Hialmar, aspiraba a reconquistar tu cariño, porque sin él no acertaba a vivir.

GINA (*reteniendo el llanto*).—Ya lo oyes, Hialmar.

HIALMAR.—¿Dónde está, Gina?

GINA (*gimiendo*).—¡Pobrecita! Probablemente, estará en la cocina, sola.

HIALMAR (*avanzando hacia la puerta de la cocina, que abre con brusquedad*).—¡Eduvigis, ven! ¡Ven conmigo! (*Mira.*) No está aquí.

GINA.—Estará en su cuarto.

HIALMAR (*desde la cocina*).—No, tampoco. (*Reaparece.*) Habrá salido.

GINA.—Sí, es lógico. Como no podías soportar su presencia...

HIALMAR.—Si viniera, al instante le diría que... Gregorio, creo que ya es hora de empezar una nueva vida.

GREGORIO (*con beatitud*).—Lo sabía. Por la niña debía comenzar la redención. (*Se deja ver el viejo Ekdal, vestido de uniforme y ciñendo el sable, en el umbral de su habitación.*)

HIALMAR (*atónito*).—¿Tú ahí, padre?

GINA.—¿Ha disparado usted dentro de su cuarto, abuelo?

EKDAL (*iracundo, encarándose con su hijo*).—¿Conque vas de caza tú solo, Hialmar?

HIALMAR (*fuera de sí*).—¿No has sido tú quien ha disparado en la buharda?

EKDAL.—¿Yo disparar? ¡Hum!

GREGORIO (*a Hialmar, en tono declamatorio*).—¡Hialmar, ha matado al pato ella misma!

HIALMAR.—¿Qué significa esto? (*Se precipita al portón del desván, lo abre de par en par y llama.*) ¡Eduvigis!

GINA (*echando a correr tras él*).—¡Jesús!... ¿Qué habrá sucedido?

HIALMAR (*irrumpiendo en el desván*).—Está tendida en el suelo.

GREGORIO (*siguiéndolos*).—¿En el suelo? ¡Eduvigis!

GINA (*al mismo tiempo*).—¡Eduvigis! (*Penetra en el desván.*) ¡No, no, no!

EKDAL.—¡Vaya, vaya! ¿De modo que tu hijita se dedica a cazar por su cuenta? (*Entre Hialmar, Gina y Gregorio traen el cuerpo de Eduvigis, quien aún empuña en su mano crispada la pistola.*)

HIALMAR (*frenético*).—¡Ha disparado la pistola y se ha herido! ¡Pedid socorro! ¡Socorro!

GINA (*que se abalanza a la puerta exterior, grita desde*

la escalera).—¡Relling, doctor Relling! ¡Venga usted a toda prisa! (*Hialmar y Gregorio acuestan a Eduvigis en el sofá.*)

EKDAL (*quedamente*).—El bosque se venga.

HIALMAR (*arrodillado junto a Eduvigis*).—Pronto recobrará el sentido. Ya lo recobra... ¡Ya, ya, ya!

GINA (*de regreso*).—¿Dónde está herida? No veo nada.

RELLING (*entrando con aceleración, seguido de Molvik, que viene sin chaleco ni cuello postizo, con la chaqueta desabrochada*).—¿Qué pasa?

GINA.—Dicen que se ha matado Eduvigis.

RELLING.—¿Que se ha matado? (*Retira la mesa y examina el cuerpo.*)

HIALMAR (*de rodillas, mirando con ansiedad a Relling*).—No será grave, ¿eh? ¡Habla, Relling! Casi no sangra. ¿Verdad que no es grave?

RELLING.—¿Cómo ha ocurrido?

HIALMAR.—¡Oh!, no lo sé...

GINA.—Quería matar al pato salvaje.

RELLING.—¿Al pato salvaje?

HIALMAR.—Debe de habérsele disparado la pistola.

RELLING.—Es muy verosímil.

EKDAL.—El bosque se venga. Sin embargo, no le tengo miedo. (*Penetra en la buharda cerrando la puerta detrás de él.*)

HIALMAR.—¿Y tú, Relling..., qué dices?

RELLING.—Se ha introducido la bala en el pecho.

HIALMAR.—Pero recobrará el conocimiento.

RELLING—¿No ves que Eduvigis está sin vida?

GINA (*llorando a raudales*).—¡Hija de mi alma!

GREGORIO (*con voz ahogada*)—En el fondo de los mares.

HIALMAR (*presa de la mayor excitación*).—¡Es

menester que viva, sí, sí! ¡Por Dios santo, Relling! Solo un instante para poder decirle que no he cesado de amarla.

RELLING.—Un tiro en el corazón. Hemorragia interna. Ha muerto repentinamente.

HIALMAR.—¡Haberla yo rechazado como a un perro! Se había escondido en el desván, atemorizada, y se ha matado por su amor por mí. (*Sollozando.*) ¡No podré remediarlo jamás. (*Aprieta con rabia los puños.*) ¡Oh, tú que estás en las alturas!, si existes, ¿cómo has podido permitir esto?

GINA.—¡Hialmar, no digas tales atrocidades, por lo que más quieras! Si nos la ha quitado Dios, será porque no la merecíamos.

MOLVIK.—No está muerta la niña; está dormida nada más.

RELLING.—¡Imbécil!

HIALMAR (*más calmado, acercándose al sofá, mientras se cruza de brazos y contempla el cadáver*). ¡Qué tranquila yace ahí!

RELLING (*intentando apoderarse de la pistola*).—¡Cómo oprime el arma!...

GINA.—Con cuidado, Relling, no vaya a estropearle los dedos. Déjala en su sitio.

HIALMAR.—Que se la lleve consigo.

GINA.—Sí, déjesela. Pero no podemos retrasarnos con su cuerpo aquí, a la vista de todos. Convendrá transportarla a su habitación. Ven a ayudarme, Hialmar.

HIALMAR (*conforme la transportan entre ambos*). ¡Ay, Gina, Gina! ¿Podrás resistir este trance?

GINA.—Nos auxiliaremos mutuamente. Ahora sí que es hija de los dos.

MOLVIK (*con los brazos en cruz*).—¡Loemos al Señor! Polvo eres y en polvo te convertirás.

RELLING (*aparte*).—¡Calla el pico, majadero! Estás

borracho. (*Hialmar y Gina se llevan por la puerta de la cocina el cadáver. Relling la cierra cuando han pasado. Molvik desaparece por la escalera. Relling se aproxima a Gregorio para hablarle.*) No llego a creer que se trate de un simple accidente.

GREGORIO (*aterrado todavía, con escalofríos nerviosos*).—No hay manera de discernir cómo ha sobrevenido semejante desastre.

RELLING.—Está requemada la blusa por la bala. Ha disparado apoyando contra su pecho el cañón.

GREGORIO.—No muere en balde Eduvigis. ¿Ha visto usted cómo, por obra del dolor, se ha revelado la grandeza moral de Hialmar?

RELLING.—Llorando a un muerto, se transfiguran casi todos; pero ¿cuánto calcula usted que ha de durar tal esplendor?

GREGORIO.—¡Cómo! ¿Presume usted que no persistirá su desconsuelo, y que no aumentará cada día?

RELLING.—Antes de que transcurran tres cuartas partes del año, no implicará la pequeña Eduvigis más que un bonito pretexto para las declamaciones de su padre.

GREGORIO.—¿Se atreve usted a juzgar así a Hialmar Ekdal?

RELLING.—Ya veremos cuando se marchiten las primeras flores sobre el sepulcro de la niña. Entonces le oirá usted extenderse en peroratas acerca de «la hija prematuramente arrancada del amor de sus padres». Se mostrará impregnado de ternura, de piedad y de admiración a él mismo. Si no, al tiempo.

GREGORIO.—Si le asistiera a usted razón y yo me equivocara, no valdría la pena vivir.

RELLING.—A despecho de todo, podría tener la vida mucho de agradable si nos dejaran en paz esos malditos acreedores que llaman de puerta en puerta reclamando una contribución en nombre del ideal a pobres hombres como nosotros.

GREGORIO (*con la mirada perdida*).—En ese caso, me satisface mi resolución.

RELLING.—¿Sería indiscreto indagar en qué consiste esa resolución?

GREGORIO (*a punto de marcharse*).—En no hacer el número trece a la mesa.

RELLING.—¡Ah!, ¿sí? ¡Vaya usted a paseo!

(*Telón.*)